See You
At That Grace
After Work.

CHARACTER

See You At That Grace After Work.

鹿島黎人
Reito Kashima

航の先輩社員。
優秀で世渡り上手。

深山利世
Rise Miyama

航の後輩社員。
人懐こく明るい女性。

相田航
Wataru Aida

樹リース営業第四課所属。
真面目で実直な青年。

仕事が終われば、
あの祝福で

See You At That Grace
After Work.

氷上慧一　イラスト lack

enterbrain

ENTS

C O N T

See You At That Grace After Work.

この物語はフィクションです。実在の個人・団体とはいっさい関係ありません。
また本作品における『ELDEN RING』の世界観は独自解釈によるものです。

第一章

狭間の地がもたらした出会い

城塞の、狭い通路を通り抜けると、左右を切り立った断崖で挟まれた広場に出た。

遮蔽物《しゃへいぶつ》もなく、行く手の門に辿《たど》り着《つ》くまでには微妙な距離がある嫌なスペースが広がる。

なにかが待ち構えている。

それは戦士としての直感だった。

意を決し一歩を踏み出すと、道の奥には巨大な城が姿を見せる。

最初に目に入るのは重厚な城壁や、林立する尖塔《せんとう》。

そのあちこちに精緻《せいち》な細工が施《ほどこ》され、かつてどれほどの栄華を誇っていたかを訪れた者にまざまざと見せつける。

だが、くすんだ象牙色《ぞうげいろ》の壁はあちらこちらが欠け、抉《えぐ》られ、朽《く》ちようとしていた。

滅びゆこうとしている、城の残骸。

それが第一印象だ。

そんな塔の一つの頂に異形の鬼が一人現れ、傲然《ごうぜん》とこちらを見下ろす。

「褪《あ》せ人《びと》よ、愚かな野心の火に焼かれ、お前もまた、エルデンリングを求めるのか？」

返答は求めていない。

鬼は、ただ一方的に述べることを述べると、塔の頂上から身を躍らせた。

地面との距離は一〇メートル以上。

しかし鬼は、地響きと土煙を巻き起こしながらも平然と着地し、身を起こす。

「ならば、その火ごと消してくれよう。忌み鬼のマルギットが！」

両者の間にあるのは対話ではなく、ただ命のやり取りだけだった。

鬼が魔術で編んだ光のナイフを投擲《とうてき》する。

一つ、二つ。

見てから避けていてはとても間に合わない速度で飛来するそれを、体で覚えたタイミングで回避する。

続く展開はいくつかに分岐する。

距離を詰めてくるか、それとも更にナイフを投げつけてくるか。

だが鬼は、こちらが考える余裕を与えることすらなく、無防備に距離を詰めてくる。こちらの攻撃など意に介《かい》さないという、強者にのみ許された態度だ。

ならば、とまだ距離がある間に輝石のつぶてを撃ち出す。

連続して鬼に襲いかかる蒼光《そうこう》。

それらは予《あらかじ》め想定していたかのようにすべてかわされてしまう。

中途半端な距離で、遠距離攻撃を単純に撃ち込んでも強敵には当たらない。

しかし今回の戦いはひと味違う。

レベルは低くとも、前世で蓄えた膨大な情報が味方してくれるのだ。

その証拠に、金色の人影が一歩遅れて参戦する。

敵と交戦状態に入ったことでようやく動き出してくれたのだろう。細身の片手剣を携えた魔術剣士が鬼の存在に怯《ひる》むことなく斬りかかる。

少し離れた場所からも、鬼が魔術剣士に向き直ったことが見て取れた。

その隙に、ショートカットに設定してあるアイテムを使用する。ちりん、と澄んだ鈴の音と共に、三匹の狼《おおかみ》が出現した。

ここから一気に畳みかける、と前を見たところで状況が一変する。

目の前の鬼が、自らに斬りかかってくる魔術剣士を無視してこちらに向き直ったのだ。何がきっかけなのかはわからない。

しかし何かの行動が鬼の敵視を買ってしまったらしい。

画面越しだというのに、こちらに向き直った動きと共に殺気すら感じる気がした。

まずい、と思った瞬間、鬼は跳躍する。

恐ろしいまでの跳躍力と共に、彼我の距離は一瞬で消滅し、手にした杖《つえ》で殴りかかってきた。

杖だが、並の剣よりも恐ろしい攻撃力を誇る凶器だ。

反射的に地面を転がる。

タイミングが悪ければ逃げた先ごとなぎ払われる恐ろしい攻撃。出現したばかりの狼達を吹き飛ばされたものの、辛《かろ》うじてこちらは無傷で切り抜ける。

だが鬼は諦めない。

しつこくしつこく、何度も杖を振る。

転がって逃げるよりも杖が届く範囲の方が広く、簡単には逃げ切れない。

おまけに、インパクトの瞬間と無敵時間が噛《か》み合《あ》わなければ回避に徹《てっ》していても簡単に狩られてしまう。

その一撃は、一度でこちらのＨＰの大半を削り取る強烈なもので、まだわずかな回数しかない回復手段も、回復している隙にさらに攻撃を浴びて終わる瞬殺コースが待っている。

ここは絶対に喰《く》らえない。

ボタン連打ではなく、微妙にタイミングをずらしてちゃんと見切って回避しなければならないのだ。

必死にリズムを合わせながら転がり続けていると、次の瞬間いきなり足場が消失し、航《わたる》のキャラは崖下に真っ逆さまに落下していった。

『うわあぁぁぁ〰〰〰っ！』

断末魔の悲鳴と共に、画面に表示される「YOU DIED」の赤文字。

緊張の糸が切れ、航は画面の外で大きく息をつく。

「あぁ〰〰〰っ！　やっぱり押し込まれると魔術職は弱いなぁ」

画面の中に没入していた意識が引き戻されると、そこは見慣れたマンションの一室。

ゲーム内で踏み込もうとしていたストームヴィル城とは比べものにならないが、相田《あいだ》航が一人で暮らしている、自分だけの城である。

ミニマリストというわけではない。

ただ、あまり物のない部屋なのは確かだった。

そんな中でテレビと外付けのスピーカーセット、長時間座っていても疲れない座椅子《ざいす》やクッションなど、ゲームプレイに関わるグッズだけは充実していた。

ゲームが唯一の趣味である自分を忠実に表現しているなと、妙に感心する。

特に、今プレイしている「ELDEN RING《エルデン リング》」はここ数年なかったほど熱中していて、それこそ仕事と生活に必要な最低限の時間以外、ほとんどをこのゲームに費《つい》やしていた。

幸いにしてPS5が手に入ったのでPS5版をプレイしているのだが、そのスペックを活《い》かし美麗なグラフィックで作り込まれたフィールドを歩き回るだけで溜息《ためいき》が漏れそうになる。

特に、フィールドの大半から見える黄金樹《おうごんじゅ》の姿は、どこが一番きれいに見えるかを探して放浪したくなるほど美しかった。

実は、さっきまで戦っていた鬼――マルギットはごく初期のボスである。

熱中しているというわりに攻略が進んでいないと思われるかもしれないが、実はこのキャラは二人目だったりする。

一度クリアをし、鍛えたままのキャラで最初からプレイする二周目もあるのだが、本当の意味で一からプレイしたくなった航は即座にサブキャラを作ったのだ。

メインキャラが近接型だったので、サブキャラは知力特化にしてあった。正直に言って、序盤、魔術メインにするのはかなり難しい気がする。

常にFPを消費して戦わなければならないため、FP量が少ない低レベルで、なおかつ序盤は回復の聖杯瓶の数も少ないのですぐにガス欠《けつ》になってしまう。

近接型は、死角から致命の一撃を狙ったり、相手の攻撃を空振りさせた後の隙に斬り込んだりするなど、戦技以外にも工夫できるのに対し、知力特化の遠距離型はそもそも魔術の種類が増えなければ戦略の幅が広がらない。

一度クリアした航であっても何度か手詰まりになってしまうことがあったが、苦労してもまるで苦にならなかった。

ガス欠になると感じれば、近接キャラではあまり使ったことがないアイテムなどで補いなんとか切り抜ける。

まるで新しい別のゲームをプレイするかのような、全く別の達成感がある。間違いなく、メインキャラでは味わったことがないエルデンリングの新たな一面だ。

一方で、美麗な景色を堪能《たんのう》したくなったときにはメインキャラのデータを引っ張り出して意味もなく狭間の地をうろついたりもする。

それほどに、エルデンリングというゲームにどっぷりとはまりきっていた。

「はぁ、癒《い》やされる……。リアルで起こった嫌なあれこれが溶けていくみたいだ……」

たった今マルギットに瞬殺されたばかりだが、リアルのしがらみに比べれば、一度や二度のゲームオーバーはむしろご褒美だった。

航が勤めているのは関東の小都市――H市にある樹《いつき》リースという事務用品を中心に扱うリース会社である。

所属は営業。

実のところ、航にとってはこれが悩みの種だった。

「……正直、営業なんて向いてないんだよな」

プレイを再開し、再びマルギットとの戦いに赴《おもむ》きながらそうこぼす。

別にやりたくて選んだ仕事ではない。就職活動中、樹リースぐらいしか入社できそうな会社がなかったのだ。

もちろん、やりがいを感じて働いている社員はいるだろうから、そんな人には申し訳ないのだが、向いていないものは仕方がない。

世の中、無理をしたってだいたいろくなことにはならない。

そもそもの問題が、航は対人スキルに自信がなく、営業のくせに人と喋《しゃべ》るのが苦手だった。

同じ会社には、口八丁手八丁で人を簡単にその気にさせる人間もいる。心にもないことを調子よく嘯《うそぶ》いて、客をその気にさせるのだ。

研修で横について見学していたが、航にとってはまるで異次元の出来事だった。

当然、成績は下から数えた方が早い低空飛行を続けており、今日も同僚から嫌味を聞かされたばかりだ。

自分でも少々情けないが、仕事は、好きなゲームを思い切り遊ぶ生活を続けるためだと割り切って日々を過ごしていた。

会社に行って、クビにならない最低限の仕事をこなし、家に帰るとあとは思う存分ゲームに浸る。

それが相田航の生活だった。

◆◆◆

そしてまた別の日。

仕事が終わって帰宅する。余計な時間はかけたくないので食事は基本的にコンビニのおにぎりやサンドイッチですませることが多い。

むしろ、ろくにスーツも脱がず、帰ってきてからやるのは精々ネクタイを緩めるぐらいだろう。

そして一直線にテレビとＰＳ５の電源を入れてエルデンリングを起動するというのがいつものルーティンなのだが、今夜の航はその動きが鈍かった。

「う～、緊張する……！」

日頃とは違う心境でゲームを起動し、目的の祝福までファストトラベルする。そしてさらに日頃とは違う行動をした。

それは地面に「褪せ人の鉤指《かぎゆび》」を使って召喚サインを描くことである。

『こっちは準備できましたよ』

続いてスマホを使ってメッセージを送った。

すると画面に「召喚されています」というメッセージが表示され、ローディング画面に移行する。

再びゲーム画面が表示された時、航のキャラクターは黄色の薄い膜に覆われているかのような色調に変化していた。

普段と同じ景色だが、ここは航の世界ではなく、別のプレイヤーが遊んでいるエルデンリングの世界なのだ。

――つまり、マルチプレイである！

もっぱらソロプレイばかりの航は、知識では知っていても実際にマルチプレイを試すのは初めてだった。

初対面の人と野良《のら》マルチをするというのは、人見知り故《ゆえ》に尻込みしていたし、学生時代の知り合いにはエルデンリングをやってそうな人間の心当たりもあったが、卒業後はすっかり疎遠になってしまっている。

そんな相手に「なぁ、エルデンリング、やってない？」などと声をかけるのはやはりハードルが高かった。

それ以前に、ソロでも充分満たされているために進んでマルチプレイをしようと考える機会がなかったのである。

なかったし、今でもそこまでやりたいと思っているわけでもないのだが、それでもエルデンリングの一部であることに変わりない。

自分が好きなものを、隅から隅まで味わい尽くしたいと思っている航にとってはワクワクしてくるのも本当だった。

目の前に相手プレイヤーのキャラが現れる。

召喚されたのは航の方なので、「現れた」のはむしろ航の方か。

『おーい、聞こえてるか～?』

ボイスチャットを入れているのでコントローラーから相手の声が聞こえてくる。

「あ、はい、どうも、お疲れ様です」

慣れてないのでどうリアクションしたものか迷った末に当たり障りない返事をしたのだが、チャット先の人物は噴き出した。

『お前、仕事中かよ！　もっとリラックスしろって。というか、手伝ってもらうのは俺の方なんだからさ』

「いや、なんか、慣れないので」

『ふ～ん、まあいいや。遊びなんだから気楽にやってくれよ』

「ま、まあやってみます。えっとボイスチャットも問題ないですね」

『おう、教えてもらった通りやったからな。バッチリ聞こえるぜ。トラブったらスマホでよろしく』

「は、はい。了解ですっ」

相手は、航の職場の人間だった。

といっても先日嫌味を言われたのとはまた別人で、同じ部署に所属している先輩、鹿島黎人《かしまれいと》である。

我ながらではあるが、航の性格は地味で、外見は輪をかけて地味。

だが黎人は、営業職らしく常にお洒落《しゃれ》な格好をしている上に、清潔感漂うイケメンで、性格も明るく職場の人間ともいつも楽しそうに談笑している人気者である。

ただ航自身はほとんど喋ったことがなかった。

なにか嫌なことをされたわけではないが、一方的に苦手意識を持っていたのである。

眉目秀麗、前述の通りお洒落にも気を遣い、常に自信たっぷりな様子など、まるで別世界の人間としか思えなかったからだ。

勝手な先入観もいいところなのだが、こういう陽気な、パリピっぽい人物は完全に天敵判定してしまって、できるだけ近づかないようにしていたのである。

そんな黎人から今日、いきなり声をかけられた。

なあ、エルデンリング、教えてくんない？――と。

航からすればギョッとするような出来事である。

理由を尋ねると、普段ムスッとしている（ように見えているらしい）航が、昼休み中、タブレットを見てニヤニヤしているのを見かけたらしい。

黎人が不思議に思って後ろから手元を見ると、エルデンリングのまとめサイトを眺めていたところだったとか。

ネットでは、考察やビルドのアイデアなどが日々更新されている。

変にケンカになったり叩《たた》かれたりするのは面倒なので自ら書き込むことはしないが、他のプレイヤーの考え方やスタンス、物語に対する考察を見るのは好きで、昼休みはもっぱらそうしたサイトの巡回に充《あ》てていた。

黎人はそれを見て「あ、こいつやってるな」と思ったらしい。

ちなみに航としては、まさかそんな姿を見られているとは思っていなかったため、羞恥心で頭を抱えたくなっていた。

逃げ出したくなるような気持ちをこらえ、黎人の要請に応じたのは、彼が助力を求めた理由に感心したからだった。

二人が待ち合わせたのは、忌み鬼、マルギットの祝福。

つまり、黎人はマルギットを既にクリアしていることになる。

一見ゲームなどやるように見えない黎人は、思った通りこの手のゲームをプレイするのは初めてらしい。

それでマルギットを倒したのはカラクリがある。

最初、何度もマルギットに倒されてしまった黎人は気まぐれに野良の助《すけ》っ人《と》を頼んだのだという。

普通、野良マルチではレベル帯の近いプレイヤーが召喚される。

しかし召喚に応じたプレイヤーはこの手のゲームに慣れていたのか、それとも航と同じようにサブキャラを作っていた上級者だったのか、いずれにしてもホストの黎人がほとんど手を出す隙がないぐらいの活躍でマルギットを倒してしまったらしい。

ホストとして攻略が進んだはずの黎人はしかし、まるで楽しくなかったのだという。

その後のストームヴィル城でも手こずりまくっている現状なのだが、単純に手伝うと言うより、このゲームのコツをレクチャーして欲しいという要望だったのだ。

普通、手こずった敵をあっさりやっつけてもらえたら喜びそうなものである。

だが黎人はこのゲームのそうした困難も楽しみたいのだそうだ。

ゲーマーとしてその心意気が嬉《うれ》しかった。あまりゲームをたしなむようなタイプに見えない黎人の口から聞かされたから、なおのことである。

だから「まさか、たいして親しくもない同僚とマルチをするなんて」という重圧に耐えながら、今回のお誘いに応じたのであった。

「よ、よろ、よろしく、お願いします！」

『なんで教えてもらう俺より、お前の方が緊張してんだよ？』

「い、いや、これ僕の性格なんで！」

あぁ、自分はどうしてもっとうまく喋れないのだろう。

絶対変な奴《やつ》だと思われているに違いない。

コーチ役をがんばりたいという気持ちの傍《かたわ》らで、自分の不器用さ加減に暗澹《あんたん》とした気持ちになっていると、

『お前、結構面白い奴なんだな。今まで話したことなかったから知らなかったけど、もっと前から話しかけときゃよかった』

という言葉を賜《たまわ》った。

（この人、神でしょうか⁉）

黎人はこれまでほとんど接点を持ってこなかったタイプの人間だ。そんな彼からこんなに優しい言葉をかけてもらえるとは思ってても見なかった。

（エルデンリング、やっててよかった〰〰っ！）

我ながら単純だとは思ったが、黎人の言葉ですっかりやる気を漲《みなぎ》らせ、精一杯役に立つためプレイに集中するのだった。

◆◆◆

忌み鬼、マルギットの祝福で黎人と合流した航は、さっそく指南役を開始する。

まずは黎人の装備状況だ。

開始時の素性では放浪騎士を選んだのだろう。装備は初期装備を身につけている。バランスがよく、初心者でも使いやすい素性だ。

キャラネームは「Ray」。

そのまま訳せば「光線」という意味の単語で、本名からそのまま来ているのかもしれないが、

（ちょっと格好良《かっこい》い。羨《うらや》ましい）

と率直に思った。

ちなみに航は念のためにメインキャラを引っ張り出してきている。

ゲーム開始時点で、素性は侍を選んだのだが、一回クリアするまでに、「もはやどこに侍要素が？」という有様になっていた。

本当なら和風の甲冑《かっちゅう》を使い続けたかった。

ただ、和風の防具は数が限られており、失地騎士シリーズでまとめている。

唯一武器は、「刀」に分類される屍山血河を用いているのが侍要素と言えなくもない。

だが、これも「日本刀」かと言われると首を捻《ひね》るところ。

ちなみにキャラの名前は「W」。別になにかのコードネームではなく、航の名前の頭文字を取っただけである。

今から考えるともっと名前やキャラメイクは凝《こ》った方がよかったのかもしれないが、買った日は一秒でも早くはじめたくてそのあたりは全部適当になってしまったのだ。

（僕も化粧機能を使って、このへん作り込んでみようかな）

などと黎人を見てこっそり反省する。

『お前の装備、格好良いな！　ゲームを進めたら俺もそういうの集められるのか？』

「そうですね。宝箱からじゃなくて敵からドロップする装備もあるので、ちょっと根気は要りますけど、基本的には手に入りますよ」

『これで楽しみがまた一つ増えたな』

「そ、そうなんですよ！　敵を倒したときの確率ドロップでしか手に入らないものもありますから、本当に奥が深いんですよ！」

　自分の好きなゲームについて思わず語りたくなるのはゲーマーの本能だ。そんな航に、黎人が小さく笑う。

『会社とは比べものにならないぐらい喋るなぁ』

「あ、すみません。うるさかったですか？」

『いやいや、そうじゃないって。喋ってくれて嬉しいんだって』

「そ、そんなもんですか？」

『そ。もちろん可愛《かわい》い女の子の方がいいけどさ、男女問わず、人と仲良くなるのは楽しいもんじゃない？』

「えっと、僕は、ちょっとよくわからないです」

『そうか。まあ、人それぞれだしな。俺は喋ってくれて嬉しい、そこだけ覚えておいてくれよな』

「あ、はい。じゃあ、行きましょうか」

『了解、よろしく！』

　さすがは陽気な対人強々《つよつよ》勢。

　人間関係におけるレベルが違いすぎる。

　きっとパラメータが完凸《かんとつ》しているに違いないと変な納得をしつつ、航は黎人を伴ってストームヴィル城内を目指して歩きはじめた。

目の前に、見上げるほどある城壁がそそり立つ。

朽ちかけた石畳《いしだたみ》の坂道を登ると、堅牢《けんろう》な城門がプレイヤーの前に立ちはだかる――はずだったのだが、航は近づいてきた城門を見て「あれ……？」と思わず声を出していた。

『どうかしたのか？』

「あ、いえ、城門が、開いてるなって思って」

マルギットを倒した後、すんなりとストームヴィル城に侵入できるわけではない。

そこは辛口なフロム・ソフトウェアのゲームらしく、城門にはプレイヤーを拒絶するように頑丈な鉄格子が降ろされているのだ。

多くのプレイヤーはどこから侵入するか、マルギットにようやく勝てた高揚感を抱えながら地味な探索を行うことになる。

だが、黎人の世界では、正面の城門が開かれていた。

ゲームが進めばあとから正門を開放することも可能ではある。ただ、黎人がそこまで進んでいるとはとても思えない。

ならば残る可能性は、一つ。

「ひょっとして、ゴストークに話しかけて、正面から行くって選択したんですか？」

『ゴストーク？　あの脱走した囚人みたいな奴？　うん、したよ』

「な、なるほど……」

黎人の返答で、航は即座に彼のプレイ状況を把握した。

『だってさ、怪しいじゃん』

　ド正論である。

「確かに、どう見ても怪しいですもんね。そもそもあいつに裏道を教えてもらうと、それはそれで厄介な悪さをするんですよね」

『悪さ？』

「はい。鹿島さん、何回か死んだと思うんですけど、普通は落としたルーンって拾うと全部戻ってくるんですよね。でもゴストークに裏道を教えてもらうと、あいつ死ぬ度に三割ぐらいルーンをちょろまかすんです」

『え？　ルーン、減っちゃうの⁉』

「はい。あ、裏道を断ったら大丈夫ですよ」

『でも、正面から行ったら無茶苦茶にされちゃうんだよなぁ』

　どこで詰まっているかと思っていたら、それは詰まって当然のところである。

　ストームヴィル城は、真正面から挑むこともできるが、そうすると手強《てごわ》い敵が手ぐすねを引いて待ち構えているのだ。

　おまけに、強力なバリスタや火炎放射器も設置されており、よほどの高レベルキャラでもなければ通り抜けるのは難しい。

「それはそうですよ……。このゲーム、難しそうな道と簡単そうな道が用意されていたら、難しそうな道はだいたいとんでもなく難しいですからね」

『お前でも？』

「このキャラは一回クリアしたデータですからそれなりに強くなっていますが、一周目だったらとても無理でしたね」

厳密に言えば、航と黎人のデータではレベル差が大きいので、航のキャラはパラメータがごっそり減らされている。

それでもスキルや戦技を使って強引に押し通ることはできそうだが、一周目にそんなことをするなど、考えたくもなかった。

『へぇ、じゃあ、怪しそうでもなんでも、手堅い方を選択するのがいいのかな？』

「基本的には、そのパターンが多いですね。というより、難しい道は、テクニックに自信がある人が腕試しに使うことが多いぐらいなので、避けておいた方がいいと思います」

このゲームは非常に自由度が高い。

高すぎるぐらいに高いのだが、順路から逸《そ》れようとすると、その途端にとんでもない困難が降りかかったりする。

『じゃあ、どうするんだ？　もう一回話しかけても裏道教えてくれないぞ？』

「それはもう、フラグが立っちゃってますからね。でも問題ないですよ、勝手に行っちゃえばいいだけなんで」

『え？　そんなんでいいのか？』

「むしろ、こっから先は死んでもルーンをちょろまかされないんで、偶然ですけど一番賢い選択になってますよ」

『マジで⁉　それはラッキーだな。何回もボロ雑巾のようにされた甲斐《かい》があったぜ』

「ボロ雑巾ですか……」

容易にその場面が想像できてしまった。

前後左右から遠慮なく斬りかかってくる雑魚《ざこ》敵《てき》に揉《も》みくちゃにされたのだろう。このゲーム、複数の敵に囲まれると本当に酷《ひど》い目に遭わされるのだ。

「まあ、とにかく抜け道は僕が案内できますから、行きましょうか」

黎人の状況が見えてきたところで、航はいよいよストームヴィル城攻略へと乗り出した。

◆◆◆

正門の脇にある小部屋は、外に面した壁に大穴が開いており、その穴から別ルートに出られるようになっている。

普通、このような別ルートは、発見さえすれば「ここが通り道だ」とわかるような外見になっているものだが、エルデンリングはこういうところまでシビアである。

穴を通り抜けた先、次に待っているのは道というより庇《ひさし》、あるいは単なる壁の「でっぱり」。とても道とは思えないものに飛び乗って、狭いそこを通っていくことになる。

一歩足を踏み外せば真っ逆さまという足場を通り抜けると城壁が大きく抉られており、その向こうの足場に通り抜けられるようになっていた。

この抉れは城の複数の場所で見ることができ、斜めに三本平行に刻みつけられている。おそらく、かつて大きな戦いがあった名残《なごり》なのだろう。

『……マジで？』

黎人の反応も当然だ。

だがそれでも、ここが正規のルートの一つである証拠に、踏み込んだ先にはちゃんと敵が配置されているのだ。

一瞬、注意しようかどうしようか迷ったが、あえて黎人がそこに踏み込んでいく様子を見守った。

直後、

『うわ、なにこいつ⁉』

黎人が声を上げる。

画面上、物陰から飛びかかってきた大型の猛禽類《もうきんるい》に黎人のキャラが襲われている場面だ。

航は冷静に武器を変更して長弓を構えると、複雑な軌道を描いて飛ぶ猛禽を一発で射落とす。

『ふぅ、こんな敵もいるんだな』

「この先も、ところどころにいますよ。みんなこいつは苦手ですねぇ」

何せ、頭上から襲いかかってくる上に一撃離脱ですぐに距離を取る。狙いを付けようとしても飛び上がって、なかなか捉えられない。

放浪騎士の初期装備であるヒーターシールドは頑丈だが、レベルが低ければスタミナがすぐ切れて無防備になってしまう。今の黎人のキャラではまだガードカウンターを使いこなすのは難しいだろう。

一瞬、事前に注意を促そうかとも思ったのだが、それをし出すと際限がなくなる。結局、黎人がびっくりする楽しみを奪ってしまうと思ってグッと我慢したのだ。

(意外に難しいなぁ、マルチプレイって)

とはいえ、せっかくの機会なので、できるだけのことはやってみるつもりだった。

「この先に祝福がありますから、ひと息つけますよ」

エルデンリングの「ひと息つける」は、休憩できるということではない。

祝福を開放していれば、死んでもそこからやり直せるという、なんとも後ろ向きな安心感だった。

しかし、ストームヴィル城攻略は、ここからがようやく本番なのである。

◆◆◆

祝福「ストームヴィル断崖」は城の裏手に回り込んだ場所にある祝福だ。

かつて何と戦ったのか、頑丈な城壁にはいくつもの穴が穿《うが》たれ、無惨な姿を晒《さら》している。

そんな疵痕《きずあと》を眺めながら、その先にある木製の階段を登っていくと城内に入ることができる。

階段とは言っても壁に木の板を打ち込んで作っただけの簡素なもので、足元はスカスカだし、手すりなどという上等なものはない。

おまけに敵も配置されているので、こんな狭い場所で乱戦になることすらあった。

慣れていないと、落下死と背中合わせのためにゾワゾワした変な感覚を抱えながらプレイすることになる。

ただ、意外と言っては失礼かもしれないが、黎人の操作は思ったよりも上手《うま》く、こんな難所のバトルも楽しんでくれているようだった。

『これならいけるぞ！』

言いながら、ブロードソードを振りきった。

刀よりも重々しいモーションから繰り出される攻撃が、敵の一体を仕留める。

相手の半数は兵士ですらなく、ゴストークと同じ囚人のような格好をした雑魚敵。

物陰に隠れて後ろからナイフでひと突きしてくるなど、特殊な攻撃にさえ気を配れば初心者にとっても恐ろしい相手ではないだろう。

中に入ると入り組んだ構造になっているのだが、そのあたりは航が先導し、そして途中の小部屋に配置されている飛び抜けて強力な敵——失地騎士に一敗を喫《きっ》した。

再びストームヴィル断崖まで引き戻されたのだが、黎人はむしろ発憤し、即座にリターンマッチを挑んで今度こそ切り抜けたのである。

「やりましたね。この先、次の祝福まではまだちょっとありますけど、今の失地騎士は一度倒せば充分なので実質進展しましたよ」

『あ、この鍵は死んでも手元に残るもんな』

「そうです。ある意味このゲームって、強敵とかアイテムとか死んでも巻き戻らない要素を死にながら集めていくことで進展させるって考え方もできるんですよね」

『なるほどなぁ。いやぁ、助かるわぁ。俺一人だったら右も左もわかんないところだったし』

「役に立てたならよかったです」

『さっきも言ったけど、会社と全然イメージ違うよな』

「僕ですか？」

『そうそう。頼りになるわ』

「えっと……」

　改めてそう言われると我に返ってしまう。

「ま、まぁ、エルデンリングのことだと自信が持てるというか、このゲームのおかげでやっと普通に喋れるというか」

『そんだけこのゲームに夢中になってるってことなんだろうな』

「どうなんですかね。大人としてどうかとは思いますけど……」

『いいじゃんいいじゃん。好きなものがあるっていいことだと思うぜ』

　気楽な調子ではあったが、航には黎人の言葉が嬉しい。

　自分が他人と、ネット越しとはいえこんなに一緒に過ごすことなど想像もしていなかった。

しかも楽しい。

エルデンリングがこれほど魅力的なゲームでなければきっと黎人もはまらなかっただろう。

そう考えると、エルデンリング様々である。

『よ〜し、じゃんじゃん、攻略しちゃおうぜ！』

二人の攻略は、ストームヴィル城の中心部へと向かう。

勢いに乗った二人は、城壁の塔の祝福まで辿り着いていた。

円筒形の大きな建物で、螺旋《らせん》階段を伝って登る塔である。その粗末な一室にある祝福だ。ストームヴィル城において、航はここをかなり重要なポイントだと考えていた。

一直線のルートの途中にあるのではなく、この祝福を出た後、ルートがいくつかに分岐する。ここからストームヴィル城の様々な場所にアクセスでき、攻略の拠点となるのだ。

航としてはどこまで手伝うか迷いどころではあった。

ネタバレに注意しているとはいえ、手伝っているからには一人で進めるより楽になっている。それは逆に言うとこのゲームの、手こずりながら進めるという面白さを目減りさせることにはなっていないだろうか。

あるいは、確かにストームヴィル城は序盤でもっとも盛り上がるポイントだが、ここを捨て石と割り切り航が身につけているコツを伝えることで、このあとソロでも楽しめるようにするという考え方もある。

（考えすぎなのかもしれないけど……）

ゲームなのだから、ノリで楽しめればそれでいいのかもしれない。

ただ航はどうにも、こうした細かいことが気になるのだった。

いずれにしても、ここは一つのポイントではある。

このエリアが終われば、エルデンリングの基本的なところは伝えられると考えているからだ。

「ここからけっこう山場になりますけど、準備はいいですか？」

『山場？　強敵でも出てくるのか？』

「ボスもいますけど、色々このあとも使えるコツとか見せられるので、参考になるかなって感じです」

『あ、そういうの嬉しいな。二人で協力して攻略するのも、思ったより面白いけど、このままだとおんぶに抱っこになっちまうからな』

「お手伝いすること自体は苦じゃないですけど、確かに自分の力で進めたい欲はありますよね……」

『いや、でも今日はめっちゃ楽しいぞ。前の助っ人はもう、一方的にマルギット倒しちゃったしさ』

「こうやってボイチャつないでないと、意思疎通もできませんしね」

『そうそう！　そういう意味で、今日はマジで楽しい！』

よほど前回の、野良助っ人と行ったマルチプレイでは心残りが多かったのだろう。

「じゃあ、ここからはちょっと先導しますね」

楽しんでもらえているとわかってホッとしつつ、航はガイドを開始する。

『よろしく！』

「この部屋から素直に出ると、さっき鹿島さんが手こずった鳥が三羽ぐらい待ち構えています」

『げ、あの鳥が三羽も？』

「しかも、爆発する樽《たる》を投げつけてくるのでもう、面倒くさいです」

『それは確かに』

声からも、黎人がウンザリしている様子が伝わってくる。

「たぶん、正規のルートはそっちだと思うんですが、このゲーム、びっくりするぐらい裏道が多いんですよね」

『近道すんの？』

「はい。ただ、途中のアイテムとか取り逃しちゃうので、普通にやるなら正規ルートの方がおすすめなんですが、一旦近道で奥にある祝福まで行ってから引き返す方が簡単だったりするんですよね」

大量の敵が待ち構えているような場所――たとえば、最初に黎人が手こずったという正門前にしても、脇道から裏側に出ると、待ち構えている敵陣の真後ろを取ることができる。

亡者のような設定だからなのか、敵の反応は緩慢で、すぐ横の味方が倒されても反応しないことも多い。

そうした敵を各個撃破していけば、激戦エリアも比較的簡単に制圧することが可能となる。

「まあ、見ていて下さい」

そう言って航は城壁の塔の祝福がある部屋を出る。

正規ルートである外へ向かってではなく、塔の内側——つまり逆戻りする方向へ向かってだ。

部屋を出た航のキャラは、螺旋階段の続きを登ってさらに上を目指す。

ほぼ塔のてっぺんまでやってくると、床は抜けているが、元は屋根裏部屋のような扱いであるらしく、塔の中心を貫く昇降機の巻き上げ機が設置されていた。

たまに遭遇する敵をスムーズに処理して、細い通路を通って外に出る。

そこは塔の屋上にある高台になっていた。

周囲は流刑兵が大量にいるので慎重に動く。建物の陰に潜んでいる一体を始末し、しゃがみながら動いて、立っている歩哨《ほしょう》を黙らせる。

この二体以外は実は休眠状態で、あからさまに戦闘状態に入ったり、直接攻撃をしたりしなければ立ち上がってこないので、やはり各個撃破を心がけることが大切だった。

『ここが近道なのか？　でも、行き止まりじゃないの、ここ？』

黎人の指摘ももっともで、高台は周囲を胸壁に囲まれており、「通路」は見当たらない。

しかしもちろん、ここで間違いはない。

「ここ、ちょっと見てもらえますか？」

そう言いながら航は自分のキャラを壁際の、ある場所に移動させた。

『ここ？　別にアイテムとか落ちてないよな？』

　黎人のキャラが、航が示した場所の付近を行ったり来たりして確かめる。

「そうです。アイテムとかじゃないんですよ。土嚢《どのう》が置いてあるじゃないですか？」

『どのう？　この袋のこと？』

「そうです。このゲーム全般、他のところでも共通するんですけど、他の小物なんかはちょっと触っただけですぐに壊れる物が多いんですが、いくつか壊れないオブジェクトが置かれているところがあるんですよね」

『あ、ほんとだ。乗っても壊れないな』

「で、ここの壁とか、単純なジャンプでは乗り越えられない段差のそばに配置されていると、僕なんかは『ここを足場にして下さい』っていうメッセージだと捉えるんですよね」

『ああ、この壊れない小物を踏み台にして、ちょっと高い場所に登るのね』

「そうです」

　エルデンリングだけではないが、フロムのゲームはいい意味で不親切なので、こうした些細《ささい》な兆しを見て制作者の意図を読み取るのが一つの楽しみになっていた。

　なるほど、と納得しながら、土嚢から壁の上に登ったところで黎人が呟《つぶや》く。

『……さっきも思ったけど、マジでここなの？』

「まあまあ、ついてきて下さいって」

　航は慣れた操作で壁の上に登り、身を乗り出す。

一瞬間合いを測り、そしてジャンプする。

目指すのは隣の塔。

通路ではなく、細い壁から庇を伝い、隣接する別の建物にジャンプするのだ。

エルデンリングのキャラは跳躍力があるわけではないので一歩間違えれば隙間から落ちる。

実際、黎人は一度落ちて、マルチのつなぎ直しになった。

しかしその悪路を乗り越え、黎人の嫌いな猛禽類の敵を一羽仕留めると広々とした屋根の上に出るのだ。

『こんなとこを歩き回るのか⁉』

屋根の上に着地したところで、黎人は驚き、呆《あき》れ、感銘、全部が交ざった声を上げる。

しかし、敵が配置されていたり、降り立った向かいにアイテムが置かれていたりするところからもわかる通り、こんなとんでもない場所も、ルートとしてしっかり考慮されているのだ。

気持ちはわかる。

よくここまで作り込むものだと、フロムゲーを愛好している航ですら毎回呆れるほどだからだ。

そう思いながらも、航はさらに先に進む。

また一つ小さな隙間を飛び越えて、今度は別の建物の出っ張りに乗り、キャラの足が半分はみ出すような心臓に悪い状況になりながらも構わず進んで行く。

ボイスチャットから、『ひぇ』とか『うわ』とかの声が聞こえてくるが、それ以上の疑問などは差し込まず、黎人は大人しく航についてやってきた。

建物を半周するように長々と不安定な足場を進んで行くと、眼下に開けた場所が見えてくる。

別のルートで通る通路を、ちょうど上から見下ろした形になる。

そこに、何体かの敵が配置されているのが丸見えになっていた。

『あ、ここにもいるのか、あのエグい奴……』

別の個体ではあるが、何度か殺されてきた黎人が呻《うめ》く。

黎人が見たのは、失地騎士と呼ばれるタイプの敵で、体力もありこちらの攻撃にも怯まず、さらに遠慮なく戦技を連発してきて慣れないプレイヤーだと一瞬で殺されてしまう。

正直に言えばこんな序盤の雑魚として配置されるには反則級のとんでもない敵なのだ。そんな相手と、まっとうな進み方で行くと正面から戦わなければならないところなのだが、今は違う。

航は遠慮なく武器を長弓に持ち替えて狙いをつける。

ひゅん、と鋭い音を立てて放たれた矢が、失地騎士の体を貫く。

攻撃されたことで迎撃態勢に入った失地騎士。

本来であればプレイヤーを察知した途端、一直線に襲いかかってくるところだが、今は高低差という見えない防壁が立ちはだかっている。

こうなると、さすがの失地騎士もこちらを睨《にら》みつけたまま左右に動くことぐらいしかできないのだ。

対して航は、二発、三発とためらうことなく矢を放つ。

そしてさすがの耐久力でかなりの本数を必要としたが、失地騎士はこちらに一撃も返すことができないまま倒されてしまった。

『おぉ！　こんなに簡単に勝てんの⁉』

距離も比較的近い上に、遮蔽物もないので当てるのも簡単。矢の本数は多少必要だが、いくつかの種類を使い分ければ、弾切れすることもないだろう。

「こういう、狙撃《そげき》ポイントがけっこうな数用意されてるんですよ、このゲーム。なので、素直に進んで行く中で詰まったりしたら、こういう別の場所から狙い撃ちできないか探すのもおすすめですね」

『へぇ』

「好みの問題ですが、絶対に近接だけでやりたいという人じゃなかったら、遠距離攻撃の手段はなにか一つ持っておくと楽になりますよ」

他人の信仰には口を出さない。

それはゲーマーの鉄則ではあるが、便利なのは確かなのだ。

『なるほどなぁ』

他にもあちらこちらを連れ回して、楽に敵を屠《ほふ》れるポイントを伝授する。

もちろん、ストームヴィル城を攻略してしまえば用はなくなるかもしれないが、同じようなポイントはいくつもあるので今後の参考になるはずだと考えたからだ。

「このゲーム、もちろん超絶テクニックで圧倒するようなプレイヤーもいますけど、こういう工夫で切り抜けるのも立派な手段の一つなんですよ」

そういう、いくつもの方向性で進むことができる上、それぞれ破綻《はたん》させずにバランスが取れている。

本当に懐《ふところ》が深いゲームで、航はそんなところが大好きだった。

「ちなみに僕は、テクニック自体は普通です。真正面から突っ込んでいくのはリスキーすぎるので、状況や、自分が持ちうる条件、攻撃手段、押したり引いたりの見切り——ありとあらゆる要素を駆使して、敵を搦《から》め捕《と》るぐらいの気持ちの方が楽できますよ。なんなら、卑怯《ひきょう》戦法万歳ぐらいな気持ちです」

正面から戦ったらあっさりと殺されてしまう敵をチクチクと一方的に削ると、ちょっと歪《ゆが》んだ喜びを覚えてしまうのである。

「くくく、悔しかろう」

などと、コントローラーを握って思わず一人で悪役ムーブをかますこともたまにあった。

黎人がこちらのフィールドに乗ってきてくれるのが嬉しくて、航の解説にも力がこもっていく。

押しつけがましくならないように気をつけながらも、熱心に、そういう正面から突っ込む以外の戦い方とその魅力を語っていると、いつの間にかボイスチャットの向こうの黎人が静かになっていた。

（――あ、しまった。やりすぎた⁉）

黎人がどん引きしてしまったかと心配しかけたのだが、次に聞こえた黎人の言葉は、思いもしないものであった。

『は〜、なるほどなぁ。色々考えてやるとそんなに変わるものなんだな』

黙り込んでいたのは単純に感心していたためであるらしい。

どん引きされなかったとわかってホッとする航だったが、黎人の言葉はそれで終わりではなかったのである。

『お前、ゲームならそんだけやれるのに、なんで営業下手なんだ？』

「へ？　ど、どういうことです……？」

◆◆◆

ゲームをプレイしていたら、

『お前、ゲームならそんだけやれるのに、なんで営業下手なんだ？』

いきなり営業の下手さ加減を指摘された。

その飛躍についていけず、航は腹が立つというよりただただ唖然《あぜん》とするだけだった。

「えっと、結局、ど、どういうことです……？」

『いや、お前が喋った内容、まんま営業にも通じるじゃん』

混乱しすぎて、航は自分が何を喋ったのかと慌てて反芻《はんすう》する。

『つまりだな、買って下さい！　と真正面から突っ込むだけだと、偶然にもこっちが勧《すす》める商品を欲しがっていたような場合以外は「結構です、さようなら」だ』

そんな都合がいい場面など滅多《めった》にないから、営業は難しいのである。

『とんでもないテク――俺達の場合は口八丁手八丁の話術とかだけど、そういうのがあれば切り抜けられることもあるが、大抵は無理だろ？』

「そ、そうですね」

『それさ、今の俺がゲームで行き詰まっていたのと同じじゃない？』

飛躍していると思ったら、本当に飛躍していたロジックに、航は思わず声を上げる。

「いや、ちょっと待って下さいよ、そんな、ゲームと現実とは一緒じゃないですって」

あるいは回線の向こうで、酒でも飲んでいるのかと疑うところだが、黎人の言葉は止まらない。

『相手の裏側に回り込んで何が必要なのか予めリサーチしたり、距離感測って相手が怒らないような頻度で顔見せしたり、失敗して怒らせたら熱が冷めるまでちょっと離れてみたり……。要は、自分が望む状況を引き寄せるためにありとあらゆる手段を尽くす感じだろ？』

「いや、まあ、それはそうですけど……」

『俺だって、ゲームと現実がまったく同じだとは思ってねぇよ。そうじゃなくて、お前は状況に応じて裏を読んだり、工夫したりすることができる奴だ。けど……間違ってたらごめんな。

お前の数字を見てたら、あれ、真正面からぶつかって要らないって言われたらすぐに引き下がる奴の数字なんだよな』

時代錯誤も甚《はなは》だしいと思うのだが、樹リースのオフィスには、個人営業成績が堂々と張り出されており、航は下から数えた方が早い位置の常連だ。

『もっと相手を搦め捕るような動きをすれば、ああはならん気がするんだよ』

日頃飄《ひょう》々《ひょう》としている黎人が、営業の成績一つでそこまで見抜くとは思ってもいなかったのだが、全く言葉通りだった。

「でも、現実は生きてる人間が相手ですから、こっちの要望を押しつけたら相手に迷惑がかかるじゃないですか？」

『あ〜、やっぱりそういうことを考えてんだな。そりゃ、騙《だま》して契約取ったら犯罪だけどさ、限度を超えなければ演出だろ？　本当にいい商品でさ、最初は契約する気がなくても、使いはじめた後に「あ、やっぱり契約してよかったな、これ」ってなったらみんながハッピーになれるじゃん』

なるほど、そういう考え方もできるのかと、航は目から鱗《うろこ》が落ちたような気持ちになった。

『あ、もちろん、お前の主義はあるだろうから、無理強《むりじ》いするつもりはないよ』

「僕、営業やってるのに、恥ずかしい話ですけど人と喋るの苦手で……」

『あ〜、そんなこと言ってたな』

「は、はい。特に、初対面の人と喋るのとか本当に苦手で。ただ、まだ仕事だと喋る用件がハッキリしてるじゃないですか」

『営業なら、買って欲しいものがあって、それについてやり取りするというのは、まあ話題をイチから探すよりはハッキリしてるわな』

「そうです！　だから仕事の時は、頭の中でありとあらゆるケーススタディというか、やり取りの想定問答集を組み立てて、先方の会社を訪問する前に綿密にシミュレーションをして行くんです！」

もちろん、相手の反応を全部予想できるわけはない。

ちょっとでも想定から外れた話題になると、航の場合はがたがたになる。それでは商品まで怪しまれて契約できないのも当然なのだ。

『ただ、俺、お前はもっとできる奴じゃないかと思うんだよねぇ』

「か、買いかぶりですよ」

『どうかなぁ〜。ん〜、俺、いい加減な奴だから、適当に聞き流しといてくれよ』

型破りな評価ではあったが、想像もしていなかったような言葉が妙に航の胸に突き刺さる。

それに、お互いにハッピーになれるという黎人の表現も新鮮だった。

これまで、営業はどう言い繕っても自分の都合の押しつけでしかなく、熱心にやればやるほど客にとって迷惑にしかならないと思っていた。

実際、営業は嫌われることも多い。

しかし、黎人のような考えは、今までしたことがなかった。

いや、あるいは研修などで互いのためになると聞かされたことがあったかもしれない。

ただ航にはその言葉はただのおためごかしにしか聞こえなかった。

なのに底抜けに陽気な黎人の口から聞かされると、真実のように聞こえるから不思議である。

だからもう一度だけ、がんばってみようかと、そう思ったのだ。

◆◆◆

午後九時。

ここしばらく、航と黎人がエルデンリングで待ち合わせる時間となっていた。

社会人なので一度にそれほど時間は取れないが、毎日少しずつマルチプレイを行う日が続いている。

『俺、男と毎晩デートするなんて、初めての経験かもしれん！』

「鹿島さんはモテそうですからね」

『自慢じゃないが、中学生から今日まで、彼女が途切れたためしはないぜ』

そう言いながら、『さすがに一ヶ月区切りな』と補足するが、どっちにしても人付き合いが得意ではない航からすれば羨ましい話である。

「充分自慢ですけどね、それ」

先日とは違い、雑談多め。

加えて、二人とも軽くアルコールを飲みながらのリラックスプレイ。

というのも、今日の待ち合わせはストームヴィル城ではなく、その手前にある嵐丘のボロ家の祝福である。

「じゃあ、この小屋の中にいる女の子には話しかけました？」

『おう、一回話したぞ』

「あ、やっぱり。一回だけじゃなくて、何回か話しかけると遺灰がもらえるんですよ。毒で攻撃してくれるクラゲの遺灰で、耐久力も高いから便利ですよ。あ、エレの教会で魔女とは話しました？」

『狼の遺灰もらった。一回使ってみたけど、なにこれ、すごい便利だな』

「もう使ってみたんですね。攻撃してくれるのもいいんですけど、一人でやってたら常に敵に狙われますからね。適当に敵を引きつけてくれるので、その隙に自分も攻撃したり、回復したり、かなり楽になりますよ」

『ほほぅ。この調子で他にも頼むわ』

実は、よくよく聞いてみると、黎人はゲーム開始後、ほぼ一直線にストームヴィル城に向かっており、基本的な探索をまるで行ってこなかったとわかったのである。

（まぁ、このゲーム開始直後の、最大の罠《わな》だよな）

最大の罠が、ゲーム内のギミックではなく制作者からの情報の出し方なのが、いかにもフロムのゲームらしい。

ストームヴィル城の歩き方の基本的なところは伝え終わったので、今日は一緒にフィールドを歩いて、役に立つアイテムやシステムについて伝えようと思ったのだ。

マルチプレイ中は霊馬トレントが使えない。

キャラの足での移動は時間がかかるが、苦にならなかった。というより、考えてみると最初のプレイでは広大なフィールドを歩き回っている時、あえてトレントを使わずに徒歩で移動していたことも多かった。

遺跡や洞窟を見落としそうに思えたし、途中で採取できるアイテムも地味に大きかったりする。

何より風景を眺めながら歩き回ること自体、充分遊びとして成立するほど楽しいのだ。

黎人は主に南のアギール湖周辺を歩き回っていたそうなので、航は嵐丘のボロ家から北東方面を案内することにした。

戦技が買える戦学びのボロ家や、口頭でだが血の指が乱入してくる場所も教え、さらに進む。

キラキラと輝く黄金樹や、風に揺れる草木、近づくと走り去る野生動物、そして醜悪なアンデットや亜人達、それらとの出会いや戦いの感想をボイスチャット越しにやりとりしたり、あとは他愛のない無駄話に興じたりしながら歩き続ける。

それは思った以上に楽しい体験だった。

最終的に序盤で役に立つ民兵スケルトンの遺灰を入手するところまで案内し、そこから道を外れ第三マリカ教会で聖杯瓶の回復量が増える聖杯の雫や霊薬の聖杯瓶といった回復面を強化するアイテムも手に入れてもらう。

『そんで、あのあと仕事の調子はどうよ？』

雑談のついでといった気楽な調子で黎人が仕事の話を切り出した。

正直、ゲーム中にリアルの話題を混ぜたくない派の航だが、今日はいつにも増してテンションがだだ下がりになる。

『あれ？　どうかしたのか？』

声にせずとも気配を感じ取ったのか、黎人が心配そうに聞いてくる。

「あ～、いや～、調子ですか……。ぶっちゃけ、ダメダメですねぇ」

それは、一つ二つの「気付き」で業績が激変するようなら、業界中の営業が苦労していないだろう。

『あらら、そうなのか……』

「実は、苅谷建設《かりやけんせつ》さんに通っているんですが……」

『このあたりじゃ結構大きいところだな。まあ、大口の契約は確かに難しいか』

「それもあるんですが……実は今日、最近はやりの可動式スタンディングデスクを中心に、オフィス全体のリフォームプランを持っていったんですよ」

『へぇ、なかなか思い切った提案だな』

「可動式のデスクを中心にすれば、電源やＯＡ機器のケーブルなんかも動くことに対応した商品の方が都合いいですし、そういう必然性を絡めて一気に数を捌《さば》ければ全体的に安くできると思ったんですよ」

『うん、いいじゃん。まっとうだし、苅谷建設さんも老舗《しにせ》だから、そのあたりのバージョンアップもいいタイミングだったんじゃないのか？』

そう、目の付け所は、我ながらよかったのかもしれない。

なのだが、問題は、同じようなところに着目した人間が他にもいたということだ。

「もっと安いプランを提案したところがあったんですよ」

『値段勝負か……。そこで負けると弱いよなぁ』

「はい、しかも同じようなプランで、僕が提示した半額ぐらいの設定になってました」

『半額⁉　そりゃまた、大負けだな』

「それもそうなんですが、僕がモヤモヤするの、負けたからじゃないんですよね」

『あれ？　そうなの？』

「はい。……僕に諦めさせようとしたんだと思うんですが、苅谷建設の人が、別の会社が提示した値段設定の資料を見せてくれたんです。ただそれ、安すぎるんです」

『というと、もしかして……』

「ええ、こっちもギリギリまでムダは削ってたので、あの値段設定だと、小売り店に損失が出るレベルなんですよね」

リース会社は、基本的に顧客の要望を受けてから商品を購入する。

自社で販売しているわけではないので、リース料金を安くするために一番手っ取り早いのは購入金額を節約することだ。

あるいは、競合リース会社は、立場の弱い小売り店に損を覚悟させるような取り引きを強要しているのかもしれない。

少なくとも、半額とはそのレベルの話のように思えた。

「苅谷建設の人は二人いて、一人は僕のプランに興味を持ってくれているみたいなんですが、もう一人は安さ第一で……」

安さを重視するだけなら当然だ、だが、

「どこかが損しそうなのは感じているのに、品物が確かならどこが損しようと構わないって……」

そう言ってのけたのである。

ある意味で、それが会社員として正しいのかもしれない。

自分が所属している会社にさえ損が出なければいい。

むしろ事務用品など、使う側にとって直接は利益を生まない要素なのだから少しでも費用を抑えるのが正義だ。

航の忌避感など、他の人達に比べればナンセンスもいいところなのだろう。

(だからリアルってイヤなんだよな……)

自分が目的を果たそうと励《はげ》めば、どこかにしわ寄せが行く。

だいたいの場合において、何事にも利益が背反する相手がいて、航の成功は誰かの失敗とセットになっていることが多い。

これはもう性格としか言いようがないが、どうしてもそういうことが気になってしまう。

「青臭いことを言ってるのは、自分でも、まあ、わかってるんですけどね……」

世の中で通じないのはわかっている。

だが、航の予想に反し、黎人の反応は意外なものだった。

『お前が気になるなら、それはそれでいいんじゃねぇか？』

「え……？」

『だって、少なくとも一人は、お前さんのプランに興味を持ってくれてるんだろ？』

「それはそうですけど……」

『だったらさ、ここは踏ん張りどころだろ？』

「でも、そうしたら、苅谷建設さんは同じようなプランに余計な出費をすることになるじゃないですか……」

『余計かどうかを決めるのは、お前じゃねぇ。客だ。お前はお前にできる範囲の価格設定をして、その価格設定を選ぶべき理由を説明すりゃいい。そこでその気になれば、それは苅谷建設さんの考えであって、お前が責任を負うところじゃないだろ？　でもお前が勝てば、小売りが泣かずに済む。そういうことじゃねぇの？　――まぁ、お前の想像通りならだけど』

「苅谷建設さんが、単なる価格をはね除《の》けて、うちを選ぶ理由……」

『そう、それを摑《つか》めばいいだけの話じゃん。お前の提案が通れば、苅谷建設さんも納得して、うちも大口契約で万々歳、さらには小売りも助かるって、いいことだらけだろ？　今こそ、俺に教えてくれた「粘り」を発揮するときじゃねぇか』

状況や、自分が持ちうる条件、攻撃手段、押したり引いたりの見切り——ありとあらゆる要素を駆使して、敵を搦め捕るぐらいの気持ち——それは確かに、航が自分で口にした姿勢であった。

◆◆◆

いつもの時間。

ここ最近の流れ通り、エルデンリングを起動して黎人の世界に召喚された途端——

「僕、やっちゃいましたよ〰〰〰！」

と盛大に嘆き節をこぼす。

『どうしたんだ？　そっちから仕事の話を振ってくるなんて、珍しいじゃん。……まさか、トラブったのか？』

日頃は呑気《のんき》な黎人も、さすがに戸惑ったように聞いてくる。

「トラブルというか、トラブルじゃないというか……」

歯切れが悪い航に対しても、黎人は急《せ》かさず、根気強く続きを待ってくれた。その態度で航も覚悟を決め、ようやく口を開く。

『てことはつまり、苅谷建設さんに食い込んだってことか？　すごいじゃないか、それ』

航の説明を聞き、黎人は驚きつつも声を弾ませて喜んでくれた。航の説明の中には喜ぶべき要素が入っているのも確かである。

しかし、それ以上に、とんでもない問題も内包しているのだが、黎人はそれをまるで無視しているようだった。

「いや、でも、鹿島さん、僕――」

なけなしの勇気を振り絞って、残りの部分を口にする。

「――会社に相談せずに、勝手に条件詰めちゃったんですよ！」

そう、航は午前中の商談で、確かに契約を結ぶまでにこぎつけた。

具体的には、口約束を交わし、正式な契約書を作って持ってくるところまで話が進んだのである。

だが航は、会社では規定されていなかった条件を勝手に盛り込んでしまった。もちろん超弩《ちょうど》級《きゅう》の反則行為である。

バレてしまえば大問題。下手をすれば会社をクビになる。

航がナニをしでかしたのかというと、実はひとくちにリース契約と言っても、その内容は大きく二つに分かれる。

リースとは必要な品を借りる契約のことだが、多くの場合、所有権はリース会社が握ったままになっており、期間が短いものは「レンタル」という。

車や、映画のＤＶＤなどを考えればわかりやすい。

リースは比較的長期間取り引きを続ける形態のことを指すが、それにも二つの種類がある。予め期間を定めて安く貸し出す方式と、最終的には所有権が利用者に渡る——つまり購入と同じ扱いになる方式の二つだ。

期間を定める方式は、契約が終了するとリース会社が商材を回収し、中古市場や二次使用に回す。

商材の購入価格を複数の機会で回収するため、月々の費用を安く抑えられる。オペレーティング・リースと呼ばれる方式だ。

一方で、後者は形だけを見ればローン購入と変わらない。

利用者とリース会社で契約期間を定め、購入した商材の代金をリース代という形で支払い続ける。

契約期間の終了は、商材の代金完済と同時となり、品自体の所有権も基本的には利用者の物となる。

なのでその利点は価格面ではなく、ローンを組む時のような審査や手続きが簡素化でき、なおかつ手続き自体も大半をリース会社が行ってくれるという点にある。

こちらはファイナンス・リースと呼ばれる方式だ。

航はその二つの契約を織り交ぜたような提案をしたのだ。

つまり、基本的にはファイナンス・リースの契約で、一定期間の支払いによって商材は苅谷建設のものになる。

だが途中で都合が変わる——たとえば事業規模の変化で再度オフィスの体制が変わるような場合などは、本来なら途中解約できないファイナンス・リースを途中でオペレーティング・リースに変更できる特約をつけると言ったのだ。

こうすることによって、万が一、オフィスの再編が行われるような場合も費用を最小限度にしてオフィスの変化に対応できる。

形としてはオペレーティング・リースを継続し続けるようなものだが、一方で「そのままでいい」という場合、今度は最初から買い切りの契約を選んでいなければ延々と継続してリース料を支払い続けなければならない。

ただ安いだけでは変化に対応できず、もし不要になった場合、それらの商材を処分する費用がかかってしまう。

この対応力の点で、航の提案の方が魅力的だと、自分でも信じられないぐらい熱心に相手を説得し、そして口説き落とした。

口説き落とせてしまった。

自分のどこからそんな発想が出てきたのか、今でもわからない。

あのときはただただ夢中で、なりふり構わず相手を説得しようとしただけだった。

「なので、僕はやってしまったんですよ！　あとは、どうやって問題を最小限にするか……」

責任問題は必至。

航一人がクビになるだけならまだましで、下手をすれば監督責任で自分の上役にも迷惑がかかるかもしれない。

ネガティブな考えが連鎖して、際限なく落ち込んでいく航に対して、

『いや、そんなことにはならんでしょ。……というか、お前、覚えてないの？』

と、黎人はあっけらかんと言い放つのである。

「え？　覚える？　なにかありましたっけ？」

『お～ま～え～な～。その変動型契約、俺が聞かせてやったじゃないか！』

「えぇっ⁉　いやいやいや、僕、鹿島さんと仕事の話なんて――」

そこまで言いかけたところで、航の脳みその隅っこがチクリと反応した。

仕事の話をした、気がする。

『ほら、エルデンリングでマルチをやってる途中で、今度こんな新サービスをやるんだってって話したら、お前がゲームの途中に仕事の話をするなんて無粋だ～って遮ったんだろうが』

確かあのとき、比較的沢山お酒が入っていた気がする……。

黎人は面白がっているようだった。

「な、なるほど！　そうか、そりゃ、僕が勝手に創作してあんなアイデア出るわけないですよね！」

自分で言っていてかなり虚《むな》しい話だが、とにかく、安堵《あんど》しかける。

『――が、正式にまだ採決はされてない。ゆくゆくは、そういうサービスをするだろう、とい

う話だ』

　ピンチ再び。

「やっぱりクビですか⁉」

　航が慌てると、黎人はボイスチャットの向こうで笑いをこらえているらしい。しばらくの沈黙の後、

『まあ、お試しで何件か実際に契約しようって話になっていたから、そこにねじ込んどいてやるよ』と請け負ってくれた。

「本当ですか⁉　助かります！　恩に着ます！」

　何年かぶりに、心の底から感謝の気持ちがこみ上げてきた。そんな航に黎人はうんうん、と鷹揚《おうよう》に頷《うなず》いているのだろう声が聞こえてきた。

『でも、小売りが苦しむから思わず突っ走ったなんて、マジでセールスマンらしくないな。お前らしいというか、なんというか』

「そ、そうですかね。なんか、間抜け丸出しで恥ずかしいだけですが……」

『俺はいいと思うけどねぇ』

　黎人の言葉に安堵したところでふと気付く。

（会社だったら、こんな相談できなかったかも……）

　ボイスチャットで顔が見えていない気安さなのか、それともマルチプレイで距離感が近づいたおかげなのか、いずれにしても人見知りの航がそれほど親しくない黎人に相談できたからこ

そ今の状況がある。

（ありがとう、エルデンリング！）

などと感謝を捧《ささ》げていると、さすがに今日はのんびり遊ぶ気持ちにもなれないだろうからという黎人からの提案で、その日は軽く雑談だけをして切り上げることになったのだった。

◆◆◆

鹿島黎人は足取りも軽く出社する。

数日前、後輩である航の尻ぬぐいを終えたのだが、今日あたり、会社としても正式なゴーサインが出て先方に契約書を届けに行くことになるだろう。

黎人は大丈夫だと保証したのだが、それでもここしばらく、航は死にそうな顔をしていたのでようやく安心するだろう。

独断専行はよろしくないが、立場の弱い業者が泣くことに憤慨して思わず突っ走ってしまった航の性格は嫌いではなかった。

（あいつ、おもしれーな）

これまで周りにいなかったタイプであり、見ていて飽きない。なので思わず手助けをしてしまったのだ。

黎人がオフィスに入ると、航はとっくに出てきており、何やらそわそわしていた。

おそらく上長が正式な契約書に判を捺《お》してくれるのを待っているのだろう。

「相田〰〰〰っ！」

そんなとき、オフィス全体に聞こえるような大声が響き渡り、オフィス中の人間が声のする方に注目する。

呼ばれた航など、反射的に席から立ち上がって直立不動になっていた。

オフィスの入り口に、日頃ここでは見ることがない巨漢が立っている。

あらゆるパーツがデカく、ゴツく、熊だと言われれば信じたくなるような大男だ。

「おぉ、お前が相田か！」

のしのしと熊は大股で航に近づいていく。ただでさえ人見知りの航は完全に一杯一杯になってしまっていて、「ひゃ、ひゃい」とだけ返すのが精一杯の様子だ。

だがそれも無理はない。

航が震え上がってしまったのは、相手が熊のような大男だからというだけではない。

このオフィスでは見たことがなかったが、男の名前は黎人も知っている。

彼の名前は荒木三太《あらきさんた》。

樹リース、常務取締役——つまり、重役である。

あの手の体育会系丸出しといった雰囲気は苦手だろうし、なによりまだ若手の航は荒木のような重役と直接話したことなどないはずだ。

黎人も、せいぜい顔と名前を覚えている程度である。

顔色を蒼白にさせている航の心境が、手に取るようにわかった。

（あいつのことだから、「絶対に怒られる。理由がなにかはわからないが、とにかく怒られる」とか考えてそうだな）

とはいえ、黎人も常務がわざわざやって来た理由がわからない。航の契約については、黎人が問題なく処理したはずだが、何か警告しにきたのだろうか。

それにしたところで、常務がわざわざ直接やってくるのは常識外れも甚だしい。そう思い込んでいた黎人だったが、荒木から出てきた言葉は真逆のものだった。

「よくやったっ！」

「え？　僕――自分が、ですか？」

「そうだ！　今度契約を結ぶ茢谷建設の件だが、先程先方から直接お電話をいただいた！」

どうやら風向きが違うぞと耳をそばだてる。

「詐欺だったのだよ」

航にはなんのことかわからずに、ひたすら困惑しているだけのようだった。

「君が競っていた、別のリース会社があっただろう？」

「あ、はい。小売りに迷惑がかかりそうな価格設定の……って、もしかして？」

「そう、その輩《やから》が、詐欺グループだったとわかったらしいのだよ。今、警察が動きはじめたらしいが、君が強引に割り込まなければ被害に遭っていたかもしれない、と先方から直々にお電話をいただいたということだ」

「なんと……」

離れた場所で聞いていて、思わず口笛を吹きそうになった。

航は青臭い正義感で、ただ夢中で契約を取ろうとしただけだろう。

なりふり構わず突っ走った結果、小売り店を救うのではなく、犯罪を阻止してしまったというのだ。

まさに青天の霹靂《へきれき》とはこのことだろう。

「あ、あの、ちょっと突っ走って他の部署にご迷惑をおかけしたかもしれませんが……」

言わなくてもいいはずのことだが、バカ正直にも打ち明ける。

（あのバカ。余計なことなんか言わずにいればいいのに）

常務などというポジションには、航のやらかしなど一々伝わってないだろう。

苦笑しながら見守っていると、荒木は豪快に笑い飛ばしただけだった。

「結果よければすべて良し！　これからも励みたまえ！」

それだけを言うと、荒木はオフィスを大股で歩いて出ていく。

まるで嵐が通り過ぎたように、オフィス中がしーんと静まりかえる中、黎人は笑いをこらえるのに一苦労していたのだった。

周りが落ち着いたのを見計らってから、黎人はこっそり航に話しかける。

「よ。うまくいってよかったな！　契約も取れたし」

手放しで喜ぶかと思いきや安堵の方が大きかったらしく、目に見えてホッとした様子だった。

「いや、もう、何が何やら……ただ僕は、この会社に入って初めて味わいました、こういう達成感みたいなの」

「契約取ったの、初めてじゃないだろ？」

「はい、でも、相手を説得して意見を変えさせて、それでその結果が喜ばれたの——つまり、鹿島さんが言ってた『ハッピー』になれたの、初めてだと思います」

「そうか？　だったら、悪くないだろ、営業もさ」

「たぶん。あ、いや、まだわからないかもしれないですけど……」

「へへへ。相変わらず慎重な奴だぜ。けど俺達、いいコンビかもな！　肩の荷が下りたとこで、今夜もヨロシクな！」

「はい！　今日中に茢谷建設さんの案件はひと区切りつきそうですから、帰ったら思い切り遊びましょう〜！」

航はようやく、そこで笑顔を見せるのだった。

第二章

ツリーガードと疑惑の一撃

その日も、帰宅した航《わたる》は狭間の地へと旅立った。

黎人《れいと》とマルチで待ち合わせをしたのだ。

さすがに毎日ではないが、「仕事が終わった後のエルデンリング」は航と黎人の間ですっかり定着しつつある。

本日の目的はリムグレイブ周辺の探索。

てっきり今日もストームヴィル城攻略かと思っていた航は少し意外だったのだが、純粋な攻略という意味なら、黎人はもう奥まった小部屋の祝福まで開放しているらしい。

つまり、ストームヴィルの最奥部で待ち構えるボス、ゴドリックにもその気になればいつでも挑戦できる状態なのだ。

だがまだ黎人はゴドリックには挑戦していない。

先日、ストームヴィル城の歩き方を解説して以来、黎人は練習がてら自分一人でも城内を歩き回っていたらしい。

その際、航とのマルチで体験した内容を思い出してあれこれと工夫していると、また別の意味で面白くなってきたのだそうだ。

城内に何人かいる失地騎士に練習相手になってもらっているらしい。

そうしてウロウロ歩き回っているうちに行ったことがないルートが見つかったりする。

そうすると好奇心が疼《うず》いてついつい脇道に逸《そ》れてしまい……というループですっかり足止めを喰《く》らっているという具合である。

ただ、その話を聞いたとき航は、心から「わかる！」と即座に同意していた。

ならば無理にゴドリック戦に進むように促さなくてもいいだろう。おまけに、リムグレイブの探索自体もまだまだ進んでいないらしく、今日は久しぶりにあちらこちらを歩き回ってみるということになったのだ。

先日の探索では、嵐丘のボロ家から北東側へ、ケイリッドに入る手前まで探索を進めていたので、今日はアギール湖を中心に回り、アイテムや、リムグレイブ坑道の攻略などを進めていた。

亜人のボックのイベントなども拾える上、広々としたフィールドを手軽に楽しめる場所だったからだ。

『ふぁ、何度来ても、ここのドラゴンだけは要注意だな』

飛竜アギールに危うく殺されかけた黎人が、湖から離脱したところで聖杯瓶を使ってＨＰを回復させながら息をつく。

ちなみに回復前はゲージの八割が削れていた。

これでも、危なくなったところで反射的に回復行動を取らなくなっただけ、黎人もこのゲームに慣れてきたと言える。

その場で足を止めて徹底抗戦するなら相手の隙をついて回復しなければならないが、離脱するつもりなら回復したい気持ちを抑えてまずは距離を取った方がいい場合が多い。

聖杯瓶から中身を飲むというアクションは隙が大きく、焦《あせ》って回復しようとしてかえって危機に陥るというのは初心者あるあるなのだ。

「特定のNPCのイベントを進めるのでもなければ無視するのが一番ですよ。強い武器がドロップしたりするわけでもありませんからね」

マルチの間はトレントが使えないので、逃げるのも一苦労である。

『リムグレイブ坑道はクリアしたし、次はどうする？』

「そうですね。このまま南に行くと啜《すす》り泣《な》きの半島がありますし、ちょっと戻って東側に出ると、前に立ち寄った第三マリカ教会があるんですが、そっちの先にも色々行けますね」

『どっちの方が大変そう？』

「大変か、ですか。えっと、啜り泣きの半島の方は複数のイベントや洞窟やボスが配置されているので、時間はかかりますね」

『そっか。じゃあそっちはもっと時間があるときの方がいいかな』

「僕もそう思います」

そんなわけで、二人は東に向かう。

途中、ケネス・ハイトからの依頼を受け、第三マリカ教会から大きく南に進路を変えた先にあるハイト砦《とりで》まで足を運んだ。

『けっこう色々あったなぁ』

途中、新しい地図を手に入れ、シーフラ河の井戸や廃墟《はいきょ》でNPCのブライヴを発見したり、放浪の商人も一人見つけたりした。

これで黎人もこの周辺でかなり動きやすくなっただろう。

特にシーフラ河の井戸では、長い昇降機を使って地下遺跡に向かうことになるが、始終『おぉ、すっげ～、ここすっげぇな～！』とご満悦の様子だったので、航としても案内した甲斐《かい》があった。

「今日は、ここの砦を取り戻したら終わりですかね」

『そうだな。ちょうどいいぐらいの時間になりそうだな』

「そんなに難しくないですけど、アイテム的に結構オイシイところなので、やっちゃいましょう」

『それは楽しみ！』

航のひと言でさらにやる気を漲《みなぎ》らせた黎人のキャラは、意気揚々と走り出す。

ハイト砦は海側に突き出した岬の先端に設けられた砦で、切り立った岩が天然の城壁のようになって行く手を遮っている。

通れるのは正面の緩やかな坂道のみ。

そこには現在、先を尖《とが》らせた木材を組み上げて作ったバリケードが設置されており、外敵を拒んでいた。おまけに奥にある堅牢《けんろう》な砦の上にはバリスタが接近する敵に狙いを定めている。

鋭い射出音と共に頭上から矢が降り注ぐ。

よく見れば、砦へと続く道は、無数の矢が地面に突き立っている。

『おい、なんか戦ってるぞ？』

バリスタに狙われているのは、航達より先に砦に近づいた亜人の一団だ。

数匹の亜人がバリスタの攻撃によって足止めされている。

「気にしなくていいですよ。むしろ、あいつらを倒すと僕らがバリスタに狙われます。通り過ぎましょう！」

『おっけー！』

もたもたしていると砦を睨《にら》んでいる亜人からの敵視も買ってしまう。

トレントが使えないままだが、そうならないように速やかに通り抜ける。

バリスタからの流れ矢に当たらないように、射出音のリズムを読んで適当にローリングを挟みながら行くとすんなりと通り抜けられた。

「ゲーム内の話でいうと、さっきのケネス・ハイトはリムグレイブの王であるゴドリックの臣下になるんですが……」

『ゴドリックって言うと、ボスだっけ？　戦うのが楽しみだな』

「なかなか面白いですよ！　……それで、臣下でありながら批判的な考えを持っていたために、ゴドリックは直接部下の騎士をお目付役として送り込んだんです。ところがその騎士は血に狂ったヤバい奴《やつ》で、ハイト家は周囲の亜人達と共存しようとしていたんですが、それを良しとせず、亜人達の女王をさらってなぶり殺しにしたんです」

『だからあいつらが攻め込もうとしてるってこと？』

「そうです。そんなところに僕達は割って入ろうとしているので――」

気をつけて、と忠告しようとしたときには、黎人のキャラは坂道を登りきって砦の階段に辿《たど》り着《つ》こうとしていた。

壁の陰からぬっと現れる巨体。

裸体にボロ布のマントと金属製の奇妙な兜《かぶと》を身につけた、かぼちゃ兜の狂兵がハイト砦に詰めている兵士達と共に襲いかかってくる。

ここが最初の難関だ。

いるとわかって身構えていればそれほど恐ろしくない相手も、曲がり角から突然現れると不用意な一撃を喰らうのだ。

『うわっ⁉』

思った通り、強烈な頭突きを喰らって吹っ飛ばされた黎人は、運悪く他の兵士からも袋だたきに遭い、あっさりと一敗を喫《きっ》してしまった。

『くっそ、もう一回だ～！』

つなぎ直すと黎人が鼻息を荒くしていた。

「何度でもどうぞ。僕も遠距離攻撃で援護しますから、かぼちゃ兜の奴はちょっと距離を取りながら動き回る感じでお願いします」

『んじゃあ、逃げ回りながら周りの兵隊は俺がやっとく』

「頼みます」

手早く分担を決めると、再び亜人の横をすり抜けてハイト砦へと近づいていく。

マルギッドや失地騎士を相手に散々苦戦したおかげか黎人の動きも磨かれている。かぼちゃ兜の狂兵程度であればその攻撃をかいくぐりながら周辺の敵を一掃することぐらい簡単なようだった。

その隙に、航は長弓で矢を放ち、かぼちゃ兜の狂兵の体力を削っていく。

サブ武器扱いの弓矢だが、タリスマンで威力の底上げも行っているので充分にダメージ源になってくれる。

「これで、終わり、っと」

かぼちゃ兜の狂兵を倒し、ようやくハイト砦に踏み込むことになる。

ただ、この砦、ストームヴィル城などと比べるとかなり小規模なので、一番奥の敵以外には手こずることはないだろう。

砦内は、マルチプレイ上エリアが別になっているので、一度元の世界に戻った上で、改めて中で召喚し直してもらった。

事前に打ち合わせていた通り、入って正面にある小部屋の中で再合流する。一階には複数のネズミや投擲壺《とうてきつぼ》で攻撃してくる雑魚敵《ざこてき》もいるのだが、黎人は手際よく制圧してくれていた。

「あとは上だけですね！」

『お宝お宝！』

手に入れてからの楽しみなので黎人には言っていなかったが、ここでは強力な戦技が手に入る。

ただ、その強力な戦技を装備した敵と戦って勝たなければならないのだが。

木製の階段を登り、二階の展望台に出る。

そこに待ち構えているのは他の兵卒とは違い、立派な鎧《よろい》と大剣、さらには大盾で武装したゴドリック騎士。

航達の存在に気付いたそいつは、ゆっくりと、しかし確実に距離を詰め、そして大きく身をかがめる独特のモーションに入る。

まるで居合《いあ》い。

抜き放たれる大剣には血液をまとったエフェクトが付着し、一気に振り抜かれた斬撃は、血しぶきが届く広い範囲をひと薙《な》ぎにする。

範囲が広く、技の出も早い戦技、血の斬撃だ。

航はもちろん、何らかの攻撃が来ると直感していた黎人も素早くローリングして回避する。

初めて見たプレイヤーなら驚きはするだろうが、あくまで少し強力なだけの雑魚敵だ。

攻撃さえ避ければ、あとは二人の反撃であっさりと沈黙する。

『お、アイテム？　じゃなくて、戦技？』

「祝福で表示される、戦技の項目から装備できますよ。Ｌ２ボタンでさっきの赤い斬撃が使えるようになります」

『マジ？　それはいいな。二回連続で斬るとか、蹴るとか、戦技ってわりと地味なのしか見なかったから使ってみたい！』

「後半、もっと派手なのが沢山出てきますよ」

『それは楽しみ』

その後、航のデータでもハイト砦を攻略し、砦を取り返したことをケネス・ハイトに報告する。

『航！　なんか、臣下になれって言われたんだけど、これ、間違ったら話が変わるやつ？』

話の流れ的には、砦を取り戻してもらったことに感動したケネス・ハイトが、自分の臣下になれと勧誘しているシーンなのだろう。

他のＲＰＧの場合、このような選択肢で大きく物語が変化することも珍しくないが、エルデンリングはそこのところはかなり寛容な造りになっている。

「基本的に、その手の選択肢はどっちを選んでもそれほど大きな影響はないですよ。他にも出てきますけど、仕えろ、とか仲間になれ系のやつ」

『え？　本当に？』

「はい、もっと後ですけど、円卓を裏切れ、とか言われることもあるんですが、それ受け入れても他にはなんの影響もないです」

下手をすれば、火山館のイベントなど、火山館の一員になったあとで円卓に行ったら袋だたきにされるんじゃないかとビクビクしながら選択したものだ。

特に、あんなに「何でも見抜いているぞ」という雰囲気の二本指やエンヤには絶対怒られると思っていた。

嫌な予感がしすぎて、選択肢が表示された画面のまま、数分悩んだぐらいである。

ところが、円卓の面々は何事もなかったかのように平然としているので、拍子抜けしたのはいい思い出だ。

さすがにそのあたりはまだ黎人に教えるつもりはないが、とりあえず影響が出ないとわかった黎人は納得してイベントを進めたようだった。

「このゲーム、そういう意味じゃみんな逞《たくま》しいですよね。自分の言葉に縛られたりせずに、やりたいこと、やらなくちゃいけないことを貫いてる感じで——」

と、そこまで一気に喋《しゃべ》ったところで、航は黙り込む。

（しまった……）

ゲームの出来事と現実を重ね合わせるのは入り込んでいる証拠だ。

ただこれはゲーマーの感覚で、一般の人からすれば珍妙なものに映るかもしれない。それを押しつけられれば迷惑だろう。しかし、

『へぇ、そんなこと考えるのかぁ。意外に深いな』

と答える。

（鹿島《かしま》さん、イイヒト！）

一般の人なのに、ゲームオタを笑わないだけで、好感度が爆上がりする。

（エルデンリングのおかげでいい出会いに恵まれたなぁ）

などとこっそり喜びを噛《か》みしめる。

『どうした？　さすがに疲れたか？』

「い、いいえ。全然大丈夫ですよ！」

『ま、今日はこのぐらいかな。明日も仕事だしな』

「確かにそうですね。じゃあ、また明日会社で」

『おう！　――あ、そういや、聞きたいことがあったんだった！』

「どうしたんです？」

エルデンリングの話なら、疑問に思ったときに聞いてくれたらいいのに、と不思議に思いながら促す。

『航～？』

妙に含みのある声だった。

『航もお年頃って奴ですか？』

「へ？」

『ここ数日はずっと、女子社員にアツ～い視線を送ってたじゃんかよ』

「はぁ～～～っ!?」

航の声が思わず一オクターブ跳ね上がった。

◆◆◆

午後四時。

終業にはまだ早いが、今月のノルマはクリアしていたので、黎人はさっさと仕事を切り上げ帰社していた。

といっても、特に書類整理などもないので向かったのは一階のカフェである。

一般のチェーン店が入っていて、一応は外部の人間も利用できるが、基本的には社員がくつろげるリラクゼーション施設扱いになっている。

だが、黎人の目的はコーヒーではない。

偶然だが、帰社したところでカフェに入っていく航の姿を見つけたのである。

終業まで雑談でもしようかと思ってカフェに入ったのだが、黎人が声をかけるより先に、別の人間が航に声をかける。

「ねぇねぇ、航ちゃん」

その人はピンク色の髪をしていた。

ショッキングピンクではなく、ピンクがかった金髪なのでまだお洒落《しやれ》と言えるだろうか。

だがそれは黎人のセンスに照らせばの話であって、主に事務用品を取り扱うリース会社で、比較的お堅い商売相手も多いこの会社で大丈夫なのか、とは常々思っていた。

彼女の名前は深山《みやま》利世《りせ》。

二〇代前半で、去年入社したばかりの新人。

付け加えれば、黎人達と同じ部署に所属している同僚である。

そして先日、航には即座に否定されてしまったが、航がチラチラと見ていた女子社員なのだ。

(――ひょっとしてこれは……、面白い現場に遭遇したかもしれんっ！)

想像もしていなかった展開に高揚感を覚えつつも、黎人は見つからないように注意しながら二人の話が聞こえる席へと潜り込む。

(悪いな航。こんな面白――いやいや、先輩として心配になる場面、見逃せるはずがない！そう、俺は先輩として、心配して盗み聞きするわけだよ。社内恋愛は、トラブると大変だから！ね！)

言い訳をすることで吹き出しそうになる自分を宥《なだ》めながら、耳をそばだてる。

先日は即座に否定されてしまったが、気にはなっていたのだ。

(しかし、「航ちゃん」だとぉ？　けしからんな)

「あたしもエルデンリング買ったわよ！」

とても入社二年目の新人が先輩と喋っているとは思えない口調だ。距離感が近すぎて完全に航は仰《の》け反《ぞ》っているが、利世が気にした様子はなかった。

(お、趣味から入るとは、やるな。しかしこの様子だと、あの子から押してる感じか？　よしよし、押して押して押しまくれよ～)

利世はゲームをやるようなタイプには見えなかったが、偶然趣味が合ったということだろうか。

いずれにせよ喜ばしい。

特に航は人付き合いが苦手らしいので、面白がっているように見えて、黎人も半分ぐらいは本気で喜んでいた。

ところが……。

「あの、この前も思ったんだけど、どうして僕がエルデンリングやってるって知ってるの？」

（ん……？）

ちょっと、黎人が想像していたのとは違うトーンで航は応じていた。

もっと甘～い空気が展開されるかと期待していたのだが……。

「ほら、航ちゃん、昼休みにタブレットでエルデンリングの情報探してニコニコしてたでしよ？」

「べ、別にニコニコはしてないよ」

「え～？　そうかな～？　じゃあ今度、写真撮っとくね」

「と、撮らないでいいから！」

「迷惑だったかな？」

「いや、別に、エルデンリングのことを聞かれるのは迷惑じゃないよ」

「ほんと？　感想聞かせてもらって、参考になったわ～」

「それならまあ、よかったけど」

「よくねーよ！」

我慢の限界に達し、黎人は思わず声を出していた。

「わっ！　か、鹿島さん⁉」

「あ、黎人っち！」

「ったく、普通にゲームのことを聞いただけかよ」

「だから、誤解だって言ったでしょ」

黎人が姿を見せただけで、航は先日の続きで黎人が勘ぐっていたのだと察し溜息《ためいき》交じりにそう返してきた。

利世だけが二人のやり取りの意味がわからずに不思議そうにしている。

「つまり、深山ちゃんは航に、エルデンリングの感想を聞いてたってこと？」

黎人が聞くと、航はそれ以外に何がある、といった様子で頷《うなず》いた。

「でも意外だね。女の子に好かれる感じのゲームじゃないって思ってた」

「あたし？　えっとSEKIROあったじゃん？」

「せきろ？」

黎人にはわからない単語が出てきた。

ちらりと横を見ると、航は「へぇ」と感心するような声を出している。

「SEKIROは、エルデンリングを作ったフロム・ソフトウェアが、数年前に発売したタイトルの名前なんですよ」

黎人が知らないのを察して説明してくれる。

「同じ死にゲーなんですが、忍《しのび》をモチーフにした和風世界観なんです」

「うちの吾郎《ごろう》ちゃんが『これぞ忠義！』とか言って買ってきたはいいけど、難しすぎて悔し泣きしてたから、あたしが代わりにクリアしてやったんだ」

「吾郎ちゃん？」

「あ、じいちゃん。あたしの祖父。時代劇大好きな七八歳だよ」

「七八で、ＳＥＫＩＲＯ……。いや、何年か前だから、もうちょっと若かったんだろうけど……。いやそれより、クリアしたんだ」

「うん、難しかったけどね」

「それってすごいの？」

ゲームに明るくない黎人が素朴な疑問を投げかけると、航は興奮気味に頷いた。

「すごいですよ！　僕もクリアしましたけど、『難しかったけどね』でさらっとクリアできるようなゲームではないです」

「それでさ、同じ会社のゲームだから、エルデンリングも気になってたってわけ。そこで昼休みにエルデンリングの情報を見てニコニコしてた航ちゃんを見かけて、感想を聞いたって感じ」

なるほど、と黎人は納得した。

つまり黎人とまったく同じパターンだったわけである。

「とりあえず、購入報告しとこうと思ってね。わからないことがあったら教えてね」

それだけを言うと、利世は軽やかな足取りで立ち去っていった。

「ゲームなんてやらないタイプに見えたけど、意外だな」

「いや、鹿島さんもそうでしょ」

「え？　そう？　まあ、俺のことは置いといて、お祖父《じい》ちゃん子だったのな」

「そっちの方が意外。……お祖父さんの代わりにクリアしてあげるなんて、いいエピソードだ」

などと、航は第一印象からのギャップでほっこりしていたようだったが、少し離れた席から忍び笑いが聞こえてくる。

「もうちょっと仕事の話で盛り上がればいいのにね」

「類は友を呼ぶって奴？　こっちは一件でも多く取れないか必死でやってんのに気楽なもんだよね」

店内のＢＧＭが静かな曲だったので、離れた席にいる女子社員同士の陰口が黎人の耳にも届いた。

「んだよ？」

言いたいことはわからないでもないが、ここはくつろぐためのスペース。とやかく言われるような筋合いはない。

「あら、聞こえたのなら悪かったわね。でも本当のことでしょ？」

陰口を聞きとがめられれば普通少しは怯《ひる》みそうなものだが、さすがに相手も営業職だからか、ごく冷静に応じる。

「彼女、有名じゃない？　あんな働きぶりで、よくクビにならないなって」

「あんな働きぶりって……」

「入って間もないのに、あなた達みたいな窓際部署に押し込まれてるんだもの。私だったらとっくに辞めてるわ」

「そうそう。というか、外回りにもほとんど出てないんでしょ？」

「信じられないよね。あ、社長の愛人じゃないかって噂《うわさ》もあるぐらいだから、あんまり悪口言わない方がいいんじゃない？」

気分はよくなかったが、利世のことをほとんど知らない黎人では反論もできず、そうしてまごついている間に女子社員達は逃げるタイミングだと思ったのか、席を立ってカフェを後にする。

「ったく」

せっかく楽しい気分になっていたのだが、その空気もどこかへ吹き飛んでしまう。そのまま解散するのも悔しい気がしたので、黎人は航に一つ頼みごとをすることにした。

「そうだ、航、週末ちょっと気合いを入れてマルチ頼める？」

「え？　あ、はい、いいですけど。どうかしたんですか？　気合い入れてって」

即座に気分を切り換えられるほど器用な性格はしていないだろうが、それでも快《こころよ》く応じてくれる後輩に、黎人はうんうんと頷く。

「実はな、ゴドリックに勝てねぇ」

探索を手伝ってもらい、レベルやアイテムなどでもかなり強くなった気がした黎人は自力でゴドリックに挑んでみたのだ。

挑んでみて、ケチョンケチョンにされてしまった。

「でも、ゴドリックなら、マルギットよりは楽なんじゃないですか？　戦灰に加えて、ネフェリ・ルーもいますし……」

また、ゲームの上手《うま》い奴は簡単にそんなことを言って、と抗議してやろうかと思いかけて止《や》める。

「ネフェリ？　なにそれ？　また俺が知らないテクニック？」

「あれ？　ゴドリック手前の祝福に辿り着く前に小部屋があるんですけど、そこって入りませんでした？」

「祝福の手前？　小部屋？　……部屋も色々あったけどなぁ」

確かにあのあたりは、例の鳥に追いかけ回されたり、トロルとかいうデカい敵に踏まれそうになったりしながら、祝福がある小部屋に転がり込んだ記憶がある。

全部を見て回った、とは言えないかもしれない。

「ともかく、あのあたりにネフェリ・ルーっていうＮＰＣがいて、そいつと喋っておくとゴドリックと戦う時に助《すけ》っ人《と》に来てもらえるんですよ。じゃあ、そのあたりも含めて、週末みっちり探索しましょうか？」

快く応じてくれる航に、黎人は大袈裟《おおげさ》に手を合わせて感謝した。

「助かる！　コーヒーもう一杯奢《おご》るわ」

「二杯も飲めませんよ」

ようやく航にも笑顔が戻り、黎人も気分よくカフェを立ち去った。

◆◆◆

週末の夜がやってきた。

先日約束した通り、航は黎人のゴドリック戦に助っ人参戦するためログインする。

待ち合わせはストームヴィル城攻略時点では最奥部になる祝福、奥まった小部屋である。

「こんばんは」

『よ！　今夜もよろしく――って、なんか弱そうになってないか？』

星見の初期装備で固めた航のサブキャラを見た黎人が、口を開くと同時に正直すぎる感想を述べる。

「ヒドイですよ。というか、実際弱くなったんですって。これ、サブキャラなので」

下手をすると、レベルの暴力で一気に終わってしまう可能性がある。

ボスの場合、一回倒してしまうとやり直しが利かないので、メインキャラだとやりにくいのだ。

接待プレイで適当に手を抜いて黎人を活躍させるのも難しいし、なにより相手を馬鹿にしているようで好きになれない。

そこで、ちょうど同じぐらいのところまで進んでいるサブキャラを引っ張り出してきたというわけである。

しかもサブキャラは星見の素性で開始し、今のところ初期の方向性のまま知力に偏《かたよ》らせているので、正面から突っ込んでいく黎人の助《すけ》っ人《と》として相性がいい。

『そうなのか。じゃあ、これからは交互に進めていかないか？』

「交互ですか？」

『そう。航もそのキャラで攻略を進めたいだろ？　俺を手伝いながら、それとは別の場所で進めるのも手間じゃね？　まあ、お前はクリアしてるから知識面では助けにならないだろうけどさ』

「いえ、ありがたいですよ。こっちのキャラは守りが貧弱になるタイプですから、誰かが前に出てくれると助かりますし。でもその場合、ボスとかも二回ずつやらないといけなくなりますけど、面倒じゃないですか？」

航はこの先、何周かプレイするつもりでいた。

サブキャラも進めるし、メインキャラで二周目をプレイして取りこぼしたアイテムなんかを拾っていくのも楽しそうだと思っている。

ただそれはエルデンリングにはまりきった人間だから楽しいのであって、普通はただでさえ大変なボスに二回も続けて挑みたいとは思わないのではないだろうか。

『いやぁ、俺もさ、段々このゲームの面白さがわかってきたっていうか。酒でもあるじゃん、すげぇ苦いけど、クセになる味みたいな銘柄』

航自身、酒は飲めないわけではないが強いものは好きではないといった塩梅《あんばい》なので、黎人の喩《たと》え自体はあまり実感が湧かないが、それでも言いたいことはわかる。

むしろよくわかる。

「そう！　そうなんですよね。何度も何度も殺されても止められないって言うか」

『ムカついて一回止めても、ひと晩経《た》ったら「あ、これ試してなかったかな」とか気付いてまた電源つけちゃうっていうか』

「そうそう、わかります。じゃあ、ここからは交互に攻略を進めていきましょうか」

思った以上に黎人がエルデンリングにはまってくれていて嬉《うれ》しい気分になった航は、その勢いのままゴドリック戦に乗り込んでいく。

◆◆◆

金色の霧で閉ざされた決戦場に黎人のキャラは踏み込んでいく。

一瞬遅れ、エリアボスに挑戦できるようになったという表示を見てから、航も自分のキャラに金色の霧をくぐらせる。

その先にあるのは、朽《く》ちたストームヴィル城の最奥部。

左右に墓石が立ち並び、串刺しになった竜の骸《むくろ》が野ざらしになっている、不気味な場所だ。

そこに無数の腕を接《つ》ぎ木《き》した、不気味なデミゴッド、ゴドリックが立ち塞がる。

『いっちょやってみっか！　援護頼むな！』

そう言いながら、黎人のキャラがまっすぐ突っ込んでいく。

駆け寄る黎人に対して身構えたゴドリックは、右腕に携えた巨大な斧《おの》を地面に引きずりながら走り寄り、足下の石材を削る勢いで斬り上げる。

さすがにこれだけ大ぶりな攻撃は喰らわず、黎人はきれいに回避してゴドリックの後ろに回り込んだ。

だがエルデンリングでは、あまりギリギリで避けすぎるとかえって状況が悪くなる場合がある。

ゴドリックも、回り込んだ黎人を狙ってさらに斧を振りかぶった。

今度は縦ではなく横。

どの方向に避けても、ローリングで動ける範囲を全部刈り取るような一撃だ。

この展開を予想していた航はゴドリックの背後から距離を詰め、中距離から魔術、輝石のつぶてを連射した。

一番基本となる魔術だが、消費ＦＰが少ないわりにある程度威力があり、連射性も高いので終盤までお世話になる魔術の一つだ。

特にこの場面、一撃の殲滅力《せんめつりょく》は重要ではない。

右に左に杖《つえ》を振って攻撃を繰り返す航に対して、しつこく黎人を狙っていたゴドリックが体ごと向き直ってくる。

「よし、気を引いた！」

二人以上で戦う場合、どちらかが注意を引きつけ、もう一方が背後から攻撃するというやり取りが基本になる。

攻撃が来たらとにかく避ける。

避けながら引きつけ、相棒がその隙を突く。

背後からの攻撃でタゲが移動したと見れば今度は再び攻撃に転じる。

あまり長く一人に囮役《おとりやく》を背負わせると、回避が難しい複雑な攻撃が立て続けに襲いかかってくるので、とにかく二人でやる場合にはタゲの管理が最重要となってくるのだ。

攻撃力は二の次でいい。

多少長引くことを覚悟する必要はあるが、とにかく生き残ることが重要だ。

黎人も、ゴドリックが航に狙いを変えたと判断して再び斬りかかろうとする。しかし、次の瞬間、ゴドリックは斧を振り回して周辺に風を巻き起こして背後に回り込んだ黎人を吹き飛ばす。

『うそん⁉』

ボイスチャットから黎人の声と共にカチャカチャと忙しいボタン操作の音が聞こえる。

慌てて立ち上がろうとしているのだろうが、この攻防で再びタゲを黎人に移したゴドリックは起き上がりを狙うようにして滅多矢鱈《めったやたら》と斧を振り回しはじめた。

『こんなもん、避けられるか〰〰〰っ！』

運がよければ起き上がりに無敵時間が切れると同時にローリングが入って意外に避けられたりするのだが、このときは硬直時間が切れると同時にゴドリックの刃先が命中し、黎人は一敗を喫する。

航も一度自分の世界に戻されるが、即座にスマホに『もう一戦よろしく！』のメッセージが入り、航は笑いながら地面に召喚サインを描くのだった。

◆◆◆

航が慣れない魔術特化キャラなのもあって、ゴドリック戦は荒れに荒れた。

全体的に、マルギットより大ぶりで、避けやすいのだが、一度攻撃を喰らうとすぐに体勢が崩れる。

特に、後半戦。

竜の頭を左腕に接ぎ木したゴドリックは盛んに範囲攻撃を撃ってくるので二人でギャーギャー言いながら逃げ回るしかなくなってしまう。

おそらく二人のレベルが低いのもあるのだろうが、いいように翻弄《ほんろう》されながらも、一人で苦戦しているときには味わえない、お祭りのような気分が盛り上がる。

何度目かの敗戦の後、即座にリターンマッチに赴《おもむ》かず雑談で盛り上がった。これも面白いのだ。

『なによ、あいつ。ぶった切った腕にドラゴンくっつけるとか、雑な合体だな！』

笑いながら酷評する。

航も笑いながら、

「どっから火を噴いてんですかね」

と乗っかる。

『そういえば……』

ひとしきり話し込んだ後、黎人が唐突に切り出す。

『この前に言った、深山ちゃんにアツい視線を送ってた件』

「もう、まだ言ってるんですか？」

ただ、さすがに誤解は解けているらしく、黎人もボイスチャットの向こうで軽く笑っていた。

『あれって、やっぱりあのくだらない噂とかが気になって見てたのか？』

実際、変な意味ではないが気になって見ていたのは確かなので、航も大人しく観念して肯定する。

「まぁ、そうですね……。社長の愛人云々《うんぬん》は、この前初めて聞いたんですけどね。鹿島さん、うちの課、どう思います？」

『うち？　まあ、窓際部署だよなぁ』

ノータイムで遠慮ゼロの答えが返ってきて思わず苦笑する。

航が勤めている樹《いつき》リースには営業活動に関わる部署が四つ存在する。

航達が所属しているのは営業第四課。

同じ営業と冠されていても業務内容が違い、たとえば第一課は主に大口の継続業務を担当する部署であった。

樹リースは、会社があるH市に根付いた運営がなされており、市役所や学校など、公共施設を相手に事務用品を多く納めている。

随意契約が認められている範囲でだが、営業第一課は継続契約をほとんど一手に引き受け、会社に安定的な収入をもたらしていた。

それに比べて、営業第四課は主に飛び込みと呼ばれる、それまで取り引きがない会社などにアポイントメントを取って契約を結ぶ形態の業務が中心となっている。

一般的に「営業」と言われて思い浮かべるのは後者の方だろうが、それが第「四」課に位置づけられている時点で、樹リースがどこに重きを置いているか明白だろう。

今や、樹リースの大部分は継続契約によって賄《まかな》われており、飛び込み営業を中心とする第四課は形ばかりに設けられているお飾り部署となっていた。

「みんな、つまらなそうに仕事してますよね。あ、鹿島さんは別ですけど」

『俺は楽しんでますよ〜。つって、不真面目《ふまじめ》な社員なのには変わりねぇけどな』

それについては航も不思議に思っていた。

黎人はもっと仕事ができる気がする。毎月、余裕を持ってノルマをこなすと、残りは目立たないようにだが手を抜いているようにしか見えないのだ。

「僕も、営業のくせに人と話すの得意じゃないですし。うちの会社自体、飛び込みの営業って飾りみたいになってるじゃないですか」

『確かになぁ』

現状、営業第四課は非常に肩身が狭い思いをしている部署であった。

「だから、みんなつまらなそうに働いてるなって。その中で、深山さんはいつも楽しそうにしてて、不思議に思ったんです。こんな人が、あんな噂を立てられるようなことをしてるのかなって」

『もっと後ろめたそうにしてるんじゃないかってことか。いやぁ、女はわかんねぇぞ。素知らぬ顔で裏切ったり、二股かけたりする奴もいるし』

「え⁉　そ、そんなご経験が⁉」

黎人の経験談が飛び出すのかと、航はコントローラーを握りしめたまま思わず身構える。

『まあ、男も二股かける奴はかけるけど……。あ、俺の直感な。俺の直感だと、演技力では絶対に女に勝てない』

あくまで黎人の私見ではあるが、同じ嘘《うそ》をついても男はバレるが、女はバレないことが多いという。

『あいつら、嘘をつくっていうより、むしろ思い込んでる場合があるみたいでさ。嘘をついているし、嘘をついている認識もあるけど、嘘をついていないと思い込んで嘘をつくみたいなんだよな』

「は、話が高度すぎてわかりません」

『まあ、俺の勝手な感想だから話半分に聞いとけって。……でも、だ、今回に関してはお前の直感の方が正解』

「えっと、それはつまり、悪いことはしてないってことですか？」

『噂のような悪いことはしてないらしい。いやぁ、航がさ、深山ちゃんに夢中になってるのかと思って、色々調べてみたわけよ』

相変わらず冗談めかしてそう言う。

というか、その疑いは晴れたのではなかっただろうか。

だが突っ込むと余計に面倒になりそうだったので大人しく聞いていた。

『でだ、深山ちゃんは、オッチャン達の面倒見てたみたい』

「オッチャン？　面倒？」

一瞬、お茶くみでもしていたのかと思ったのだが、営業第四課のオフィスでそんな姿を見たことはない。

『資料室って知ってる？』

「あ、はい」

昨今、大抵のデータはデジタル化され、イントラネット上にある共有のフォルダに収められている。

そうしておけば、社内中のＰＣから必要な情報を閲覧できるからだ。逆に、権限を管理すれば情報の漏洩《ろうえい》を防ぐことも簡単になる。

だが古く、紙媒体で作られた資料――しかも資料価値が低く、わざわざデータに変換するまでもないようなものは一ヵ所に集められ管理されていた。

もちろん社内的にも重視されていない。退職間際の人間や、他の部署で持て余された人間が配属されるような部署である。

営業第四課に勝るとも劣らない窓際部署だった。

『そこでさ、ＯＡ機器がわからないオッチャン達を集めてさ、簡単なパソコン講座の真似事《まねごと》してたんだよ』

「つまり、ワープロソフトとか、表計算ソフトとか、そういうのの使い方を教えてあげてたんですか？」

『そ』

「なんでまた深山さんが？」

『不思議だよな。うちはそういう教育のための部署ってないけどさ。パソコンが苦手な人間は、無理にそれを習得させるんじゃなくて使わなくていい部署に回してるもんな』

使わなくていい部署に回すと言っても、やはり現代のインフラ事情などを考えれば、パソコンが使えない人達が回されるのは資料室のような、必要性が低いポストばかりだ。

「わけわかんないですね」

『だろ？』

噂はでたらめだとわかったのはよかったが、結局謎は深まったばかり。

なんとも中途半端な結果で、余計に落ち着かない気持ちになってしまった。

◆◆◆

いつもの時間、いつも通り航はエルデンリングを起動する。

今夜もまた黎人とマルチの待ち合わせをしているのだが、指定された祝福が意外な場所であった。

てっきり、先日勝てなかったゴドリックにリベンジマッチを挑むのかと思っていたのだが、先程メッセージで指定された祝福は、「導きのはじまり」だったのである。

ゲーム開始後、オンプレイのチュートリアルが終わった直後に訪れる祝福であり、ゲームが本格的に始まったあとの最初の祝福とも言える。

（辺境の英雄墓に挑むのなら、漂着墓地だろうしなぁ）

理由がわからないままではあったが、ひとまず指定された場所に召喚サインを描き黎人にメッセージを送る。

しばらく待たされた後、召喚されているというメッセージが画面に表示された。

「鹿島さん、今日は何かやりたいことがあるんで――」

召喚主のキャラが目の前に表示されたので今日の目的を聞こうとしたのだが、

「――どちら様？」

そこにいたのは見慣れないキャラだった。

顔の鼻から下を覆う特徴的なマスクと鎧と言うより服と表現した方がいい軽量の防具。

おそらく素性は盗賊なのだろう、その初期装備に身を包んだピンク色の髪の女性キャラが立っていた。

あまりに違いすぎるので黎人が「化粧」で外見を変化させたとも思えない。

次に考えたのは別人が間違えて召喚した可能性だ。

しかし、ちゃんと合言葉は設定していたはず。

（アルファベットか数字を四つ並べただけの合言葉なら偶然重なる可能性もある――わけないよね）

何千万通りのパターンがあるか、計算する気にもなれない。

と困惑していると、横から見慣れた黎人のキャラが現れる。

放浪騎士の初期装備でキャラネームが「Ray」。

今度こそ黎人のキャラだが、彼も体の色がやや黄色がかっており、航と同じく召喚された協力者らしいとわかる。

ピンク髪の盗賊の名前は「Rise」。

英単語のライズなら、上昇という意味のはずなので、盗賊なのにずいぶん自己主張が激しい名前だ。

（――と、ちょっと待てよ。ピンク色の髪？）

エルデンリングのキャラネームはアルファベットのみなので早合点していたが、これを素直にローマ字読みすれば、「りせ」となる。

「もしかして、このキャラ、深山さん？」

『わぉ、当ったりぃ！　航ちゃん、鋭い！』

ボイチャから聞こえてくるのはまごう事なき深山利世の声だった。

「あの、深山さん……？」

『え～、せっかく同じ職場なんだから、もっと親しみを込めて、利世ちゃん、って呼んでくれたらいいのに』

絶句。

先日も感じたが、他人との距離感があまりに自分と違いすぎる。

では航のそれが一般的かと問われると全く自信はないのだが、利世が一般代表であることだけはない。

（そんなことがあったら、僕は自分の部屋に閉じこもって一生出られなくなるかもしれない！）

などと、どうでもいいことを考えていると、それまで黙っていた黎人が口を開いた。

『あははは、驚かせて悪かったな。深山ちゃんエルデンリング買ったって言ってたじゃん？　だから誘ってみたわけよ』

そこでようやく黎人がネタばらしをする。

「なんと……」

サプライズもそうだが、たったそれだけのことでマルチに誘える黎人のコミュ力には驚きしかなかった。

「相変わらず、鹿島さんすごいですね……」

とはいえ、エルデンリングのファンが増えるのは喜ばしいことである。

『俺らもゴドリックでだいぶん詰まったから、もう一度周辺を探索したりするだろ？』

「ああ、そうですね。その方がいいかも」

確かに、既にクリアしているのでつい最短距離を行きがちだが、一周目のプレイでは航もちょっと詰まっては探索に行き、風景を堪能《たんのう》して気分転換しつつ、レベル上げや新しいアイテムを手に入れて戦力を増強していた。

エルデンリングのすごいところは、詰まった後のレベリングが、単なる作業ではなくて素晴らしく作り込まれたオープンワールドの探索という別の遊びに組み込まれていることだ。

なんなら、詰まってなくても探索したくなるぐらい、フィールドを歩き回るのが面白いというのはエルデンリングの特徴だと思う。

『だったら、ついでに深山ちゃんも一緒に探索したらいいかと思ってさ』

ただその場合、召喚先の世界で祝福を見つけても、祝福を開放できるのは召喚主だけのはずだから二度手間になってくるが、リムグレイブ周辺ならわかりやすいので構わないだろう。

利世がどこまで進めているかはわからないが、せっかく三人もいるのなら、先日は後回しにした啜り泣きの半島に赴いてみっちり遊ぶのもいいかもしれない。

などと、航が今夜のプランを組み立てていると、利世が改めて口を開く。

『あたし、ちょうど手伝って欲しいことがあったから、黎人っちから声をかけてもらってラッキーって感じ』

「あ、少しは一人で進めてあるんだね」

やりたいことがハッキリしているならわかりやすいと一人で頷く。ところが、

『ううん、昨日はじめたばかりだから、全然進んでないよ？』

利世の返答は微妙に噛み合わない。

「それなら、手伝って欲しいことって……」

『えっとね、ここから見えるんだけど、あいつ！』

利世が自分のキャラを動かして「導きのはじまり」がある崖の端まで移動し、眼下に広がる草原の方を向いてぴょんぴょんとその場でジャンプする。

ゲーム的には過酷で、ビジュアルもリアルに寄せている世界観でそんな動作をするとちょっと可愛《かわい》く見えてしまう。

何かを指し示したいのだろうと推察してそちらにカメラを動かす。

しんと静まりかえった草原の中で動くものはたった一つしかなかった。

「ま、まさか……」

そいつは巨大な黄金のハルバードと大盾を携え、黄金の全身鎧で身を固める強敵。

同じく金色の馬具を装着させた愛馬にまたがる大柄の騎士だった。

『げ……』

こちらは黎人の感想である。

『こいつ、全然倒せないいんだよね！』

「当たり前だって！」

一周目プレイヤーの大半が避けて通るであろう、ツリーガードその人である。

普通、とんでもない強さに何度か殺された後、このゲームは避けて通り抜けることも選択肢の一つだと理解し、悲鳴を上げながら次の場所まで逃げていくような存在である。

開始直後のプレイヤーなら、一回か二回攻撃を喰らえば死ぬ威力だ。

普通のＲＰＧなら、開始直後しばらくは気持ちよく遊ばせるところだが、いきなり普通では絶対勝てないような敵を置いておくあたり、フロム・ソフトウェアである。

「あの、あいつは、避けて通っていいんだよ？」

強制イベントだと勘違いしている可能性に賭《か》けて意見してみるが、

『もちろん知ってるわよ。ただ、あたしが倒してみたいと思っただけ！』

という返答だった。

『深山ちゃん、結構イケイケだったんだな』

さすがの黎人も掠《かす》れた声で笑っている。

とはいえ、航も最初から無理だと思ったたし、それ以上に先に進みたい欲求があったためにツリーガードはパスしていた。

ただ、これもフロムゲーあるあるだが、このツリーガード、冷静に見極めると微妙に「ひょっとしたらなんとかなるのでは？」という強さに調整されている。

ほとんど勝ち目はない。

しかしこちらの攻撃も当たれば数パーセントは削れる。

攻撃も避けづらいことこの上ないが、ピタリのタイミングで回避するとどうにかなる。

他のゲームでよくある、明らかな負けイベほどの隔絶《かくぜつ》はない。

回避し続けて攻撃を当て続ければ、何とかなるのではという悪魔の誘惑のような感覚を引き出す力加減なのだ。

『ね、やってみようよ！』

「ん～。僕は、鹿島さんさえオッケーなら」

しばらく考え込んだ後、航はそう答える。

『え⁉　俺に預けるのかよ？　……まぁ、別に先を競ってクリアしようとしてるわけじゃねぇし、ちょっとぐらいならつき合ってもいいかな。でも、辛《つら》くなったら抜けるぜ？』

『ホント⁉　二人ともありがと！　恩に着る！』

こうして、今日ＰＳ５の電源を入れるまでは想像もしていなかった無謀な戦いが、唐突にはじまったのである。

とりあえずやってみようということで、三人は「導きのはじまり」の近くを巡回しているツリーガードに近づいていく。

一定の距離まで近づいたところで、それまでゆったりと馬を歩かせていたツリーガードの動きがピタリと止まり、そして——走り出す。

『来たぞ！』

「とにかく最初は避けて！」

レベルが低く、盾もろくな物を手に入れていない間は、ガードしてもそれごと吹き飛ばされる。

二人とも言われずともわかっていたらしく、その場でローリングして回避しようとした。

ただ、エルデンリングでは相手のモーションに合わせなければどんな回避も大抵無駄になる。

思った通り、大きく跳躍したツリーガードは一気に距離を詰めて振り回したハルバードを頭上からたたきつけた。

『どわっ⁉』

最初の犠牲者は黎人だった。

一撃でＨＰの九割を削られ、慌てて距離を取りながら聖杯瓶でＨＰを回復しようとするが、必死で遠ざかった距離をあっさり詰められ、軽く振り抜かれた一撃で狩られる。

『黎人っち〜〜〜！』

利世が戦友の死を悼《いた》むが、その声を上げた瞬間には、既にツリーガードは馬ごと飛び上がって利世に斬りかかっていた。

『ぎゃ〜〜〜〜〜〜っ！　来るな来るな〜〜〜〜〜〜！』

必死で逃げ回る利世。

ローリングだけに集中したのが功を奏し、利世は辛くも無傷で猛攻を切り抜けた。

とはいえ、このまま狙われ続ければすぐに黎人の二の舞になるだろう。

航は中間距離に近づいたところで輝石のつぶてを飛ばして攻撃する。

これがツリーガードに初めて当たった攻撃だ。

肝心のダメージ量。画面下に表示されるツリーガードのＨＰゲージでは、二桁《けた》の寂しい数字が表示されている。

「これ、何回当てればいいんだ？」

遠い道のりにゲンナリしていると、攻撃されたことでタゲを移したツリーガードが航を目がけて猛然と襲いかかってくる。

しかし、メインキャラではちゃんと攻略ずみなので、攻撃パターンは摑《つか》んでいた。

「ここで、避ける！」

振りかぶったハルバードがたたきつけられるインパクトの瞬間、その場でローリングして回避する。

右に左に、下から上から、いかにも重そうなそれを軽々と振り回す攻撃を航は次々と回避していった。

『航ちゃんすごい！』

いつの間にかかなり離れた利世が、感動の声を上げる。

目の前に置いてあるスマホが光り、黎人からのメッセージを簡易的に表示するが、そこには俺も戦いたいから早く負けろと書いてあったりする。

（負けるの前提なんですか⁉　こうなったら粘りたい！　粘りたいけど！）

避けるだけでは事態が進まないのでどうにか攻撃しようとするが、その隙がない。

そもそもメインキャラの場合は、レベルの防具も強くなっていたので、何度か攻撃を受けても生きていられる状況でどうにか倒したといった具合だ。

太刀《たち》に比べてモーションの隙が大きい魔術では攻撃がはかどらない。

『あたしが助けに来たわよ！』

ノリノリで利世がツリーガードの背後から斬りかかる。

しかし、

「あ……」

一撃入れた直後、ぐりんと向きを変えたツリーガードから一撃されて、逃げるが追いかけられてさらに一撃――ぶしゅ、という嫌な音と共に一回戦は終了となった。

『もっかい！　もっかい行こう！』

再び航と黎人が利世に召喚されると、やる気満々で再戦を提案してくる。

若干、気が変わるかもしれないと思っていたのだが、負けてかえってやる気を煽《あお》られたようである。

正直、エルデンリングに向いているかもしれない。

本当のところ、航がメインキャラを引っ張り出してくれれば、すんなりと解決するだろう。

召喚されると航のキャラもかなり弱体化されるが、それでもたとえばビルドを変更して知力特化に調整する。

一定時間ＦＰが消耗《しょうもう》しない青色の秘雫を使ってアステール・メテオか何かの強烈な魔術をぶっ放《ばな》せばあっさり片が付きそうだ。

ただ、無粋というか、それは遊びの趣旨が違ってくる。

やはり、低レベルのキャラだけで、どうにかひぃひぃ言いながらクリアするのがこの場での遊びの醍醐《だいご》味《み》だ。

問題は黎人の方だが、

『しょうがないな〜。こうなりゃ乗りかかった船だ。今夜はとことんつき合ってやる！』

こちらは若干自棄《やけ》になったような雰囲気もあったが、今夜は『ツリーガードさんと戯《たわむ》れる会』が急《きゅう》遽《きょ》催されることになったのだった。

◆◆◆

予想外に三人でのマルチプレイになり、利世の意向で『ツリーガードさんと戯れる会』が急遽開催され、一時間が経過しようとしている。

相手のＨＰは半分程度削れるようにはなってきたが、なかなか決めきれず、膠着《こうちゃく》状態に陥《おちい》っていた。

キャラのレベルや装備が整っていない上に、航以外はエルデンリング初心者なのも関係しているだろう。

それでも、ああでもない、こうでもない、と工夫しながら戦い続けるのは楽しかった。

むしろ、勝つというのはただの結果でしかなく、この工夫を続けている間こそがエルデンリングにおけるバトルの楽しさではないかと改めて感じる。

『そろそろ小休止しねぇか⁉』

とはいえ、さすがに黎人が音を上げ、利世も同意する。

「じゃあ、飲み物でも取ってきますね」

冷蔵庫から炭酸飲料を取って戻ってくると、マルチをつなぎっぱなしにしてあったボイスチャットで黎人と利世が作戦会議中だった。

『リズムも、変化するし……』

『あと馬な。武器に集中していたら、いきなり踏みつけられたりするし。航、もう戻ってる？』

「あ、はい、ちょうど今」

『なんかコツとかある？』

「コツですか。色々あると思いますけど、攻撃の意識を持ちながら間近で全部回避するのはやっぱり大変ですよ」

『というと……？』

「もっと大まかに、狙われているかどうかで分けて、自分が狙われていると思ったらもう徹底的に逃げ回るぐらいでもいいと思います」

『狙われてないと思ったら、背後からチクチクとつつく感じ？』

「なんか、その言い方だとすごくショボく感じるけど……」

本当にうまい人は、ツリーガードのモーションを全部覚えて、すべての攻撃を即座に回避しつつ、一方的にこちらの攻撃だけを当て続けて勝ってしまう。

さすがにそれは無理なので、現状では確実性第一だろう。

『いや、わかりやすいよ』

『そうそう。あたしも、そう言われたらいけそうな気がしてきた。航ちゃん、教えるのうまい！』

ただ二人も不満があるわけではないらしいとわかってホッとする。

『教えるのうまいと言えば、深山ちゃん、会社のオッチャン達にパソコンの扱い方教えてるんだって？』

雑談ついでという雰囲気で、黎人がこの前からの疑問をするりとぶつけた。

そんな隙をうかがっていたのか偶然なのかはわからないが、大胆な話運びである。こういう思い切りのよさも話術には必要なのかもしれないと、航はこっそり「おぉ」と感心して成り行きを見守った。

対する利世は、驚いたように声を上げる。

『黎人っち、なんで知ってんの⁉　おじさん達に聞いた？』

『うんにゃ。でも当事者じゃなくても何人かは知ってるみたいだぜ』

『うわぁ……』

実際、正確なところではなくとも、妙な噂は立てられている。会社の中でやってる以上、隠し通せるはずもない。

何より利世は営業第四課に所属しているのだから、自分の仕事をやっていなければ怒られるに決まっている。

「でも、なんでまたそんなことを……？」

黎人が切り出した話題なのだから、大人しく聞き役に徹するべきかと思ったのだが、どうしても気になったので航も思わず口を開く。

『だって、あのおじさん達、入社したときにはこんなにＩＴ化なんて進んでなくて、勤めている間にどんどん状況変わってきたでしょ？』

「まぁ、そういう人もいるだろうね」

『今時、パソコンぐらい使いこなせなきゃ仕事にならないのにできないし、今更誰かに習うのも抵抗あるみたいなのよね』

「え？　でも、深山さんは教えてるんだよね？」

航の素直な感想を、利世は笑い飛ばす。

『あたしは教えるって言うより、一緒に遊んでるようなものだもん』

『要は、教えていただきます、っていう形式がイヤなんだろ？　そういうのに詳しい奴って、自分の子供より若かったりするだろ？　そういう奴に頭下げる感じになるのが抵抗あるんじゃねぇの？』

『別に敵愾心《てきがいしん》があるわけじゃないんでしょうけど、教えてもらっても最初はうまくいかないし、どうしても苦手意識があるんでしょうね』

「確かに、六〇歳ぐらいの人だと、子供の頃はパソコンなかっただろうしね……」

『そうそう。だから、半分遊びながらやってたら、いつの間にかこうなってたんだよね。みんな、他の仕事でガンガンやってた人なのにさ、パソコンができないぐらいで全部仕事取られて、やりたくない書類整理とかつまんなそうにやってるのを見たら、なんか可哀想《かわいそう》になっちゃってさ』

あっけらかんとそう言い切る。必要以上にウェットではないカラッとした言い方に、好感を覚えるぐらいだった。

「でも、それならそういう部署に異動願いを出したらいいんじゃない？」

社内のパソコンはイントラネットでつながっているため、全体のシステムを管理する部署も存在する。

彼らも社員の指導が仕事に含まれてはいるわけではない。というよりも、樹リースの姿勢として、熱心に研修を受けさせるということはないようだった。

それでも営業の人間が講習会の真似事をするよりは、まだ自然な気がする。

これも笑い飛ばされるのかと思ったのだが、

『あたしは、営業第四課にいたいの！』

思ったよりも真剣な声で否定されてしまった。

ただ、航自身が自認しているように、営業第四課は樹リースの中でも重要度がかなり低い部署だ。

好んで所属したがる理由はないように思う。

『けど、オッチャン達にかまけて営業に出なかったら、いつかクビになるんじゃ……。というか、そんなことしていて最低ラインとはいえ契約を取ってきてるのはどうやってんだ？　あ、いや、もちろん自分の手札を晒《さら》したくないなら無理には聞かないけど』

どんどん踏み込んだ話になってくるのは気になるが、それ以上に気になっていたことなので、航も止められなかった。

『ああ、それ？　そういうつもりで教えてたわけじゃないんだけど、おじさん達が気にしちゃってさ。自分達のツテを色々紹介してくれるんだよね』

『あ！　だからあんなに色んな会社から契約取ってこられてたのか！』

『そうそう。あたしがそんなに顔広いわけないじゃん』

利世は、気を悪くした様子もなく笑い飛ばしてしまった。

『それに、コネ入社なのは本当だしね』

「え、そうなんだ」

『そ。ほら、この前に言ったでしょ、あたしのじいちゃん』

「ああ、ＳＥＫＩＲＯが難しくて悔し泣きしてたとかって？」

『そう。その吾郎ちゃんはね、昔うちの会社で働いてたんだよね。で、あたしって頭悪いしさ、「このままじゃ絶対就職なんかできない！　俺が紹介してやる！」って。ヒドイよね。絶対とか言うんだよ』

なんともコメントに困る。

それでも祖父との仲は良好らしく、利世は笑ったままだった。

『じゃあ、ひょっとして、営業第四課にいたいっていうのも、元はお祖父さんが所属してたからとか？』

『あ、黎人っち、鋭い！　昔はうちも飛び込み営業中心で、吾郎ちゃんは大活躍してたんだって。「営業はやっぱり飛び込みに限る！」とかなんとか言っててさ』

「お祖父さんを安心させたいから、別の部署には移りたくないってこと？」

『そう、ストレートに説明されると恥ずかしいけど、まあ、そうかな。とにかく、あたしはおじさん達も放っておけないけど、別部署に異動するのもお断りなの』

ようやく謎は解けた。

普通は、状況が収まるようにどちらかを我慢してしまうものではないだろうか。

少なくとも航はそうしてしまうに違いない。

だが、祖父を安心させたいという気持ちも、状況に取り残されて困っている年上の同僚達に親切の手を差し伸べることも、どちらもいいことのはずだ。

正しいと考えることを貫くには強さが必要だと思う。

航のような人間には特にそう感じる。

だからこそ、当然のことのように振る舞う利世のスタンスが航には眩《まぶ》しかったのだ。

◆◆◆

結局、ツリーガードにはボコボコにされただけで終わってしまったが、それでも清々《すがすが》しい気持ちになった航は、近々の再戦を約束して黎人や利世と別れる。

ゲームは進まなかったが、その夜の満足感は大きかった。

しかしその数日後、黎人からのメッセージがこの夜の気持ちを台無しにすることになる。

『——深山ちゃん、さすがにそろそろ危ないみたいだぜ』

それは、航を動揺させるのに充分な一撃だった。

◆◆◆

深山利世の行状が問題視され、配置転換か退職かのどちらかを言い渡されるらしい。

黎人からその噂を報《しら》された夜、航は眠れずにあれこれ考え込んでいた。

「……そりゃ、自分の立場にしばられて、やりたいことがやれないのは窮屈《きゅうくつ》だよな」

もちろん、ちゃんとした大人の考え方からすれば、営業第四課にいる以上、営業の仕事をするべきだし、それ以外のことがしたければ別の場所に移った方がいい。

しかし、パソコンが使えずに困っているおじさん達を見捨てられないという気持ちは、悪いものではないはずだ。

「エルデンリングなら、仲間入りするって言っても好きなことができたのにな……」

先日、黎人とのマルチで出会ったケネス・ハイトのイベントをぼんやりと思い出しながらそんなことを呟《つぶや》く。

ただ、利世の感じ方が否定されるのは、航にとってはどうしても間違いのように思えたのだ。

「でもなにかできることがあるのか？　——できるとしたら……、いや、でも、そんなの関係あるのか……？」

実のところ、利世のためにやってみたいことはある。

ただそれは、逆効果になってもおかしくはないような奇策だ。

普通に考えれば利世の方が考えか行動を改めるべきだし、航の意見など通るはずもない。

「いや、でもな……。下手したら他の人にも迷惑がかかりそうで……。あぁ～、もう！　どうしたらいいんだろ！」

そんな煩悶《はんもん》は、それから数日、航を悩ませ続けることになるのだった。

◆◆◆

その後数日間、航にしては珍しく、エルデンリングも起動せずに会社と家の間を往復するだけの生活が続いていた。

そんなある日、航のスマホに利世からメッセージが入る。

『今すぐ、エルデンリングにアクセス！』

続いて、待ち合わせの祝福と合言葉が送りつけられてくる。

「え？　ど、どうして？」

呼び出しの意図を尋ねるメッセージを送り返すが、

『い・い・か・ら、来なさいっ！』

と、返ってくる。

どう見ても、なにか怒っているような文面に気圧《けお》されながらも、仕方なく航はエルデンリングを起動する。

このゲームを買って、こんなに気が重いのは初めてのことだった。

◆◆◆

『航ちゃんっ！』

「は、はい⁉」

召喚された途端、ボイスチャットから利世の強い声が聞こえた。

顔は見えないが、どう聞いても詰問しているような声色である。

女性に問い詰められるなどこれまでの人生でほとんど経験がない航は、明らかに普段とは違うトーンの声で返事していた。

『航ちゃん、なにやったのっ⁉』

「えぇっ⁉　ぼ、僕⁉　いや、何って、何が、何？」

なんの説明もなく理由を問われても、それこそ何が何だかわからないに決まってる。

見れば、先に召喚されていたのだろう黎人のキャラが目立たないところに立っていた。

「か、鹿島さん、これっていったい……？」

黙っていても助けてもらえないと理解した航は、思い切って黎人に声をかける。

『あ、あ〜、え〜と』

黎人の物言いは、今日に限って妙に歯切れが悪い。

『航ちゃん、あ・た・し・が、質問してるのっ！』

「いや、何を聞かれてるのかわからないってば！」

『だ、だよなぁ。俺から説明すると、ほら、深山ちゃんの置かれた状況あったじゃん？』

もちろんその可能性は考えていたが、それが航に関係してくるとは思えず頭から追いやっていたのだ。

「まさか……」

最初に考えたのは状況が悪化したことだ。

ただそれでも、航が関係する余地がない。

どうして問い詰められているのかわからない。

『それがな、きれいに、問題が解決しそうなんだわ』

「はぁっ⁉」

航は思わず素っ頓狂な声を上げていた。

「え？　問題、解決しそう？　あれ？　でも、僕、怒られてるんじゃ……？」

『はぁ⁉　誰が、誰を怒るってのよ？』

とは利世の発言。

「ちょ、ちょっと落ち着こう！　みんな落ち着こう！　まずは状況の整理から！」

相手の顔が見えないと、こういうときに空気が読めずに苦労する。

とりあえず、航は自分がどういう立場に置かれているのか把握するのが先だ。

「えっと、深山さんがちょっと危なくなってるって僕は聞いていて、解決したっていうのはそれのことですか？」

航が黎人に確認すると、『そうそう。それ』と返ってくる。

「解決したって、でもそれ、深山さんが別部署に移ったら解決にならないんだから、解決って言うと……」

『だから、航ちゃんの発案で、うちの第四課に新規業務が割り当てられるようになったんでしょ⁉』

「僕ぅ⁉」

青天の霹靂《へきれき》という言葉が頭に思い浮かび、なんだか最近そんな場面に連続で出くわしている気がする。これもエルデンリングの力なのか、などと軽く現実逃避しそうになっていた。

『いや、悪い』

そこで口を開いたのは、さっきから妙に居心地《いごこち》悪そうにしている黎人である。

『つまりだな。深山ちゃんがさ、営業第四課に所属したまま、オッチャン達のパソコン指導もできるようになるんだって』

「え？　ど、どうしてです？」

『それはな、うちの会社でパソコンがまったく使えない人間って、ごく限られた年齢層だろ？』

「はい、そうですけ、ど……？　えっと、あれ？　それ……？」

黎人がここから言おうとしている内容について、何故《なぜ》か、航には予想がついた。

樹リースで、まったくパソコンが使えず指導を必要とする人間は、年代的にそうしたものにまるで触れていなかった人達に限られる。

年齢的には、だいたい六〇代ぐらいの、定年退職を控えた人達だ。

だからこそ、若い人間が講師として接するのは難しいというところはあったのだが、逆に言えばそれより若い、四〇代の社員は子供の頃からそれこそコンピュータゲームやポケベル、携帯電話、スマートフォンとＩＴ機器に親しんでいる年齢層に差しかかる。

早急に指導が必要なのは限られた人数なのだ。

だからこそ、利世が半分遊びのような感覚で色々教えられたとも言える。

そこで問題となるのは、果たしてそのごく限られた人数のために、講習を外注する必要があるのかどうか。

あるいは、専門の部署を新設する必要があるのかどうか。

航には「否《いな》」だと思えた。

だから会社側も資料整理など、閑職としてそうした人達をまとめて異動させていたのだ。

その人達が定年退職してしまえば、特別にパソコン指導のための講習を開かずとも、全員がある程度は使える人間ばかりになる。

新陳代謝を待つ、というのが会社の選択だったはずだ。

『逆に言うと、わざわざパソコン指導をする部署を新設したりしても、オッチャン達は数年でいなくなるから無駄になる。また元に戻すなりなんなり余計な手間《てまひま》暇がかかる。で、その傍《かたわ》らに、お飾り部署とも言っていい、営業第四課があるわけだ』

そして黎人は、何故か航の考えと寸分違《たが》わず同じ内容を語った。

「じ、自分の所属している部署なのに遠慮がない……」

『だって事実だし。会社側からすれば、正社員だから気楽にクビを切るわけにもいかない。しかしどうやってもうまく働いてくれないから、こんな部署に押し込めてるわけで』

「うぅ、否定できない」

それは、営業トークに自信がないセールスマンが所属しているはずである。

『営業には色んな作業が求められていて、パソコンをリースした客には、簡単な指導をしたりもする。それを社内にも適用して、正式に誰かがオッチャン達の指導員になった方が、結果的に余計な手間暇を省略することになるはず——というのが、航の意見だったよな？』

「そ、そうですけど！　でもそれは……」

『ほら、メモに色々書いて考えをまとめてたろ？』

樹リースでは、任意ではあるが社員から業務改善提案を募っている。

査定にも関わってきたり、自分の熱心さをアピールできたりもするため、他の部署では熱心に提出される。

営業第四課ではあまり提出されていないようだが、ここに意見をねじ込めばどうにかならないかと思ったのだ。

ただ同時に、利世の振る舞いについて余計な告げ口につながると逆効果になる可能性もあって、結局出せずじまいだったのである。

その謎が、

『俺は面白そうだと思ったから、清書して、お前の名前で出しといた』

一発で氷解した。

「か～し～ま～さん～～～～～～～～～～っ！」

航は、ＰＳ５のコントローラーに向かって力の限り叫んでいた。

『え？　航ちゃん、知らなかったの？　だって、黎人っちが、あれは航ちゃんのアイデアだって言ってたのに』

「だから、か～し～ま～さん～～～～～～～～～～っ！」

『いや～、いけるとは思ったけど、ここまで一気に決まるとは思わなかったんだよね』

だいたいの状況は把握できた。

全部は黎人のせいである。

『あと、うちの課長。最近、自分の部下から一つも改善提案が出てなくて、上からだいぶんプレッシャーかけられてたらしくって、それでめちゃくちゃ張り切って通しちゃったんだよね』

「そこまで計算してたんですか？」

『まっさかぁ！　俺だって、こんなにうまく事が運ぶなんて思ってなかったよ』

『えっ⁉　そうだったの⁉』

『俺は単に、航が面白そうなことを考えてたから、このまま埋もれさせるのはちょっともったいないな～って思っただけさ』

「それじゃあ、なんか、色々偶然うまくいっちゃったんですねぇ」

とはいえ、航は生来の引っ込み思案な性格が影響して、なかなか自分の意見を上層部に提出できなかったし、黎人がいなければあるいは本当に利世は退職に追い込まれていたかもしれない。

航の物言いがおかしかったのか、黎人はボイスチャットの向こうで笑っていた。

『けど、それもこれも、お前がどうにかできないか、色々考えて粘ったから引き寄せられたんだぜ。もっとエラそうにすりゃいいのに』

『ほんとほんと！　あたし、それ聞いてもう、これは航ちゃんにお礼を言わないといけないと思って！』

「え？　お、怒ってたんじゃないの？」

『怒るわけないじゃん。感激してテンション爆上がりしてたのよ！』

「ば、爆上がりですか……」

まあ、怒られるのでなければよかったが、ここまで劇的に感動されることなど初めてだったので、見れば両手がじんわり汗をかいていた。

下手をすればラスボスと戦う直前ぐらい緊張していたのかもしれない。

『というわけで、深山利世！　これからは堂々と営業第四課に所属したまま、おじさん達のお世話もできるようになりました！　まあ、営業もちゃんとやれって言われちゃったけどね』

「それはまぁ……」

『そうだよなぁ』

『でもまあ、問題は解決！　あとは心置きなくツリーガードを叩《たた》きのめすだけよ！』

「え？　そこなの？」

航は戦う前からわりとグッタリしていたのだが、利世の勢いに押しきられる形で再び『ツリーガードさんと戯れる会』の開催が決定してしまった。

だが、問題を乗り越えたからなのか、それともこの前みっちりと戦ったことで慣れたのか、その日の利世の動きは冴《さ》え、三人はめでたくツリーガードを倒すことに成功するのだった。

第三章

魔術学院に雨降って地固まる

入り組んだ学舎を通り抜け、まるで法廷のように厳粛な雰囲気に包まれた討論室を抜けると、広々とした庭園のような場所に出る。

天候はあいにくの雨。

灰色に曇った空からしとしとと、静かに雨粒が降り続く。

その奥の、切り立った岩場の上に荘厳な城が建てられていた。

ここは魔術学院レアルカリア。

その攻略は既に中盤に差しかかろうとしていた。

『敵、多そうだなぁ』

討論室の出口から顔を出して庭園を眺めながら、黎人《れいと》がそう言った。

『雨が降ってるから見通しも悪～い』

こちらは利世《りせ》である。

三人が定期的にマルチプレイをするようになりしばらく経《た》った。

社会人で限られた時間しかプレイできないが故《ゆえ》に進み方はゆっくりではある。世間的に見れば周回遅れもいいところだろう。

ただ、世間一般の進捗を別にすれば、三人の攻略自体は順調である。

利世も二人から一歩遅れストームヴィル城をクリアし、三人は順調に各地の探索を経てレアルカリア攻略に乗り出していた。

ここはストームヴィル城とは違ってそこまで複雑な迷路にはなっていないので、航《わたる》のナビもあって順調に進んでいる。

特に戦闘面では格段の進歩を遂げていた。

黎人は、放浪騎士の初期装備と、腕だけストームヴィル城で運良くドロップした失地騎士のものを装備している。

剣はこちらもドロップした君主軍の直剣、盾は物理カットが100％になる獣紋のヒーターシールド。

どちらも序盤で有用な武器と盾だ。

黎人のようなスタンスだと、盾の使い方が特に重要になる。

物理カットが小さければ防御しても少しずつダメージを受けてしまうが、物理カットが100％に達すると、ようやく物理攻撃は完全にガードしきることができるようになる。

あとはスタミナが続く限り、落ち着いて守って、隙を見つけて反撃するというスタイルが可能になるのだ。

利世は、防具は盗賊の初期装備のままだが、リムグレイブの曇り川付近で遭遇する、血の指ネリウスを倒し、レドゥビアを手に入れていた。

出血を引き起こす武器で、出血性能を高める「神秘」を伸ばす盗賊と相性がいいと言われている。

おまけに「こちらの方が格好いい」と元々持っていた大型ナイフを左手に装備する二刀流スタイルを選ぶようになっていた。

これがソロであれば、盾を持てない二刀流はリスクが大きいが、基本的にマルチを行う事が多い航達の場合は、しっかりと黎人や航が敵視を取って利世が動きやすい状況を作ってやればかなり有利に働く選択だった。

実際、敵の種類にもよるが、純粋に攻撃力だけで見れば、もっとも戦闘に貢献しているのは利世である。

航は、二人に助言をしながら、自分のサブキャラの装備は的を絞って必要なアイテムを集めていた。

まずは杖《つえ》と魔術。

リエーニエ地方とは真逆だが、赤い荒野が広がるケイリッドで隕石《いんせき》の杖と岩石弾の魔術を手に入れた。

ケイリッドも探索しがいがある場所だが、三人で集まれない日に、ひとまずこの二つだけを狙ってトレントに最短距離を駆け抜けてもらったのだ。

岩石弾は序盤で頼りになる魔術の一つで、魔術で大きな岩石を三つも生み出し敵に投げつける。

燃費と狙いやすさで言えば輝石のつぶてだが、岩石弾は威力が非常に強く、また追尾性能も高い。おまけに敵のダウンも狙えるために、攻略がし易《やす》くなる。

その上、隕石の杖は岩石弾のような隕石系統の魔術を強化してくれるため、航の攻撃力がかなり底上げされるのだ。

三人の武装が徐々に充実してきたことに満足しつつ、目の前の攻略に意識を戻す。

「ここ、いくつかのショトカが交《まじ》わってるので、けっこう大事な場所ですよ」

『あ、そうなんだ。でも、あ、うわぁ、あの機械人形までいるじゃん』

利世が心底嫌《いや》そうな声を出したのは、処刑具の「鋼鉄の処女」のような部品を腹部に持つ機械人形で、硬くてなかなか倒せない上に、敵対すると猛スピードで距離を詰めて襲いかかってくる。

確かに、隅々まで探索したい庭園では会いたくない相手だ。

「そうですね。あの機械人形はちょっと避けながらですけど、それ以外の雑魚敵《ざこてき》を掃除してゆっくり調べ回った方がいいですね」

『そういうことなら……』

と、黎人が意気揚々と庭園に進み出る。

最初に目指したのは左手に見える小さな建物だった。一部が崩れ、その瓦礫《がれき》を足場にして二階のテラスに登ることができる。

そこには亡者達が這《は》いつくばって何か作業をしているのだが、監視役らしい魔術師がやってきた黎人に向かって一斉に魔術を放つ。

『おわっ！』

遮蔽物《しゃへいぶつ》もない、狭い場所にいる黎人は避けることもできずに次々と攻撃を浴びる。

悲鳴を上げながら戻ってきた黎人は、慌てて建物の陰に隠れて攻撃を凌《しの》いだ。おまけに騒ぎを聞きつけたのか、機械人形が猛然と接近してくる。

『黎人っち、静かに敵を減らしてくんじゃなかったっけ？』

黎人の慌てぶりを見て利世が笑う。

『そう言うなよ～。あんなとこに見張りがいるとは思わなかったんだって！』

などと黎人の言い訳を聞きながら、三人は入り口付近から奥へと後退する。

「今日はこんなところですかね」

討論室まで引き返したところで、航はそう呟《つぶや》いた。

今の戦力では機械人形を倒すのは大変だろうし、敵対が解けて遠ざかるのを待つには時間がかかる。

明日も仕事があるという現実が急に頭をもたげてきたこともあって、航は終了を提案したのだ。

『おっけー。深山《みやま》ちゃんも、今日は調子悪そうだったし、ちょうどいいんじゃない？』

『えぇっ？　あたし？』

冗談めかして応じている利世だが、確かに今夜はミスが目立ち、ここが敵拠点であるということを差し引いても簡単に死んでしまっていた。

『ん～、なんかノリが悪い感じがしたんだけどさ』

「あ、ひょっとして今日は忙しかった？」

航と黎人が待っているから合わせてくれたのかと気遣うと、利世はボイスチャット越しに苦笑する。

『いやいや、エルデンリングは楽しんでるよ。じゃなくて、むしろ航ちゃんの方こそムカついてないの？』

「ぼ、僕？」

『ああ、会社のことか』

「会社って、昼間の？」

黎人が補足してようやく利世の言葉の意図が理解できた。

今日の業務中、航は会社で叱責《しっせき》されたのである。

もちろん仕事内容に不備があれば注意されても仕方がない。しかし航が叱責されたのは昼休み、それもオフィスの真ん中の同僚の目がある場所で行われたのだ。

『あたしは見てただけだけど、あの課長、ムカつく〰〰〰ってなってたら集中できなくって。ごめんね！』

「あ、いや、なんか、僕のために怒ってくれて、ありがとう？」

どう言うべきか迷いながら中途半端に返事をすると黎人に笑われた。

と、このようにして、エルデンリングのマルチはいつの間にか仕事上のちょっとした相談をする場所にもなっていた。

それぞれ手に入れた情報で、自分の役には立てられないようなものはここで交換したりする。

おかげで航も小口ながら一件、契約を取ることができたので、こういう雑談もバカにはならない。

『とはいえ、確かに昼休みだからなぁ。文句言われる筋合いもないんだよな』

『そう！　そこなんだよね』

ありがたいことではあるが、叱《しか》られた本人よりも怒っているのはどうかと思う。

ただ、こういう、自分だからとか他人だからとかで区別しないのは利世のいいところなのだろう。

航は昼休みに叱責された。

相手は課長だ。

私物のタブレットでいつものようにエルデンリングの情報を求めて広大なネットの海を彷徨《さまよ》っていたのだが、それを見た課長に、「職場にそんなオモチャを持ち込むな！」と言われてしまったのだ。

タブレット自体は普通にビジネスツールとして通用するはずだが、航のホーム画面にはエルデンリングの公式ホームページや攻略ｗｉｋｉ、考察サイト、まとめサイトなどの直リンが保存してある。

ブラウザのブックマークから飛んでもいいのだが、気になったときに一瞬で見られるようにそうしてあるのだ。

他にも、壁紙も自分のプレイ中に撮影したスクリーンショットだったりする。

残っているのはステッカーか何かを自作してぺたぺたと貼りまくるぐらいだが、さすがにそれをする予定はない。

いずれにしても、エルデンリング一色に染まっているタブレットは、見る人から見ればオモチャに見えるかもしれない。

それでも、昼休みに咎《とが》められる理由は、やっぱりないように思うのだが……。

『まぁ、でも、うちの課長はそういう奴《やつ》だったでしょ？』

すっかり諦めきったような黎人の言葉に、航もこっそり乾いた笑いを漏らした。

営業第四課の課長、灰崎敬太郎《はいざきけいたろう》はいつも気難しそうな顔をした五〇代半ばほどの小柄な男だ。

部下の失敗は苛立《いらだ》った様子で叱りつけ、自分のしでかしはできるだけ小さく見せようとする。

その上、立場が上の人間にはめっぽう弱い。

やる気に乏しい人間が集められているから仕方ないのかもしれないが、どうにも部下に愛着も持っていない様子だ。

当然、人望もあまりない。

航としては、灰崎がそういう人間なのは理解していたので、目を付けられたこと自体不運だとは思うが、落ち込んだりはしていない。叱責された内容がゲームなので、若干周囲の目が気になって気恥ずかしくはあったが。

むしろ、利世が帰宅した後まで怒りを持ち越していることの方が意外だった。

『まぁ、でも、深山ちゃんも課長の性格についてはとっくに理解してるでしょ？』

同じく意外に思ったのか、黎人が宥《なだ》めるようにそう言った。

『そうなんだけど！　そうなんだけど、でもやっぱりヒドイと思うんだよね。航ちゃんのタブレットは、もうちょっと誤魔化した方がいいと思うんだけど……』

そのセリフの方がむしろ航の心にダメージを与えた。

（や、やっぱり目立つのか……）

確かに黎人にも利世にもニヤニヤしていると指摘された。さすがにちょっと反省すべきかと思っていると、利世から意外な事実を告げられる。

『あたしが怒ってるのはこっからなんだ。ほら、フロアの奥に中会議室あるでしょ？』

樹《いつき》リースでは会議や商談で使える会議室が三種類ある。

大会議室は応接室のように広々とした場所で、ビデオ会議用の機材や大型プロジェクターなど、充実した設備が整った場所だ。

社外の人間を招いて重要な商談を行ったり、社内で重要な契約を交わしたりする場合に使われる。

ただし、営業第四課のフロアにはない。

小会議室は「室」とは言われているが、オフィスの一角をパーティションで区切っただけの代物で、ちょっとした相談などに使われる場所である。

利世が話題にしている中会議室は密閉された個室になっているので、守秘義務も関《かか》わるような重要な案件を相談するような場合に使われる会議室だ。

大型ディスプレイやネット環境は整っているが、社外の要人を招き入れたりはしない。これは営業第四課のあるフロアにも二つほど用意されていた。

『課長、あそこに私物を持ち込んでるんだよね！』

『私物？　まぁ、あんまりよろしくはないけど、私物の一つや二つ、誰でも持ってきてるじゃん？』

『じゃなくて！　私物の、ＰＳ５！』

航と黎人はきれいに同時に声を出していた『は？』と。

『課長の奴、航ちゃんにあんなこと言っておきながら、自分は手が空いたときに会社のモニタと回線使ってゲームしてんのよ！』

『うぇ、それマジ？』

『マジマジ！　しかもエルデンリングやってんの！　マジむかつく！』

「えぇっ!?　課長が？　あの課長が、エルデンリングゥッ!?」

今度こそ、さすがに嘘《うそ》でしょ、と言いたかった。

まあ、人に「オモチャを持ち込むな」と言いながら自分はゲームをやっているという矛盾は、意外にも「課長だからなぁ」で受け入れられてしまうのだが、むしろ逆にその課長がエルデンリングをやっていたことの方が驚きだったのだ。

『あぁ、そりゃヒドいな……』

『でしょっ!?』

ようやく我が意を得たりと利世が大きく頷《うなず》く気配が伝わってくる。

「でも、なんで会社でエルデンリングなんてやってるんだろう……」

心底不思議に思うのだが、利世は課長の不誠実さへの怒りで頭がいっぱいになっているようだった。

と、そこへ、

『へっへっへ、そういうことならお二人さん、いっちょ課長を懲《こ》らしめてやるとかどうよ？』

『え？　データ全消ししてやるの？』

「——ちょっ⁉」

『——いや、深山ちゃん、さすがにそれは……』

いともあっさり提示されたえげつないアイデアに、航と黎人は絶句した。

課長がどこまで進んでいるかは知らないが、エルデンリングのデータを消すなど、さすがにムゴい。

『えー、でもそのぐらい痛い目に遭わせてやらないと、懲りないでしょ？』

しかし利世には、なかなか納得してもらえない様子だった。

『さすがにデータ全消しは、色々ムゴいので、俺のプランに乗っからないか？』

自信ありげな黎人のプランに、航と利世はひとまず耳を傾けることにするのである。

◆◆◆

航には、職場にオモチャを持ち込むなと言いながら、自分はあろうことかPS5を持ち込んだ上に会社でゲームをしているという不届きな課長。

黎人の提案で課長にお仕置きをすることになった航達だが、その準備のために数日を費《つい》やした。

途中、追加の情報がもたらされ、若干の変化を加えつつも今日、計画決行の日を迎える。

時間は夜八時。

仕事を手早く片づけ、足早に帰宅した航は、いつもより少し早い時間にログインし緊張しながら狭間《はざま》の地へと旅立った。

敵が出ない円卓で、足りない道具類の補充や、装備の見直しなどをしつつ待っているとスマホに利世からメッセージが入る。

『準備おっけー！　あとはヨロシク！』

短いメッセージと祝福の名前が添えられている。

それを見た航は、一瞬躊躇《ためら》いながらも、指定された祝福にファストトラベルで移動し、地面にサインを描いていく。

ただし今日は、いつもの「褪《あ》せ人《びと》の鉤指《かぎゆび》」ではなく「闘士の鉤指」を使い、敵対マルチを意味する赤いサインを描く。

（なにげに、自分から敵対マルチをしかけるの、初めてかも！）

黎人や利世とマルチをしている際、時折、他のプレイヤーに侵入されたことはあって、勝ったり負けたりしていたのだが、自分がいわゆる「侵入者」になって入り込むのは初めての経験だった。

などと課長との対戦に集中しようとしていたところに、利世から再度連絡が入る。今度は通話でだ。

なんでわざわざ音声通話なんだろうと疑問に思いながら応答すると、利世のいたずらっぽい笑い声が聞こえてきた。

『あたしさ、いいこと思いついちゃった』

「いいこと？」

『そう。今からあたしのスマホ、スピーカーモードにしたまま会議室に押し込むから』

「は……？」

利世が言わんとしていることは理解している。

会議室と言っても、完全な密室ではなく、扉の下に小さな隙間が空いている。

床はカーペットが敷かれているので勢いよく滑らせれば奥まで届く——そういうことをしようとしているのだろうが、意図がわからなかったのだ。

『だってほら、今から課長を懲らしめるんでしょ？　だったら、このぉ、とかそぉ、とか悔しがってる声が聞こえた方が、航ちゃんもやる気出るんじゃない⁉』

風評被害もいいところだ。

利世の中で、航はどんな風に見られているのだろうと首をひねらずにはいられなかった。

「いや、僕は……」

『いいからいいから！』

悔しがる声が聞こえた方がやる気が出るという発想は、完全にドSだ。利世は怒らせないようにしようとこっそり誓う。

その上で、慌ててゲームの音をミュートにした。

スピーカーモードということは、こちらで立てた物音も向こうに筒抜けになってしまう。わざわざそうしたのは、離れた場所の音を拾うためだろうが課長に気づかれてしまえば元も子もなくなってしまうではないか。

『あたしは、何かあったらモバイルのPCからSNSのチャット飛ばすから、そっち見といてね！』

「えっと、うん、まあ、了解」

もう何を言っても止められなそうだったので、航は完全に押し切られる形で了承していた。

直後、ざざー、というスマホがカーペットを滑る音が聞こえ、次いで課長が動いているらしい物音が聞こえる。

無事、利世はうまくスマホをセッティングできたらしい。

(とにかく、今は集中！　間違っても負けるわけにはいかないぞ)

自分を鼓舞したところで、航のキャラは標的の世界へと現れ出た。

祝福の場所は、学院正門前。

ちょうど、航達が攻略しているレアルカリアの入り口だった。

リエーニエ湖の北部にある岩山の上に建てられた魔術の学舎。

その入り口は円形に石畳《いしだたみ》が敷かれた広場になっており、そこに一人の褪せ人が航を待ち構えていた。

防具は、葦の地の兜、甲冑、手甲、足甲で、武器は打刀。

素性は航のメインキャラと同じく侍ではじめたのだろうが、ここに来るまでの間に手に入る武器や防具を何一つ取り入れていないようだ。

エルデンリングは、特に防具はそれほど性能がインフレしないので、リエーニエあたりであれば初期装備でも問題なく通じる。

しかし、見たところ盾も装備しておらず、打刀を両手持ちしているようだった。

『今度こそ！』

利世のスマホが課長の声を拾う。航達に聞かせる言葉ではない。独り言だろうが、何が「今度こそ」なのかはわからない。

だがそんな疑問に答えが出るより早く、戦いははじまった。

エルデンリングの敵対マルチは、派手な演出など存在せず、唐突にはじまる。侵入では、相手がどこにいるか気付かずに、後ろから不意打ちされることがあるぐらいだ。

その簡素な立て付けが、ある意味で非常にリアルに感じられる。

最初に斬り込んできたのは課長。

両手持ちの構えのままから、大きく踏み込んで斬撃を繰り出す。

航はタイミングを見切ってローリングで回避すると、距離を取りながら課長の背後を取ろうと回り込む。

対人戦は航も経験が乏しい。

相手も人間であるだけに動きのパターンが読みにくい。

加えてこちらからの音が向こうに聞こえないようにゲームの音をミュートにしている関係で微妙にいつもと感覚が違う。

足音や武器を振るう音など普段はあまり気にしていないが、いざなくなると意外なほど影響が出るようだ。

（とにかく落ち着いて、基本を思い出しながらやるしかないな）

今日に備えて調べてきた知識を頭の中で反芻《はんすう》する。

確かネットでは、たとえば回避が難しい攻撃や、状態異常を駆使して、いかにして相手を自分のペースにはめるか、つまり自分の必勝パターンをどう押しつけるかがキーポイントなのだと書いてあった。

航も、そしておそらく課長も対人戦は経験が浅いため、そこまで洗練された戦いにはならなかった。

課長は滅多矢鱈《めったやたら》と斬りつけてくる。フェイントなどもないため、動きが読みやすい。

サブキャラは、黎人や利世とマルチで遊ぶのが中心になっていたため、魔術に偏《かたよ》ったビルドになっている。

これがもう少し万能型に寄せていたら、黎人が使っている獣紋のヒーターシールドなどで受け止め、ガードカウンターを取りたくなるような場面だ。

逆に言えば、課長も迂闊《うかつ》な攻撃を繰り出しすぎる。

対人戦なら、無駄な攻撃をすれば隙を生むだけだ。

航は課長の猛攻を凌ぎきり、おそらくスタミナ切れを起こしたのだろうタイミングを見計らって冷静に岩石弾を詠唱する。紫色の岩石が宙に浮かび上がり、課長を狙って放たれる。

三つの岩石が全弾命中する。

(もう一発!)

続けざまに魔術を連射する。課長も避けようと動くが、標的に向かって軌道が変化する岩石に追い詰められ、思わず防御してしまう。

その一撃でとうとうスタミナがつきてしまったのか、課長のキャラはがっくりと崩れ落ち、跪《ひざまず》く。

『くそっ、動けないぞ!　どうなってる⁉』

ここまでの攻防で追い込んだ、いわゆるダウン状態だ。

一瞬だけだが動けなくなり、相手の攻撃を無防備で喰《く》らうことになる。

航はこの隙を見逃さず、一気に距離を詰めるとサブ武器としてセットしておいたロジェールの刺剣に持ち替え、課長のキャラを貫いた。

致命の一撃が入り、そこにもう一度、相手の起き上がりを狙って撃ち込んだ岩石弾がとどめをさす。

『くっそ〰〰っ！』

そんなオモチャ、と馬鹿にしていたわりには心底悔しげな課長の声を聞きながら、航は元の世界へと戻されたのだった。

「ふぅ、勝てたな」

スマホに音を拾われないように注意しながら小声で呟く。

黎人が発案した「懲らしめる」とは、こうして敵対マルチで課長を叩《たた》きのめしてやるというものだった。

当然、負けてしまったり、いい勝負をしたりしてしまえば単に対戦を楽しませることになるだけなので、ここは圧勝することが条件となる。

負けることはないと思っていたが、さすがにこの点は不安だったので、勝てて一安心というところだ。

もちろん、この一戦だけで終わることはない。

危なげなく勝利し、自分の世界に戻ってくると、航はもう一度地面に敵対マルチのサインを描く。すると、ほとんど間を置かずに再び召喚され、そしてまたもや課長の世界へと辿《たど》り着《つ》いた。

そう、航達は、課長が繰り返し敵対プレイヤーを呼んでいることを知っていた。

追加で手に入れた情報なのだが、課長の遊び方がかなり特殊だということが判明したのである。

実は課長、仕事が終わってから遅くまで残って、別にストーリーを進めるわけでもなく、ただ毎日のようにこうして敵対プレイヤーを召喚して決闘の真似事《まねごと》をしているのだ。

そもそも厳密なことを言えば、会社でエルデンリングを遊んでいるのだから、ゲーム画面を映すモニタ、インターネット回線、電力、それらを勝手に使っていることになる。

コンプライアンス的にアウトなのは確かだろう。

理由はわからない。

ただそれを聞いた黎人は一計を案じ、課長襲撃計画を立てた。

敵対マルチはプレイヤー同士で腕試しをするための機能だが、何もしなければマッチングされるかどうかはランダムになっている。

つまり、課長は野良《のら》マルチで対戦を繰り返していたのだが、普通にやっていればマッチングされるかどうかは運任せになる。

だが懲らしめるためには、何度も繰り返し叩きのめさなければならない。

そのために活躍したのが利世なのだ。

現在、会社にはこっそりと利世が残っている。課長がトイレなどで中座した隙を狙い、中会議室に忍び込むと、課長のマルチに合言葉を設定してもらった。

これで強制的に侵入でもしない限り、同じ合言葉を設定したプレイヤーの召喚サインしか表示されなくなる。

つまり、課長が続けて召喚して敵対マルチをしようとすれば、自然とその相手は航だけになるということなのだ。

もちろん、名前を注意して見られると同じプレイヤーだとバレるかもしれないが、少なくとも正体が航だと判明しなければかまわない。

ちなみにその模様は、航が動画配信サイトにアップロードしてリアルタイムで視聴できるようにしてあった。

黎人は家で、会社にいる利世はさっき言っていたモバイルのＰＣで今の状況を把握しているという具合だ。

利世からの強い要望だったのだが、いわく「あたしだけ一人で、ぽつんと隠れてるなんてつまんないじゃない！」だそうだ。

もちろん、限定公開なので世界中に負けっぷりを拡散しようとしているわけではない。これを見ているのは黎人と利世の二人だけだ。

あくまで課長を懲らしめるのが目的なのだ。

唯一の心配は、課長が実は達人で航が返り討ちに遭ってしまうことだが、幸いにして苦戦することはなかった。

続けざまに航は危なげなく三連勝する。

本来、意趣返《いしゅがえ》しというなら利世が口にしたように物理的に被害を与える方が一般的なのかもしれない。

敵対マルチで勝ったところで、人によってはなんの痛痒《つうよう》も感じないこともあるだろう。

あるいは、会社の備品を無断使用していると上に報告するのが社会人的な、いわゆる大人の意趣返しなのかもしれない。

それを、ゲーム内での「懲らしめ」で許そうというのは黎人の優しさなのだと感じた。

そうして、適当に何度か課長を懲らしめて終わりにする――予定だったのだが、何度勝っても、課長が召喚するのを止《や》めない。

最初、課長が負け続けて「今日は散々だった」と諦めれば終わりという取り決めになっていた。

つまり、課長が召喚しなくなるまでは航は敵対マルチのサインを描き続けるつもりだったのだが、勝っても勝っても、課長が諦めないのだ。

やがてバトル回数は一〇回を突破するが、それでも躊躇う様子すらなく、こちらがサインを描けば即座に課長が召喚する。

『――課長も困りものですが、ちょっと罪悪感』

と、そろそろ何勝したか数えるのが面倒になった頃、ローディング画面が表示されている間に航はメッセージを打ち込む。

すると、

『まだまだ！　これで許すとか、航ちゃん、甘すぎ～！』

『そうそう。日頃から威張り散らしてるんだから、ちょっとはいい薬になるってもんだよ』

となんだか航が思っていた以上にノリノリの返事が返ってきた。

確かに言葉はキツいし、気分屋だし、こっそり手柄を自分のものにしたりと、問題ありの人物なのだがこういうのは気が進まない。

何より、エルデンリングを仕返しの手段にするというのも、考えてみれば寂しい話なのだ。

（課長も、別に楽しそうじゃないしな……）

航に連敗しはじめる前からも、課長はエルデンリングを楽しんでいる気配を感じなかった。

純粋なファンとしては、そこは寂しいところなのだ。

（というか、そもそも課長はなんでわざわざ会社でやってるんだ？）

考え事をしていても楽に勝てる相手だが、そろそろ二人を止めて引き上げようかと考えはじめたところ、利世のスマホが拾っていた課長の声が変化する。

それまでも文句を言っていたが、怒声が響き渡りはじめた。

『こいつら！　こいつらのせいで、息子が！』

（息子……？）

『わ、なんか、課長、会議室で暴れ出したよ！　さすがにそろそろ切り上げる？』

謎の怒声に続いて利世のメッセージが入ってくる。

さすがにやり過ぎたかと心配になり、

『なんか、ちょっと変な流れですよね。今日はさすがに撤退しましょう！』

航がメッセージを送ると、黎人と利世も今度は反対せず、そのまま解散になった。

正直に言うと、確かに航も課長には腹を立てていて、だからこそ黎人の提案に乗ったのだが、終わってみると大好きなエルデンリングを仕返しの手段にしたのはよくなかったかもしれない。

その日は少し、後味の悪さが残った夜になった。

◆◆◆

金曜日の夜。

週末の夜。

土日を控え、思う存分遅くまでマルチができる夜。

航は缶チューハイとつまみを用意し、鼻歌交じりの上機嫌になってエルデンリングにログインした。

今週は、課長に絡んだあれこれで、ゲームの中にリアルが侵食してきたおかげで落ち着かなかったが、そのぶん今夜は気合いを入れて楽しむつもりだった。

待ち合わせは討論室の祝福。

その床に召喚サインを描いて待っていると、黎人の世界へと呼び寄せられていく。

『よ！』

黎人はすっかり慣れたもので、お辞儀のジェスチャーまで使って出迎えてくれた。

「こんばんは」

『航ちゃん、やっほー』

利世も既に集合している。

『今夜はいよいよだな！』

二人とも、課長の件で気まずい思いをしたのではないかと心配していたが、どうやらいつも通りこの時間を楽しみにしてくれているようで安心した。

内容的にも、魔術学院レアルカリアの攻略がいよいよ大詰めを迎えている。

集合場所こそ先日と同じ討論室の祝福だが、既に三人は巨大な鉄球が転がり落ちてくる坂をクリアし、レアルカリア最奥部にある城部分に踏み込んでいた。

そしてショートカットを開放して今日を迎えたのだ。

『よ～し、そろそろ行きますか』

黎人が促し、三人は動き出す。

討論室を出て、庭園を横切り、黎人が魔術師に集中砲火を浴びた建物を登る。

その三階に渡り廊下があり、そこを使うとレアルカリアのボスに挑むための昇降機まで一直線に辿り着く。

なるべく消耗《しょうもう》しないように、途中の雑魚には目もくれず、三人は一気に渡り廊下を突っ切り、昇降機へ。

そしてそれを使って最上階にあるボスエリアの前へと辿り着く。

城のように見えたここは、レアルカリア大書庫という名前で、中には膨大な量の書物が収蔵されている。

おそらくそのすべてが魔術について記されたものなのだろう。

『じゃあ、お先に』

ボスエリアには、ホストである黎人が先に入り、ムービーを見る。その後、航達が入れるようになったところでようやく参戦できるようになる。

『航ちゃん、今夜はボス三回勝ちきるまで寝かさないからね～』

「さあ、そう順調にいくかな」

頼もしい言葉に軽口で応じていると、黎人がムービーを見終わったのか、参戦できるようになった。

◆◆◆

中に入ると、広大な書庫が広がっていた。

天井からぶら下がっているシャンデリアや床に置かれた燭台《しょくだい》の頼りない灯《あか》りだけで浮かび上がった空間。

書庫とは本来、静寂に満ちているはずの場所だろう。

そこで今、黎人は無数の敵と向かい合っている。

一人は満月の女王レナラ。

レアルカリアの主であると同時に、エルデンリングの破片の一つを持つ人物だ。彼女は金色の光に包まれ中に浮き、こちらを見下ろしている。

その他大勢は異様な敵だ。

本来、ボスエリアでは苛烈な攻撃を繰り出してくるものだが、ここの敵はごく単純な魔術攻撃しかしてこない。

姿はまだ若い、子供に見える。

魔術学院の制服に身を包んだ子供。

弱っているのか退化しているのか足で立つこともできず、赤子のように這い回りながら緩慢な動きで攻撃をするだけだ。

回避するのは簡単。

しかも生命力も弱く、一撃喰らわせれば倒せてしまう。

一見すると戦う気がないのかとも思えるような緩い空気だ。ただ、倒しても倒しても、延々と新しい子供が追加される。

『うぇ、あたし、同じ顔がぞろぞろいるのとか、すっごい苦手！　ぞわぞわする！』

「集合体恐怖症的な？」

『わ、わかんないけど、ここ嫌い！　黎人っち、早く何とかしてよ～！』

『いや、俺もわかんないよ！　レナラだっけ？　全然地面に降りてこないから、攻撃届かないって！　航！　魔術でなんとかできないか？』

「バリアになってるから無理ですよ」

実はこのバトルにはタネがある。

プレイスタイルによっては遠距離攻撃を持たない人間もいるのだから、もしこの状態でレナラを倒す必要があるのなら詰んでしまうだろう。

このゲームはそんな浅いミスはしないのだ。

答えを教えるのは簡単だが、それでは二人の楽しみを奪うことになるので自重する。

航が、「自重、自重」とタネ明かししたいのを我慢している間にも黎人は書庫内を走り糸口を探し回っていた。

『おわっ⁉』

突然声を上げたのは、頭上から落ちてくるシャンデリアが直撃したからだ。

慌てて回復して事なきを得るが、このままではジリ貧必至である。レナラの隙を探そうと頭上を見ていれば、いくら緩慢な動きでも子供達の攻撃を喰らうこともある。

何より数が数なだけあって、馬鹿にはならない。

どこまで引き延ばすか考えていたところで、

『あ～～っ！　もう、我慢できない～～～！』

と利世がいきなり傍《そば》にいる敵を斬りつけはじめた。

「み、深山さん？」

呆気《あっけ》にとられる航に構わず、利世は滅多矢鱈と敵を倒す。

その攻撃は、黄色い光をまとった特殊な個体にも及ぶ。

『あれ？』

黎人が惚《ほう》けたような声を出す。

利世の攻撃が複数の「特別な敵」を倒すと、宙を漂うレナラに異変が起こり、彼女の周囲を覆う障壁にヒビが入って地面に落下したのだ。

『落ちてきた！』

黎人が声を張り上げ、床に落ち、障壁を失ったレナラに斬りかかる。

そう、周囲に侍《はべ》らせた子供達の中から、レナラの障壁に紐付《ひもづ》いた個体を倒すと引きずり下ろすことができるのだ。

「深山さん、黄色く光ってる奴を狙って！」

『き、黄色⁉　やってみるからそっちもがんばれ！』

ここまできたらと、航は利世に指示を出しつつ、自らも輝石のつぶてを使って攻撃する。

時間をおけば障壁が復活してまた宙に逃げられるので、本来は二回か三回は繰り返すところだが、今回は一気に勝負をかける。

ストームヴィル城で戦ったゴドリックに比べれば、この時点のレナラはかなり楽だ。

『これなら楽勝！』

思った通り、黎人も的確に攻撃を繰り返し、体力を一気に削っていく。

『よし、倒したっ！』

最後の一撃にレナラは崩れ落ちる。

『終わった？　黎人っち、ナイス！』

利世もはしゃいだ声を上げるが、これで終わると思ったら大間違いである。

『あ、れ……？』

黎人が戸惑ったような声を上げる。ムービーが流れ、倒れたレナラを闇が包み、そして魔女ラニが助けに入ったのだ。

レナラの娘のラニ。

ここで母親と敵対しておきながら、実は他の場所では親しくなることもできる。

おそらくこの現象は、正気を失ったレナラを守るためにラニが施した防御措置のようなものなのだろう。

（ということは、ラニはレナラと敵対したことを知らないということなのかな？）

航が思案していると、ムービーが終了し、次のステージへと移行する。

水面《みなも》と水平線に浮かぶ月という、印象的な空間だ。

おそらく、ラニが作り出した擬似的な空間で、直前のムービーで語られるのだが目の前のレナラは彼女がもっとも強かった時代の姿なのだろう。

『ちょ、二回戦うのか⁉』

油断しきっていた黎人と利世が慌てて動き出す。

その隙にもレナラはムダのない動きで集中し、直進する攻撃魔術を撃ち出した。

まるでビームだ。

『うげっ⁉』

黎人が正面から喰らう。

盾は構えていたので一撃死は免れたらしい。

「それぞれバラバラに動いて、基本を守って背中から攻撃しよう！」

航が短く方針をまとめる。

その最中にもレナラは先程までの緩慢な動きが嘘のように素早く動く。

それでいて、独特の優雅さは失わない所作から無数の魔力光が撃ち放たれた。

右に左に、直線的に、あるいは曲線を描いて襲いかかってくる。

だが幸いにして、レナラの強靭《きょうじん》は低く、強力な攻撃を入れれば容易に体勢を崩すことができる。

これと、誰を狙っているのかはっきりわかるために、隙が突きやすいのだ。

黎人が敵視を取って、その隙に利世が斬り込む。

ダメージがかさんで敵視が利世に移ったところで航が岩石弾を連続してたたき込んだ。

強烈な魔術、そしてトロルやドラゴンなど強力な幻影の敵を召喚してプレイヤーを翻弄《ほんろう》するレナラ。

一人で挑んでいたら苦戦しただろうが、レナラは多人数で戦えば楽になるタイプのボスらしい。

散々苦戦し、またいくつかの幸運も絡んだのだが、驚いたことに初見でクリアすることに成功したのだ。

「ああ、ラニ、私の小さな娘よ。貴方《あなた》の夜をお行きなさい」

娘への言葉を残し、幻影のレナラは滅びるのだった。

◆◆◆

ボス戦が終われば、大書庫に静寂が戻る。

そこには元の、正体を失ったレナラが残されていた。他のデミゴッドとは違い、レナラは大ルーンを持っていただけなので消滅はしないのだろうか。

『勝てた～、でもこれ、あと二回もやるの？　気が重い……』

先程の前半戦を思い出して利世がゲンナリした声を出す。

寝かさない、と言っていたのと同じ人間とは思えないが、生理的に苦手なシーンがあるとなれば仕方ないだろう。

「まぁ、今夜やるかどうかは別にして、ちょっと小休止しましょうか」

『賛成！　でも結局、途中で聞こえてきた声ってなんなの？』

散らばった設定を把握していない利世が不思議そうにしている。

「えっと、ネタバレを避けて説明すると――」

最大限、支障のない範囲でレナラの不遇な境遇と子供への思いを語る。

『へぇ、そんな設定があるのか……。子供って言えば、この前の課長の様子、謎が解けたぜ』

「課長の様子って、やたらと敵対マルチばかりしてた理由とかですか？」

『黎人っちすごい。で、なんでなの？』

『まあまあ、慌てるなって』

黎人はたっぷりもったいぶった後、課長の事情を教えてくれたのだった。

◆◆◆

レナラ戦勝利の余韻もそこそこに、航は黎人が聞いてきたという、課長の「理由」を教えてもらうことにした。

「それで、課長がマルチで言ってた、息子がどうのってなんだったんですか？」

『まあ、もったいぶったけど、そんな大した話じゃないぞ。課長に年頃の息子がいるんだけど、思春期って親と口きかなくなったりするだろ？』

『あ、わかる。急に鬱陶しくなるんだよね』

「僕は別に、普通に喋《しゃべ》ってましたけど……」

『えっ⁉　航ちゃん、ひょっとしてできたお子さんだったの⁉』

自分が「できたお子さん」かと問われると返答に窮する。

「そうでもないけど……。え、深山さん、ご両親と仲悪かったの？」

『え～と、うん、あたしもあの頃は若かった！』

思い切り誤魔化されてしまった。

少しばかり気にはなったが、単なる好奇心で他人の事情に踏み込むことは控え、黎人の話に意識を戻す。

『で、よくある話だが、ゲームだけはまともに相手してもらえるんだってさ』

「課長が、息子さんに？」

『そーいうこと』

『それで、今のブームがエルデンリングってこと？』

『そ』

「見どころがある息子さんだ！」

即答する航に、黎人も利世もボイチャの向こうで笑いをこらえているようだった。

『お前はそう言うだろうと思ったけど、親子の触れ合いっていうには殺伐としてねぇか？』

「いいじゃないですか！　エルデンリングで親子の会話！」

『まあまあ黎人っち、航ちゃんだから』

『そうだな、航だからなぁ』

なんだか不本意な評価を受けたような気がしたが、とりあえずスルーしておいて、航は話を元に戻す。

「それで、課長が息子とエルデンリングをやっていたのと、あの決闘ばかりやってるプレイスタイルとどういう関係があるんですか？」

航が促すと、黎人も思い出したのか、『ああ、そうそう』と応じる。

『課長が息子と遊んでいるとだな、やたら侵入されたんだってさ』

『マルチで遊んでいたら？　それってどういうこと？』

ほぼ最初からマルチで遊んでいたのだろう利世は今一つわかっていないようだが、航はそれでピンときた。

「深山さん、僕らがマルチしてたとき、侵入者っていって他のプレイヤーが乱入してきて襲ってくることあったでしょ？」

『うん、あったね。勝ったり負けたり、ハラハラしたけど……』

「あれね、ソロで遊んでいるときは入ってこないんだよ」

『えっ⁉　そうなの⁉』

『らしいぜ。俺も前に航から教えてもらうまでは気付かなかったけどさ』

『そっか。一人のときに襲われたら勝てないもんねぇ』

侵入されるホストが有利になるように、敵対プレイヤー側は様々なハンデが設定される。

たとえば、ソロプレイの際は侵入できないので、基本的にはホスト側が複数いるところに一人で乗り込まなければならない。

例外的に、ソロプレイでも侵入を呼び込むアイテムがあるので、それを使えば一対一にできるが、それでも侵入側にはまだ聖杯瓶の使用回数が元の世界の半分になるという調整がされる。

つまり、元の世界で八回回復できるプレイヤーは、侵入していると四回しか回復できないことになる。

他にもあるが、とにかく侵入は腕試しのためのものなので、勝ちにくくなっているわけだ。

侵入を受ける側は、おそらく普通にストーリーを攻略しているはずなので、敵対プレイヤーがあまりに有利すぎて何度も繰り返し侵入され、負け続けると攻略が進まなくなってしまうからなのだろう。

それでもテクニックやビルドによっては、そのハンデも絶対ではなく、練り込まれたビルドのプレイヤーが入ってくるとあっさり負けたりする。

「ひょっとして、侵入プレイヤーに負けまくったとか？」

航が推論を述べるとどうやら正しかったらしく、黎人が『らしいぜ』と返してくる。

レアルカリアにやってくると、やたらと侵入され、ほとんど勝つことができずに攻略の足止めをされてしまう。

とうとう課長の息子は、ソロでやった方が安心して遊べるし、攻略もはかどると言い出したのだそうだ。

『課長、かわいそーに』

言葉の調子は軽いが、利世も多少は課長に同情したようだった。

「だから、侵入プレイヤーに勝てるように、決闘して練習してたんですね……」

確かに、ゲームのプログラムではなく、プレイヤーが操作していたらパターンを読み切るなどできない。

何よりプレイヤーごとに得意な戦法を煮詰め、それに最適な能力の振り分けや武器や道具、エンチャントの追加などやれることの選択肢は無限と言っていいほどに広がっている。

そういうものに慣れ、また必勝法を身につけるための敵対マルチ修行だったわけだ。

厳密には、自分の意思で呼び寄せる敵対マルチと侵入されて戦うマルチとでは違いも多い。

なにより、侵入マルチは同じエリアに出現しても、最初は見えない場所にいる。

そこからお互いの動き方や腕前にもよるが、どちらが先に見つけ、より有利な状態から斬りかかるかにも勝負は大きく左右される。

そうした戦術面は単なる敵対マルチでは鍛えられない気がする。

とはいえ、確かに黎人のおかげで謎は解けてしまった。

「鹿島《かしま》さんの情報網、すごいですよね」

航が褒めると、黎人は気をよくした様子だった。

『情報網なんて大したもんじゃないけどさ。他の部署にいる、課長の同期の人にちょっと話を聞いたんだよ』

もちろん、課長とその同期の人との会話でそこまで細かいやり取りが交わされたわけではない。

ゲームをしていて、他のプレイヤーから邪魔をされていて、結果的に息子が遊んでくれなくなった――ぐらいのアウトラインから黎人が推測で埋めた、ある種の推理だ。

黎人の推理は筋が通っているし、おそらくその通りなのだろうが、航が感心したのはそこではなかった。

「課長の同期の人ですか？　すごいですね。僕、そんな年齢が離れた人、話しかけられないです」

航が素直すぎる感想を述べると、利世が今度こそ我慢しきれなくなったのか声を上げて笑い出した。

『航ちゃん、それ営業やってる人のセリフじゃないって』

「ごもっともデス」

正論だったのと、その声にはカケラほども嫌味を感じなかったので、航も一緒になって笑ってしまった。

『まあ、課長もお父さんしてたってことだな』

普段、会社で見る課長は、会社員としての顔しか見せていない。

それが普段の、子供と接する父親の顔があるのだと知ると、当然のことだとはいえ意外な感じがしてしまう。

『とはいえ、航を叱りつけるのはお門違いだよな』

『案外、航ちゃんも侵入者やってるんじゃないかと疑ってたりして』

「いや、僕は侵入なんて無理だよ！」

システムとしてそれを楽しんでいる人がいるのは理解しているが、自分が頼まれもしないのに他人の狭間の地に入っていって相手に戦いを挑むことを考えると、想像するだけで胃が痛くなる。

『ま、これで謎は解けたし、あとは放っておけばいいんじゃない？』

『そうだね。あたし達はあたし達で楽しんでいれば問題なーし！』

確かにその通りなのだが、航は即答できなかった。

『航ちゃん、どうしたの？』

急に黙り込んだことを不思議に思ったのか、利世が尋ねる。

「あ、いや、なにか課長の手助けができないかなって……」

そう言った途端、そうなるかと予想はしていたが、

『かぁ～、お前、本っ当～にお人好しだなぁ。嫌いじゃないけどさ。それにしたって課長だぜ？』

黎人が呆《あき》れたようにそう言った。

『ほんとほんと！　航ちゃんがアドバイスしようとしたって、また怒られるだけじゃない？　損だよ、損！』

どうやら、二人の中で、課長の評価はかなり低いらしい。

航も、決して好きなわけではないのだが、というよりも、自分の中でもどうしてそんな面倒

なことをしようとしているのかハッキリとはわからないのだが……。

「僕も、昼休みに怒られたのは理不尽だと思ったし、自分でもお人好しだなって思うけど……なんか、お父さんとしてがんばろうとして子供に格好良《かっこい》いところを見てもらいたいって課長の気持ちは、笑う気になれなくって」

たった今クリアしたばかりのレナラも、窮地にラニが助けに入ってくる。

二人は母娘《おやこ》で、フレーバーの情報からは、それほど親密な親子関係ではなかったようにも思うのだが、それでもラニは助けに入り、レナラは最期の瞬間、娘が思うように生きてくれることを願った。

やはり、この世で子が親を想《おも》う気持ち、あるいは親が子を想う気持ちには特別な重みがあるように思えたのだ。

素直に理由を告げると、やっぱり二人から爆笑された。

『降参、降参！　俺の負け。お前にゃ、かなわないわ。で、どうやって手助けすんの？　俺の手伝いいる？』

『ま、航ちゃんだしねぇ。この前の侵入作戦みたいのだったら、思ってたより面白かったし、また手伝ってあげてもいいわよ』

「え？　でも、二人とも、課長嫌いなんじゃないの？」

『まぁ、少なくとも好きではないわな』

『そだねぇ。でも、課長をどう思ってるかということと、友達がなにかしようとしてたら手伝ってあげたいって気持ちは、また違うでしょ？』

「と、友達……？」

『あれ？　ご不満？』

「いえいえ、とんでもない！　ありがたき幸せ！」

思わずPS5のコントローラーを頭上に掲げようかと思ったほどだった。

二人とも、航のお人好し加減には呆れたようだったが、それでも航の感じ方を笑うことは一切なかった。

（なんか、すごく、嬉《うれ》しいな……）

『よろしい！　で、航ちゃん、作戦は？』

「あ、いや、それが、まだ何も。そもそも僕も侵入についてはまるで詳しくないし、攻略法を調べるところからやってみようかと思ってる」

『そういう段階だと……』

『あたし達はあんまし役に立たないね』

「いや、気持ちだけで充分！　充分嬉しいよ」

『じゃあ、何か手伝えることがあったら声、かけてくれよな』

「は、はい」

絶対に笑われると思っていたのに、予想外に信用されてしまった。

しかも手伝えることがあったら手伝うとまで言ってくれたのである。

侵入マルチの必勝法など、存在するかどうかわからない。

それでも、二人の言葉に勇気づけられた航は、どうにかして課長の問題を解決する方法を考えようと決意するのだった。

◆◆◆

航、黎人、利世の三人は順調に攻略を進め、全員が魔術学院レアルカリアをクリアするまでに至った。

一段階目の子供達がまとわりついてくる場面のみ、利世が若干の苦手意識を示したものの、三人でかかれば問題なく二段階目に進むことができた。

そして最盛期の力を発揮するレナラが現れても、一度倒したことで攻撃手段を見た二人は、さすがに無傷とはいかなかったし、二度ほどゲームオーバーを迎えたものの、順調に勝利をおさめることができたのである。

そして次の日、航は珍しくエルデンリングにログインせずにネットサーフィンを行っていた。

目的は、エルデンリング関係の攻略サイトや、個人のプレイヤーが書いている攻略ブログの巡回である。

大半は、いつもエルデンリングを知るために巡回しているおなじみの場所だが、今夜の趣旨は自分のためではなく課長の問題を解決するためであった。

エルデンリングの調べ物なら得意中の得意である。

このゲームにはクリアのためのアプローチが様々存在する。たとえばレベルをほとんど上げず、装備も最低限度しか更新しないプレイヤーがいる。

そうなれば難易度は跳ね上がるが、その困難な状況を、キャラを操作する技量だけでクリアしていくスタンスもある。

エルデンリングは最低限度の状態でも敵に与えるダメージがゼロになるようなことはない。

そのことを利用して、相手の攻撃をすべて見切ってこちらの攻撃を当て続ければ、理論的にはいつか敵を撃破することができる。

当然、ワンミスで死に直結するが、死にながら相手の攻撃を覚えて一回もダメージを喰らわないパターンを見つけながらクリアしていくそんな猛者《もさ》が選ぶスタンスだ。

死にゲーとして、もっとも純度の高い、ストイックな遊び方だと思っている。

航はといえば、テクニック一本でどこまでもクリアできるほどセンスがあるわけではない。

航の腕前は中の中。

ごく普通そのものだ。

だからレベルも上げ、装備も整える。

その上で、自分が選んだ武器――メインキャラの場合は刀の「屍山血河」だが、その武器に対応する能力を上げて火力を稼ぐ。

プラス、タリスマンや各種のバフなどで「屍山血河」の破壊力が少しでも底上げされるような準備をして戦いに挑む。

要は、攻撃力が高くなるということは攻撃を当てる必要回数が減るということで、防具を強くするということは相手の攻撃を喰らっても耐えられる回数を増やすということ。

そのギャップが大きくなればなる程「クリアしやすくなる」と考えて準備を整えている。その為《ため》には装備や戦技に対する知識は必要不可欠で、それらの最新情報を手に入れるためのこうしたネットサーフィンは得意だった。

むしろこうして知識を集めてあれこれ試行錯誤している間もゲームをプレイしている最中と同じぐらい楽しい。

——のだが、今回ばかりは少々勝手が違った。

「侵入してくるプレイヤーへの対処法か……」

調べればもちろん親切なプレイヤーが様々な戦法を紹介してくれている。

そうした達人の知識に頼らずとも、航にも自分の経験からなんとなく身につけている対処法の一つや二つはあった。

だが今回の場合はそこに前提条件が存在する。

「えっと、つまり、必要なのは、課長がもう一度息子さんと楽しく遊べるようにすること。で、息子さんは頻繁《ひんぱん》に侵入されることに煩《わずら》わしさを感じているわけで……」

課長の思惑としては、そうした侵入プレイヤーを華麗に撃退して、「来るなら来い！　お前の偉大な父が邪魔者など追い返してやる！」という役回りをこなしたいということらしい。

「む、難しい……」

自分から、手助けしたいと言い出しておきながら、早々に壁に突き当たっていた。

勝率を上げる方法はある。

しかし、それにはある程度柔軟にビルドを組み立てられるだけの、レベルや装備的な積み重ねが必要だ。

見たところ、課長は航のサブキャラと大差ない進行度合いなのだろう。

このゲームでマルチをしている場合、どちらか一方の内容だけを進めることはほぼ不可能だから、おそらく黎人や利世とマルチプレイしているのと同じように、互いに攻略を進めている可能性が高い。

そうなると、課長の息子の進み具合も似たり寄ったりだということになる。

ゲームの進み具合的には、勝ったり負けたりを繰り返してその度に一喜一憂しているような段階だろう。

マルチの対戦を主要な遊びとして据えるには、少々早すぎる。

加えて、息子の腕前はわからないが、課長の技量はお世辞にも上級者とは言えない。

（いや、あの歳《とし》で、しっかりとシステムを理解してキャラを操作しているだけで充分だよね……。とはいえ、好きこのんで侵入してくるような、腕に自信があるプレイヤーに対して必勝に近い成績を実現する……？）

無理だよね、と早々に匙《さじ》を投げた。

匙は投げたが、それでも、やはり投げ出したいとは思わなかった。

◆◆◆

数日後、航は黎人と共にエルデンリングにログインし、既にクリアしたレアルカリア内をあちらこちらと探索していた。

先日は黎人と利世の三人マルチプレイだった。

ホストを交代しながら攻略を進めることにしていたので、かかる時間も単純に三人分になる。

そうすると、隅々まで歩き回るにはとても時間が足りなくなるため、寄り道できず取り逃していたアイテムが沢山あったのだ。

今日はその回収が目的の一つだった。

ちなみに今夜、利世は会社のおじさん達の面倒を見る仕事で残業のため、欠席である。

『あ～ん、あたしを置き去りにしてレベルガンガン上げたりしないでよ～！』

というメッセージを寄越しつつも、相変わらず面倒見よくパソコンが苦手なおじさん達の相手をしてやっているらしい。

そんな利世のためにも、もちろん二人はレベリングなどを行わずアイテム集めに奔走していた。

『へぇ、こんなところに隠し通路なんてあったのか』

フロム・ソフトウェアのゲームにはおなじみの隠し通路がこの辺りから出現しはじめる。

たとえばカッコウの教会の、どう見ても壁にしか見えないような場所でジャンプしたり攻撃したりすると「ボウ」と音を立てて壁の一部が消える。

こうしたギミックは、地面を見ていると先を行くプレイヤー達が親切で隠し通路の存在を教えてくれたりするので、地面にメッセージが固まっているところは要注意だったりする。

「しかし、よくこんなの見つけられますよねぇ」

ちなみに航は、自力で隠し通路を見つけたことはない。

こういった隠し通路を最初に発見するプレイヤーは、やはり手当たり次第壁の前でアクションしまくっているのだろうかと、その膨大な努力に感心してしまう。

と、そこで、二人がいる場所に侵入者があったというアナウンスが画面に表示される。

「あ、来ましたね」

『来たな！』

二人は少しでも撃退しやすい場所に陣取るため、カッコウの教会にいる他の雑魚を手早く片づける。

今日の目的の残り半分は、こうして侵入プレイヤーと対決することだった。

「じゃあ、打ち合わせ通りお願いしますね」

『おう！　えっと、このタリスマンを装備すりゃいいんだなって、あ、航のキャラと同じになった』

航がホストであるため、黎人のキャラは黄色がかったエフェクトをまとっている。

円卓で購入できる「鉤指の偽装鏡」というタリスマンは、装備すると召喚されたキャラクターがホストと同じ外見に変わるのだ。

侵入マルチの目的はホストの撃破である。

こうして、本来は一目でどちらがホストかわかるはずのものが同じ姿をしていることで、敵対プレイヤーが困惑するという狙いがある。

二分の一の確率で撃破しても無意味な相手を追いかけることになる。

つまり、敵対プレイヤーに無駄足を踏ませている間に撃退する可能性を高めるというものだ。

『どこから来るんだ？』

侵入の特徴は、入り込んだ敵対プレイヤーがこちらの見えないところに出現することにある。

つまり会敵するまでお互いに相手がどこにいるか正確に把握する方法はないため、たとえば迂闊にダメージを喰らってゲージを見られてしまったり、戦闘音を聞きつけられたり、オブジェクトが壊れる音で気付かれたり、はたまた偶然見つけたりと、どちらが先に相手を見つけるのかで大きく有利不利が動く。

二つある出入り口のどちらから来るかと二人でそれぞれを見張っていると、突如頭上から矢が飛んでくる。

『うわ⁉』

一撃を喰らった黎人が慌ててローリングしながら物陰に入る。

敵は屋根側から、教会の二階に回り込んでいたらしい。航達は既にそこのショートカットも開けているのだが、完全に盲点になっていた。

ハシゴを使って下りてきたら魔術を浴びせてやると相手をロックして岩石弾を放つ準備をしていたのだが、相手はそれを察して思い切りよく二階から飛び降りてくる。

しかも、弓矢から持ち替えた武器はありふれたロングソードに見えた。

侵入者なので装備の細かいディティールはよくわからないが、それほど攻略が進んだプレイヤーには見えない。

レベル的に近い相手なら落ち着いて対処しようと構えた瞬間、目の前で敵対プレイヤーの姿がかき消えた。

「これ、猟犬のステップ⁉」

戦技の一つで、一瞬姿が消え、離れた場所まで一気に移動する。

しかも姿が消えている間は無敵になっているので、応用範囲の広い戦技として有名だった。

面倒な戦技を装備しているのはもちろんだが、それ以上に、この戦技を入手する場所が問題だ。

航が隕石の杖を手に入れるために探索したケイリッドの東部にある、レンの魔術師塔付近にいる敵がドロップする。

もし相手が航達と同じ程度の進行具合だとすると、まともにやり合うにはかなり厳しい相手だ。

ただ、その敵を倒したこと自体が不自然なわけではない。

このゲームのいいところだが、工夫をすれば手強《てごわ》い敵でも倒すこと自体はできてしまう。

問題は、入手タイミングが早すぎる戦技を手に入れているということは、おそらく順当に攻略を進める中で手に入れたのではなく、どこかのタイミングで強引にそこまで行ってピンポイントでその戦技を手に入れてきたということだ。

「この人、このゲームに慣れてるかも⁉」

航は慌てて黎人に注意を飛ばす。

だが猟犬のステップを駆使して一気に黎人の背後に回り込んだ敵対プレイヤーは、即座に武器を持ち変える。

出現したのは氷の刃《やいば》を備えた斧《おの》――氷殻の斧だ。

「霜踏み！」

逃げ惑う黎人の背後で、敵対プレイヤーのキャラは大きく足を振り上げ床を踏みつける。すると扇状に氷結効果が広がり黎人を巻き込んでいった。

一時猛威を振るった有名な戦技で、一度弱体化されたがまだまだ厄介この上ない性能を誇る。

航の予感は的中して、レベルこそ低いものの相手は航と同じく二人目のキャラなのか、完全に侵入プレイに慣れたプレイヤーだった。

二度の霜踏みで黎人はあっさりと仕留められ、航も必死で逃げ回ったが猟犬のステップで詰められあっさりと倒されてしまったのである。

◆◆◆

再びマルチで繋《つな》ぐと、黎人が悔しがっていた。

『くっそー、タリスマンとか意味なかったな』

「いや、でも、ちゃんと鹿島さんの方に行ったので、その隙に僕がうまく撃退できていれば狙い通りだったわけですよ」

航が指摘すると、

『あ、そうなるのか！　あんまりあっさりやられたから気付かなかった』

と納得されてしまった。

確かに、敵対マルチに特化したプレイヤーに対して、付け焼き刃程度の対策ではとても追いつかない。

『で、課長へのアドバイス、どうするの？』

実のところ、完全に侵入を排除する方法は、一つだけある。

それは、もう一人知り合いを用意して、先に敵対マルチで知り合いとマッチングし、敵対枠を潰《つぶ》しておくというものだ。

マルチプレイは無制限にマッチングできるわけではなく、協力プレイヤーと敵対プレイヤー、それぞれ何人入って来られるかが決まっている。

それを逆手にとって、先に協力してくれるプレイヤーをわざと敵対枠で呼ぶ、という方法はあるらしい。

だが、それで一緒に遊んでも、あまりにシステムに依存した遊び方になって白けるかもしれない。

そもそも、もう一人課長の知り合いを用意するのも難しそうだ。

だからこのアイデアはあまり現実的だとは思えなかった。

『なあなあ、あの赤いのを撃退する必勝の策とかあんの？』

たった今、倒されたからか、黎人まで期待のこもった声で聞いてくる。倒されて悔しかったので、もしそんな必勝法があるなら自分も使ってみたいという雰囲気だ。

「実は、ないです」

『へ？』

「侵入者に絶対勝てる方法、ないんですよね」

『え？　でもお前、課長にアドバイスする内容が決まったって言ったじゃん！』

なんだかだいぶん期待させてしまったようで申し訳なさを感じつつも、航は黎人の思い違いを訂正する。

「アドバイスする内容は決まりましたけど、それが必勝だとは言ってないんですよ」

あれからあちらこちらを調べたり、自分でも試行錯誤を繰り返したりしたが、完全確実に侵入プレイヤーに勝つ方法はない。

特に、プレイヤーの腕前を問わないとなればなおさらだ。

そんなものがあればそもそも侵入という遊びが成り立たない。

だから航が辿り着いたのは思考の転換だった。

「僕も侵入マルチとか苦手だったんですよね。これからボスとやり合おうとしているときに侵入されて、聖杯瓶を使わされて、一旦祝福まで戻らないといけなくなったりとか」

『まあ、死んだりしても戻されるしなぁ』

ボス――特に洞窟の奥に待ち構えているような相手だと、祝福からボス部屋の前まで辿り着くまでにも手間暇《てまひま》がかかっている。

アスレチックのようなジャンプを繰り返したり、ある種の謎解きをしたり、複雑な迷路をくぐり抜けたりする必要がある場所も多い。

それが、侵入に遭って、一度祝福に戻されたりするともう一度その大変な手順を繰り返さなければならない。

正直、面倒だ。

「はい。それと同時に、自分が侵入するのも、他人の邪魔になってるみたいでなんかイヤで、今まで全然知ろうとしなかったんですよね」

『へぇ。エルデンリングなら何でも骨の髄までしゃぶり尽くしてるのかと思ってた』

「鹿島さん、言い方」

苦笑しながら航は続ける。

「でも、調べてみたら僕も意外だったんですけど、考えていた以上に肯定的に敵対マルチを楽しもうとしている人がいたんですよね」

『えっ！　そんな奴らがいるんだ』

「はい。もちろん、マウント取りたいだけのヤな感じのプレイヤーもいますけど、純粋に腕試しをしたいと思っているプレイヤーもいて。そういう人って『邪魔になるのはわかってるんだけど、相手して欲しい！』って思って侵入してるんですって」

　プログラムで制御されたＮＰＣだとどうしてもすぐにパターンが読めてしまうので、自分がギリギリまで積み上げたビルドやテクニックを試すにはどうしても対人でないと物足りない、というレベルの人達がいる。

「工夫をすれば、対人戦の成績も上げられますし、それこそエルデンリングはホスト側が有利な設定になってますから、タイミングがいいとか悪いとかはやっぱりありますけど、こういう好きな人間同士が腕を競うって考えたらそんなに嫌な感じがしなくなったんです」

　敵対マルチや侵入プレイを調べるためにブログを読んだりしたのだが、想像していたような嫌味な腕自慢や、他のプレイヤーをこき下ろしたりせず、ある種の競技者のようにエルデンリングの戦闘を探求している人がいた。

　そういう人が書いたブログは、むしろスポーツマンシップを感じさせるほどである。

　むろん、正直頭にくるような、他人を馬鹿にする書き込みも沢山あって、そちらは最初の想像通り好きになれないが、全部が全部否定できなかったというのが正直な感想だったのだ。

『確かに。相手が悪意を持って邪魔してくるのとは段違いだな』

「ですね。もちろん、課長や課長の息子さんも同じかどうかはわかりませんが、侵入も含めてエルデンリングなんだって、全部丸ごと楽しめるんだっていうことを伝える方向でやってみようかなって思ってます」

『それはそれで、難しそうだなぁ』

まったくその通りという指摘をされ、航はもう一度苦笑する。

「それはこれから考えてみます」

『了解だ。ちょっと俺も楽しみになってきたなぁ』

そう言ってくれる黎人のためにも、航はもう少し知恵を絞ってみることにする。

その後も探索を続けながら侵入を待ち色々対策を試してみた。

成績は三勝三敗。

やはり難しいが、以前よりも侵入相手とのやり取りを楽しめるようになったような、そんな気がしていた。

◆◆◆

課長の親子関係改善大作戦（秘密）の方向性が決まってから一〇日が過ぎた。

そしていつもの時間、航は――樹上にいた。

もちろん現実の木の上に登ったわけではない。

エルデンリングのゲーム内での話である。

場所はケイリッド。

祝福で言えばレンの魔術師塔の近くである。その北側にかかっている橋の傍に、せり出すようにして生えている木の上だ。

普段のプレイではほとんど気にしないが、時間は夜。

ここで、夜にならなければ現れない敵と戦うのが目的だった。

漆黒《しっこく》の鎧《よろい》に身を固め、黒毛の馬にまたがる騎士。

名前はその姿が表す通り、「夜の騎兵」と呼ばれている。文字通り、夜にだけ出現する敵で、通常の騎馬兵とは比べものにならないほど手強い。

各地で出会える夜の騎兵は、不意に遭遇したら中級者でも瞬殺されてしまうような相手だ。その代わり、撃破すると貴重な武器や戦技などが手に入る。

ただ、航ぐらいのプレイヤーでは、出会うとわかっていても苦労させられる相手だ。勝てないわけではないが、大変なのである。

そこでこの樹の出番となるわけだ。

ここは安全地帯になっていて、夜の騎兵からの攻撃は届かない。こちらは弓矢や魔術、祈禱《きとう》、その他飛び道具各種を使って攻撃し放題という夢のような場所なのだ。

ストームヴィル城に引き続き、思わずニヤニヤしてしまう。

『よーし、やっちゃうぜ！』

『お〜！』

黎人と利世も乗り気で声を上げた。

航は岩石弾を放ち、黎人と利世はロングボウで矢を撃ち込む。

航の助言に従って、二人とも遠距離攻撃の手段として長弓を選んでいた。

円卓にいる双子の老婆から購入できる上、矢は数を用意するのも簡単なので気楽に使えるのがいい。

ともかく、三人とも用意した遠距離攻撃の手段を一方的に撃ち込んで夜の騎兵を撃破する。

『よしやった！　いつもこのぐらい楽だといいのにっ！』

黎人がしみじみそう言った。

『ふっふっふ、甘いわね黎人っち。この快感は、普段苦労してるご褒美なのよ！』

いわゆるハメ戦術だ。

三人とも、そのあたりにこだわりはないので使えるものはなんでも使う主義だが、やはり死にゲーを以前もやっていた利世の感覚の方が、航は近いモノを感じるのである。

「まあ、どう楽しむかは自由ですよ。色んな楽しみ方ができるのがこのゲームの懐《ふところ》が深い部分ですし！」

『そだな。けど、これで手に入ったぞ！』

ホストである黎人が歓声を上げる。

ここの夜の騎兵を倒して手に入るのは戦技「猟犬のステップ」だ。

先日、侵入マルチの感触を改めて確かめていた際に遭遇した敵対プレイヤーが使っていた戦技である。

三人が重点的に攻略しているのはレアルカリア周辺のまま。

だからケイリッドの攻略はまだ先になるはずなのだが、あれを見た黎人が惚《ほ》れ込《こ》んで早めに手に入れたいと頼み込んできたのだ。

おまけにその話を聞いた利世までもが乗ってきて、今日のケイリッド遠征になったという次第である。

では、課長は放置なのかというと……。

『あ、反応あったよ！』

利世がはしゃいだ声で報告してくる。

「え？　ほんと？」

航は横に置いてあったノートパソコンを拾い上げた。

キーを押すとスリープになっていた画面が点灯し、とあるブログが表示される。タイトルは「エルデンリング相談室」だ。

らしいといえばらしい名前のブログである。

しかしこのブログ、管理者は航だったりした。

『でもこれ、本当に無関係の人とかじゃないの？』

「そのはずだよ。いくらなんでも、タイミングがよすぎるし」

エルデンリングを扱ったブログはそれこそ山ほど存在する。

作って間がないこのページは、検索をかけても下の方でしかヒットしないはずだ。ほとんどのプレイヤーは、もっと手前で満足してここまで辿り着かないだろう。

『この観覧人数が一人増えたのが、課長ってことか？』

「おそらく、そうだと思います」

悩みに悩んだ結果、考えついた作戦は、課長をこのダミーのブログに引き込むことだった。

方針は決まったのだが、航達と課長の関係は、ゲームについてアドバイスするようなものではない。

この前、虫の居所が悪かったのかはわからないが、昼休みにゲームのＨＰを見ていただけで叱責されたぐらいだ。

隠れて課長の事情を調べていたことからして既にまずい。

その上、プライベートに干渉するなどもっての外だ。

あるいは黎人や利世ならやってのけてしまいそうな気がするが、航にはとてもではないが無理だ。

（絶対無理だ……）

少なくとも、業務に必要な用件と、あいさつ以外で話せる気がしない。

課長どころか、他の同僚であっても同じである。対人スキルに自信がない航にとって、黎人や利世の方が特殊で希少な存在なのだ。

ともかく、課長は侵入プレイヤーに対して完全勝利することにこだわっている。航が立てた方針は、勝ち負けを含めて楽しむというもの。

つまり課長に着地点を変更してもらう必要がある。もし話したとして、航ではまともに伝えられない。オドオドしながら何をどう説明したところで説得力などないだろう。

課長にしても、部下から考えを改めさせられるのはプライドに障るかもしれない。

そこで一計を案じたというわけだ。

ネットで、匿名の人間同士として接触すれば、課長も多少は謙虚に考えを変えてくれるかもしれない。

そこで、ダミーのブログである。

怪しまれないように、いくつかの攻略情報を載せつつ、対人戦好きなプレイヤーであるかのように装い、あれこれ参考になる情報を集めておいた。

特に力を入れて書いたのは、考え方や挑み方によっては、航が感じていたような、そしておそらく課長の息子が感じていたような忌避感を覚えなくてもいいと理解してもらえるような内容の記事だ。

難しかったのはこのブログにどう誘導するかだが、

『でも航ちゃん、主演男優賞モノの演技だったね！』

と気楽に利世が褒めてくれる。

『いや、あれは普通に挙動不審になってただけだぜ』

『え？　でも普段とまったく同じだったじゃない？』

「えっと、鹿島さんが正解。課長に資料を没収してもらえるかどうか、かなりドキドキしてたけど、僕って普段からあんな感じ？」

意見が分かれていたはずの黎人と利世は、即座に『うん！』と断言してくれたのだった。

ブログに誘導するため、航は一芝居打った。

黎人とエルデンリングの情報を交換しているように見せるため、ブログのタイトルとＵＲＬを映したスクショを印刷してオフィスを歩いていたのだ。

計算通り、課長は航を呼び止め「この前、注意したというのに、まだわからんのか⁉」と怒声を飛ばす。

航の手からある意味で狙い通りにコピー用紙を奪い取り「会社の備品で遊ぶな！　これは私が処分しておく」と言い残して立ち去った。

大見出しで「エルデンリング、対戦必勝教室」と書いてあるページを印刷したモノで、課長がチラリと見てくれたところまでは確認できた。

あとは、記載されているＵＲＬに課長がアクセスしてくれるのを待っていたというわけである。

『――で、来てくれたわけだ』

黎人が、おそらく黎人自身の手元でもブログを確認しているのだろうが、そう言った。

観覧者数で、おそらく課長がアクセスしているだろうことは推察できるのだが、ホームページの中をどう動いているかはわからない。

探していた必勝法がわかるかもしれないと読んでくれているだろうか。

あるいは、興味を失って立ち去ってしまったかもしれない。

そんなことを考えパソコンの画面を見守っている。

あとは会社でエルデンリングへのアクセスをしなくなるかどうかを確認することぐらいしかできないはずだが、なかなか目が離せなかった。

「まあ、さすがにゲームに戻りましょうか」

自分に言い聞かせるように切り出したのだが、

『お、掲示板！　掲示板に書き込みがされたぞ！』

黎人が目ざとく変化を察知した。

一方的に、こちらからの意見を提示するだけだと伝わったかどうかわからないため、課長がそう希望した場合は、ある程度のやり取りができるように質問を受け付ける掲示板も設置していた。

そこに書き込みがあったのだ。

内容は、

『侵入を楽しむと書かれてありましたが、本当にそんなことができるものでしょうか？』

さすが社会人だけあって、普段の横柄な物言いが嘘のように丁寧な文面だった。

課長もやはり、航が当初感じていたように、腕に自信があるプレイヤーがマルチで遊んでいる初心者プレイヤーを狩って楽しんでいるのではという疑念を抱いているようだった。

初心者で、なかなか勝てない、侵入される度に負けていればそんな風に感じても当然だろう。

だが航は今回の事で、侵入を楽しんでいるプレイヤーの気持ちにも接することができた。

彼らは純粋にエルデンリングにおけるバトルのポテンシャルを十全に引き出し味わいたいだけ。

それには、どれほど高度であっても一定のパターンを繰り返すＮＰＣでは物足りない。次の瞬間、どう動くかわからない相手が必要なのだ。

もちろん、その相手が必ずしも同等の戦いを望んでいるかどうかがわからないというところに不幸なすれ違いを生む原因があるのだろう。

それでも航は、単に他人にマウントを取りたいという意見以外の意図を持ったプレイヤーも沢山いるとわかってすっきりした気がした。

『課長への返事は、あとで僕が書いておきます』

書き込みがあって即座に反応すれば、まるで見張っているかのようで（実際見張っているのだが）怪しすぎる。

それに、文章だけで上手《うま》く伝わるように、しっかりと考えて返事を書きたいと思ったのだ。

航が伝えたいのは次の三つ。

まず攻略面としては、課長の武器と防具、戦技や魔術や祈禱などの充実度は可能な限り問わないようにした。

もちろん技術面も同じだ。

その上で勧《すす》めておいたのは、先日のマルチでも試したように、鉤指をホストと同じ姿にする偽装工作だ。

あるいはランダムでオブジェクトに擬態できる、擬態のヴェールなども対人戦を想定して用意されているアイテムである。

ホストが擬態のヴェールでオブジェクトの一つ——たとえばマップに配置されてある石像に変わり、鉤指が偽装鏡でホストの姿になれば、ほぼ確実に狙いを逸《そ》らすことができる。

もちろん、これらは必ず相手を倒せるものではない。先日の航と黎人がそうだったように時間稼ぎが主要な目的になってくるだろう。

問題は、そうして稼いだ時間で何をするかである。

航は自分で積極的に対人戦を楽しみたいというのでなければ、こうして時間を稼いでいる間に助《すけ》っ人《と》を呼ぶという選択が有効だと考えていた。

ロングボウと同じく、円卓にいる双子の老婆から購入できるアイテムに青と白の「秘文字の指環」がある。

青は誰かが助けを求めていると、相手の世界へ召喚されるアイテムで、白は侵入があった際に誰かに助けを求めるためのアイテムだ。

こうして時間を稼ぎ、救援要請をして、他のプレイヤーに助けてもらう。

わざわざ救援に赴《おもむ》こうとしているプレイヤーはそれなりに腕に覚えがある人間も多いだろうし、単純に、侵入側の方が圧倒的に少数になればそれだけでパワーバランスがさらにホスト側に傾く。

腕に自信がなくても、相手が隙を見せれば後ろから斬りつけてやればいい。

ホストは逃げ回っていれば、駆けつけてくれた救援プレイヤーが侵入プレイヤーを退治してくれることもある。

こだわりがないのであれば、そうやって敗れ去る侵入プレイヤーを見て楽しむという選択肢もありではないだろうか。

もちろん、勝ったり負けたりを純粋に楽しむのも大賛成だ。

いずれにしても、表面上のパターンが同じであるが故にひとまとめに「悪意」として見えてしまうものであっても、単純にこのゲームを楽しみたいと思っている無垢《むく》なプレイヤーが含まれている。そのことを精一杯伝えたいと思っていた。

それが、課長に通じるかどうかは、わからなかったのだが。

『よし、航がそう言うなら任せるか』

『そだね。航ちゃんなら大丈夫。せっかくだから、課長もエルデンリングを楽しめるようにがんばってね！』

無条件に応援してくれる二人の言葉が嬉しかった。

◆◆◆

数日後、樹リース営業第四課のオフィスに大きな声が響き渡る。

「わははは！　そう、やはり物事は柔軟に考えなければならんのだよ、柔軟にな！」

大声ではあるが、先日の航がそうされたような叱責ではない。

ここに配属されて一年以上が経つが、今日まで一度も聞いたことがないような上機嫌な課長の声だ。

しかも、課長の相手は航とあまり接点がない同僚の一人だが、どうやらミスを報告しに行ったらしい。

ところがあの上機嫌である。

「君は発注ミスだと思っているかもしれんが、他の部署でちょうど同じぐらいの欠品が出ている。これはつまり、恩を売るチャンスなのだよ！」

話の流れはだいたい理解できたが、それでもこんなに課長が柔軟に対応しているところを見たことがなかった航――のみならず、四課の人間全員が、唖然《あぜん》となって課長の様子を見ていた。

全員の顔が「なんか変なモンでも食ったのか⁉」とでも言いたげであった。

「今の世の中、情報収集と発想の転換、窮地を楽しみに変える努力こそが生き抜く秘訣《ひけつ》なんだよ。君もエルデンリングをやりたまえ！」

航は思わず吹き出しそうになっていた。

『課長の奴、完全に調子に乗ってるな』

『課長、調子乗りすぎ！』

とスマホに黎人と利世からメッセージが飛んでくる。

対して航は、

『まあ、うまくいったみたいだし、これでよかったんじゃないでしょうかｗｗｗ』

と返すのが精一杯だった。

ただ、この上機嫌はそれほど長続きせず、一週間も経つ頃には元の気難しい課長が戻ってきたのだが、それでも多少は周囲への態度が柔らかくなったような気がしたのである。

第四章

虚仮の一念、岩をも通す獅子の大弓

城壁。

守るべきモノを囲む堅牢《けんろう》な壁である。

だがその「中」に一歩足を踏み入れたとき、目の前に広がっているのは鬱蒼《うっそう》とした森だった。

『え？　ここ、城だよね？』

利世《りせ》が戸惑ったような声を上げた。

『外より、中の方が外っぽい』

黎人《れいと》も右に左にと動き回っている。

ただ二人とも、入り口付近——具体的には、陽光で明るくなっている範囲から出ようとしない。

この場の、いかにも何かありそうな雰囲気を感じ取ったからなのだろう。

魔術学院レアルカリアをクリアした航《わたる》達三人は、更に北に進みカーリアの城館に辿《たど》り着《つ》いていた。

この城館は名が表す通りカーリア王家の持ち物なのだが、この王家を興したのは先日倒したレナラだと言われている。

しかしこのカーリア王家、自らを生み出したレナラが長《おさ》を務めるレアルカリアと戦争状態に陥《おちい》ったという複雑な事情を抱えていた。

ゲームの進行としては、スタンダードな進め方をした場合、ストームヴィルのゴドリック、レアルカリアのレナラの二人を倒すことで大きく進路の選択肢が増える。

アイテムや戦技を手に入れるためにピンポイントで立ち寄ったケイリッドの探索を進めるもよし、あるいは大ルーンが二つ揃《そろ》ったことで示唆されるようになるアルター高原を目指すのもいい。物語中盤に差しかかるにあたり、力を溜《た》めるタイミングになっているのだろう。

航達はそのままリエーニエの探索を続けることを選んだ。

理由は単純で、まだまだマップに奥行きがありそうであるため、端まで確かめないと気になるというものである。

もちろん航は何があるか承知していたが、二人が楽しそうに探索を続けているのを見ながら自分のサブキャラの武装も少しではあるが強化していた。

航は、杖《つえ》は隕石《いんせき》の杖のままだが、防具は円卓でレナラの防具一式を購入して着替えている。

黎人は、レアルカリアの探索で見つけたカーリア騎士シリーズをまとい、武器は放浪の商人から買ったツヴァイヘンダーに持ち替えていた。

パーティプレイで隙を補い合えることを実感したのか、より一撃の破壊力が強力な特大剣に変更したのだ。

以前入手した猟犬のステップで敵を翻弄《ほんろう》しつつ、隙を見せたらジャンプ斬りで大打撃を狙うというスタイルが定着していた。

利世の装備はあまり変化がない。

防具は初期の盗賊シリーズのまま。右手のレドゥビアも続けて愛用している。唯一変わったのは左手で使っていた大型ナイフを、ストームヴィル城で手に入れた慈悲の短剣に持ち替えたことぐらいだろう。

防具については、もちろん一緒にプレイしている以上、もっと強いものも手に入れているのだが、どれもゴツゴツしていたりヒラヒラしていたりするので利世曰《いわ》く『盗賊っぽくない！』というロールプレイ意識のために初期装備を貫いているらしい。

それを聞いたとき、ゲーマーとして「こいつ、こだわってやがる」と思ったのはここだけの話だ。

ただその分、技量（プレイヤーとしての技量の方）について伸びたのは利世の方だ。

距離感を摑《つか》むのが上手《うま》く、敵の攻撃が当たらない場所に位置取り、隙を見せれば背後に回って致命の一撃を取り、中距離からはレドゥビアの戦技で体力を削る。

元々ＳＥＫＩＲＯをやっていただけあって、航から見ても「上手い」と思わせるようなプレイを端々で見せてくれた。

そんな三人で訪れたカーリアの城館だが、

『ぎゃ〰〰っ！』

利世の悲鳴が響き渡る。

『うぉっ⁉　上から降ってきた〰〰〰っ⁉』

黎人も叫ぶ。

入り口から、思い切って奥に足を踏み入れた途端、手厳しい歓迎に晒《さら》されたのだ。

手、手、手、手の群れである。

人間を軽く握り込める巨大なものから、膝《ひざ》の高さぐらいまでしかない小型のものまで……。

カーリアの城館は、無数の手が徘徊《はいかい》する魔境だった。

そもそも敷地内に森と言って差《さ》し支《つか》えないほどの密度で木々が生い茂り、輝石の結晶があちらこちらに突き立っていた。

魔術の実験かなにかで生じた生成物なのか、それとも自然発生したものなのかはわからないが、幻想的な雰囲気を醸し出すのにひと役買っている。

そんな中に足を踏み込むと、地面の中から、あるいは建物の壁に張りついていた手の化け物が次々と襲いかかってくるのだ。

しかも動きが速い。

単純に全力で逃げるだけなら可能だが、ターゲットロックをしてこちらの動きが窮屈《きゅうくつ》になると強引に距離を詰められ一撃を喰《く》らう。

強靭《きょうじん》も強いのか、こちらの攻撃に怯《ひる》まず、一撃と引き替えに強引に繰り出される攻撃でHPがごっそり持っていかれてしまう。

体の構造が特殊なだけに、わしゃわしゃと横にスライドするように動くなど、まるで巨大な蜘蛛《くも》を相手にしているようでもある。

「中指――って、言えるのかどうかはわかんないですけど、真ん中の指にはめた指輪から魔術も撃ちます！　体に絡みついて拘束してくるので気をつけて！」

警告を飛ばしながら航は、自身もローリングを繰り返して執拗《しつよう》な攻撃を回避し距離を取る。

隕石の杖から岩石弾を撃ちだし二人を援護。

攻撃が当たると、数体はこちらに向き直る。それでようやく不意を突かれた混乱から立ち直り、三人でどうにか巨大な手を倒すことができた。

『ここって、こんなのばっかりなの、ひょっとして?』

利世が恐る恐る尋ねてくる。

「えっと、うん。こんなのばっかり。しかも、いっぱい出てくる」

生理的に嫌悪感を抱く人がいても不思議ではないので可哀想《かわいそう》だが、航は淡々と事実を告げる。

『よし、黎人っち、常にあたしの前を歩くように!』

『盾代わりかよ! まあ、防具がよくなったから、それが正しいんだろうけどな』

パーティで一番守りが堅い自負があるのか黎人がそんなことを言う。

「とりあえず、ここは見通しも悪いし、あちこちから今の敵が襲ってくるから、慎重に探索を進めましょう」

まるで食虫植物のように、爪先だけを残して地中に隠れている個体や、頭上から襲いかかってくる個体、パトロールよろしく徘徊している個体など様々だ。

中には、先に小型の個体に襲わせておいて、時間差で大型の個体がしかけてくるような場所も用意されている。

カーリアの城館は緩やかな丘陵地帯のようになっていて遮蔽物《しゃへいぶつ》も多い。おまけに、これも輝石の結晶が関係しているのか、あたりには霧が充満しており余計に視界を妨げていた。

一人でここを探索していたときは、消耗《しょうもう》を抑えることが難しかったのでやたらと苦労をした覚えがあった。

（最初は、どのぐらいの広さがあって、聖杯瓶をどのぐらいのペースで使っていいかわからないから、余計に難しく感じるんだよねぇ）

エルデンリングだけに限らず、ＲＰＧのダンジョンというヤツは、わかってしまえば「あれ？　こんなに狭かったのか？」となることが多い。

おそらく黎人と利世は、航よりもプレッシャーを感じていることだろう。

それもまた楽しみの一つと、航はあえて敵の仕掛け方については曖昧にしておいた。

すると、やはり最初にプレイしたときの自分のように、手の群れ達に翻弄《ほんろう》されていく。

ここに制作スタッフがいたらほくそ笑むのではないかという引っかかりぶりだ。

『おわっ⁉』

『また来た、また来た〰〰〰っ！』

『回り込まれる⁉』

『デコピンがムカつくのよ！』

『後ろ取った！』

『よし倒せた！』

難しいが、喜々として遊んでいる二人に、さらに航が華麗なサポートで援護する。

◆◆◆

『航っち、今日は調子よさそうだね』

一通り敵を倒し終え、森の中が静かになったところで利世が喋《しゃべ》りかけてきた。

『そうだな。航の援護がなかったら、何回か死んでたかも』

褒めてもらえると嬉《うれ》しい。

「はい、おかげさまで、ここしばらくイイコトが続いてまして」

『へぇ、たとえば？』

「一つは、前に課長の件で作ったダミーのブログ、なんか他の人もちょくちょく見に来てくれるようになってて、エルデンリングの意見交換とかしてるんです。それが楽しくて」

『え、あれって、すぐに撤収するんじゃなかったの？』

「そのつもりだったんですが、あれからも何度か課長らしい書き込みがあって――」

簡単な質問ばかりだったのでそこまで面倒にも思わずやり取りをしていた。会社では見せない課長の顔が見えて思ったより楽しかったというのもある。

「――一応、オープンなブログにしてあったんですよね。で、どこからどう見つけたのかはわからないんですが、質問してくる人が書き込みしてくれたんです」

『それ、律儀に答えてんの？』

「はい、せっかくなんで」

『さすが航ちゃん』

『うん、尊敬するな』

「なんか、褒められてる気がしないんですが……」

『気のせい、気のせい。被害妄想だって。でもボランティアなんだから、ほどほどにしといた方がいいんじゃない？　まあ、散々アドバイスもらってる俺らが言うこっちゃないけどさ』

「いいえ、鹿島《かしま》さんの言いたいことはわかりますよ。もちろん、趣味の範囲で負担にならないようにに気をつけます」

『それで、一つは、って言ってたってことは、他にもイイコトがあったの？』

利世が目ざとく気付いてつついてくる。

「うん、もう一つは仕事の方で、大きめの契約が取れそうなんだ」

『お！　それは本当にめでたいじゃん！』

営業職となれば、同じ部署の仲間であっても成績を競い合う間柄という見方もできる。それでも黎人は相変わらず無条件で喜んでくれていた。

「ありがとうございます――って言っても、僕の営業がウマくいったって言うより運がよかっただけなんですけど」

『ほうほう、どういうことだねぇ？　全部ゲロってもらおうじゃない』

利世もノッて話を促してくれた。

「えっと、僕の実家って、ここから電車で一時間ぐらい行ったところにあるんですが……」

『がんばったら通える距離だよね？　やっぱり一人暮らしに憧れちゃいますか？』

『女も連れ込み放題だしな！』

『やだ、黎人っち、セクハラだよ！』

『悪ぃ、悪ぃ。深山《みやま》ちゃん、なんか高校のツレみたいなトーンで絡めるからついなぁ』

『ふ～ん、どうせあたしは色気が足りませんよ～だ！』

「ま、まあまあ！　がんばったら通えるんだけど、駅からもちょっとあって、通うとなると大変なんですよね。まぁ、ともかく、実家の近所に住んでる知り合いのおじさんがいるんですが、その人、うちの会社の近くで総合病院を開業してるんですよ」

『え!?　近くの総合病院っていうと……、ああ、伊地知《いじち》総合病院か？』

「あ、はい、そうです」

さすが、フラフラしているように見えて黎人はちゃんとアンテナを張り巡らせているらしい。

『確か、わりと年季が入った建物だったような気が……。事務用品関係まるっと入れ替える時期だったりするのか？』

「はい、それで向こうから僕がリース会社に勤めているって聞きつけて頼めないかって話があったんです」

『病院全体となると、かなり大きいよな』

『うわぁ！　めっちゃラッキー！』

「ええ、だから運がよかったなって。コネで仕事って、ちょっと申し訳ない気もするんですけど……」

『え？　そうか？』

　黎人が意外そうにそう言った。

「鹿島さんは、コネでもなんでも使った方がいい派ですか？」

　のらりくらり仕事をしている黎人から、そんな仕事に対して貪欲な意見が出てくるとは思っていなかったので、少し意外だった。

『だってさ、コネって、単につながるだけだろ？』

「でも、それが大事なんじゃ……」

『そりゃ、紹介されて、下駄《げた》を履かせてもらったらまずいと思うぜ。できもしない仕事をできるってねじ込んでもらうとかさ。でもつながるだけなら、勝負はそのあとじゃん』

「勝負、ですか？」

『そう。紹介してもらって、仕事ができるとなって、お前がそれに相応《ふさわ》しい働きぶりをしたら、紹介した人も鼻が高いだろ？』

「あぁ、確かに！　良い人を紹介してもらって、助かったなぁってなるもんね」

『今回は向こうから来たわけだけど、それにしたって、接点ができただけだ。あとはお前ががんばれるかどうかじゃね？』

　黎人の言葉で、すとん、と気持ちが納得したような気がした。

「そうですね。大事なのは、ここからですもんね。普通の営業がするよりもいい仕事をすればいいってことですもんね――それが大変なんですが」

『もう、航ちゃん、弱気は禁物！』

うまくいっているときにまでネガティブさを忘れない航に、利世は半分呆《あき》れながらそう言った。

「あ、そうだね。ごめん！」

確かに、油断はよくないが、うまくいっているときに悪いことを考えても、それはかえって流れの勢いを止めてしまうだけでしかない。

精神論と言われればそれまでだが、後ろ向きになって得をしないのなら、後ろ向きにはならない方がいいというのは正しいのだろう。

『でも黎人っち、たま〜に、イイコト言うよね』

『たまには余計だ、たまに、は。……深山ちゃん、先輩へのソンケーって言葉知ってる？』

『ふっふっふ、ここはエルデンリング！　現実世界の年齢差なんて関係ないのよ！』

『言い切ったな』

「強い……」

利世の強引すぎる理屈に、航は笑ってしまいそうになっていた。

『そいじゃあ、航の勢いを借りて、今日はもうちょいがんばるとしますか！』

『さんせー！』

「よーし！　じゃあ今日は徹底的につきあいますよ！」

『へへへ、じゃあ、ウマくいったらまた教えてくれよな』

「はい！」

『うまくいったら、航ちゃんの奢《おご》りでお祝《いわ》いだね』

「はい――って、ええっ⁉　普通、お祝いって、祝われる方がお金出すモノだったっけ⁉」

『ケチなこと言わないの、こういうのは幸福のお裾分けってもんでしょ？』

「な、なるほど。つまり、僕の勢いを分けることで、二人もやる気が出るみたいな……？」

『そう！　そういうこと！　あたし、高級焼き肉店でいいから！』

本当に遠慮なく利世がリクエストすると、黎人はボイスチャットの向こうで吹き出していた。

ともかく、こうして、エルデンリングをプレイしてから、航の周りではいい感じに物事が回っているように感じる。

それは幸せな相互作用だった。

◆◆◆

引き続き、カーリアの城館の攻略が続いていた。

前回の攻略でカーリアの城館、下層の祝福まで辿り着いた三人はそこから攻略を再開する。

元は教会として使われていたのか、礼拝堂のような建物があり、その出口付近に祝福が設けられていた。

『よ～し、今日もどんどん敵を倒すわよ～』

利世が謎の気合いを見せる。

「あ、でも、ここからしばらくはアイテムを取るために色々脇道に逸《そ》れていった方がいいかも」

『なにかオススメのアイテムがあるとか？』

「そうですね。じゃあ、わかりづらそうなの、一つだけ案内してもいいですか？」

『あたし、使えるやつ⁉ 新しい短剣とか！』

声を弾ませて聞いてもらっているところ申し訳ないが、航が紹介しておきたいと思ったのは夜と炎の剣なので、使うとするなら黎人だ。

ツヴァイヘンダーをはじめ、特大剣は強力なものが多いが、名は体を表すがごとくやはり取り扱いにくいところもある。

小回りが利く武器が必要になったとき、直剣で強いものがあれば役に立つ気がしたので、せっかくここまできたら取っておいた方がいいと思ったのだ。

というより、わざわざここまでもう一度来るのは面倒というのもある。

航がそれを告げると、利世は『むぅ』と膨れていたようだが、利世が使いやすそうな戦技や短剣があったら教えるという約束で納得してもらった。

そうして航達は、教会を出て外に向かう。

カーリアの城館の下層。

その後半部分は、前半で歩き回っていた場所に建つ建物の上を、歩き回るような構造になっていた。

そこから適当な場所で別の建物の屋根に飛び移って奥に行くとアイテムが落ちているという図式になっている。

航は中央にある塔の付近まで進み、そこから左に曲がってさらに奥へ。

終着点付近で左から眼下の建物に飛び降りて、屋根に開いた穴から階段を使って室内へと侵入する。

その中にある宝箱に目的の、夜と炎の剣が収まっているのだ。

ちなみにここはカーリアの城館に入ったところから見て正面、奥にある建物なのだが、建物の入り口に鍵がかかっているためこのルートでなければ入ってこられなくなっているのである。

『帰りは、ここから出る感じなのね？』

利世が室内から解錠して、扉を開ける。

『ここって、見覚えがある……って、一回祝福で休んだから、敵が復活してる〰〰〰っ！』

外をうろつく手の群れを見て、利世はそんな絶望の声を上げるのだった。

◆◆◆

一通りアイテムを回収し終えた航達は、今日の開始地点に戻ってきていた。

『おぉ、格好良《かっこい》いなこの剣！』

「格好だけじゃなくて、二つの魔術攻撃を使い分けられるので対応力がだいぶん上がりますよ」

『あたし、もうちょっと知力を上げて魔術も使えるようになろっかな』

利世は魔術が手に入ったことで、今後のビルドについて色々と欲が出てきたらしい。

このまま「盗賊らしさ」にこだわって遊び続けるのももちろん楽しいいし、こうやってやってみたいことができた時点で方向を転換するのも面白い。

そんなときのためにあるのが、生まれ直しだ。魔術学院レアルカリアをクリアした後、大書庫で実行できる機能である。

早い話、普段の自分のスタイルは固定しておいて、どうしても倒せないボスが出てきたときに、一時的にスタイルを切り換えることができる。

一周目だと鍵になる消費アイテムが少ないのでステータスの振り直しができる回数には限度があるが、それでも何度か試すぐらいなら充分な量は手に入る。

（こういう試行錯誤も面白いんだよなぁ）

航はもうある程度はビルドに関して試し終えているので、サブキャラでは予《あらかじ》め自分で決めたステータスに向けて鍛えていくだけだ。

だが、何も知らない頃の、筋力を上げたらどうなるか、知力を上げたらどうなるか、そもそも筋力と技量にどんな違いがあるかを突き詰め、最終的にどのバランスが、一番火力が発揮されるか納得できるポイントを探し当てるのは非常に楽しかった。

（記憶をなくしてもう一度やりたいってヤツだな……）

だがその記憶のおかげで適切な助言を二人にできるのだから一長一短と割り切ることができた。

『しかしここ、色々手の込んだ仕掛けがあるよなぁ』

黎人が半分感心した様子で呟《つぶや》く。

「幽霊……というより、幻かな。幻影の兵士とかも出てきて、迂闊《うかつ》に進むと挟まれますしね」

『あと罠《わな》！　魔術の罠？　地面に何か仕掛けてあって、踏むとレーザーみたいなの撃ってくるヤツ！』

魔術なのにレーザーと表現する利世の感性が新鮮だった。

「ここは設定ではレナラが興した王家ということになっているんですよ」

『レナラって、この前の、魔術学院にいたエラい人？』

「うん、そう。ここに入ってくるときにも空から魔術が降ってきたでしょ？」

『ああ、魔術のシャワーみたいなヤツ！』

「そうです。だからこのカーリアも、魔術が発展した場所だったんですよ」

『なるほど〜。魔術の専門家らしい罠だったんだね』

『魔術であなたの自宅の警備も万全です、って感じか。現実にあったらアウトソーシングで売りに出せそうだな』

『確かに！　専門家に依頼できたら心強いもんね』

黎人と利世が専門家専門家と連呼する度に、こっそりと航の気持ちが重くなっていた。

「はぁ……」

『ど、どうした？』

『珍しいね。エルデンリングさえあればご機嫌の航ちゃんが』

黎人と利世が口々に意外だと漏らす。

「あ、いえ……」

航はといえば、二人が心配してくれているのはわかっているのだが、どうにも歯切れが悪くなってしまう。

『なんだなんだ？　遠慮せずに言ってみろよ』

『そうそう』

重ねて言われ、航はようやく口を開く。

「実は、この前ちょっとお話しした病院の件なんですけど……」

『トラブったの？』

「いや、トラブルって言うか、トラブルじゃないって言うか。まあ、上手くはいってないって言うか」

『なによぉ？　ハッキリしなさいって。ここには他の人なんていないんだから、気楽に話しちゃいなよ』

「う、うん、ありがと。実は、事務机とかそういう、事務用品だけかと思っていたら、病院まるっと全部だったみたくて……」

　航が悩みのタネを打ち明けると、二人ともしばらく考え込んだ後、『えぇぇぇ〜〜〜〜っ⁉』と、きれいに重なった驚きの声を上げる。

『病院まるっとってことは、事務机だけじゃなくて診察室の机とか、ベッドとか薬を保管する棚とか、そういうのも含めて、の全部か？』

「――です」

『わぉ、そんなの、表彰モノじゃない⁉』

　個人経営とはいえ、総合病院だ。取り引きする品数はとんでもない量に膨れ上がるだろう。それが完全に新規の取引として転がり込めば、本当に利世が言う通り社長賞かなにかで表彰されてもおかしくない。

　ところが航はそんな恵まれた話が転がり込んでいるというのに元気が出なかった。ようやく黎人と利世も、本当の複雑な問題があるのだと感づいて先を促す。

「えっと、伊地知のおじさん――伊地知先生の子供さんは普通にサラリーマンになったんだけど、お孫さんが医者になったらしくて、そろそろ年齢的なこともあって病院を譲ろうとしてるらしくて」

『ああ、節目みたいな感じで新しくするのか』

「はい、色々設備が古くなったままでは可哀想だし、なにより病院がきれいな方が患者さんは集まるじゃないですか。少しでも楽になる状態で譲り渡したいんですって」

『それで航に声をかけてきたのか……。事務用品のリースどころじゃなくて、リノベーションってことか』

「はい。中で使ってる機材も含めてリースしたいって……」

『あ〜、なるほど〜。航ちゃんが悩むの、無理ないよねぇ』

利世はようやく状況が飲み込めたとボイスチャットの向こうで頷《うなず》いているようだった。

『うち、医療部門とか持ってないからなぁ』

「はい。もちろん、手を伸ばせば診察台とか、専門的な機材もルートは作れると思うんですが、それにしたって大きな検査機器とかはやっぱり専門のリース会社の方がいいですよね」

『じゃあ、うちで扱えるものだけ扱わせてもらうとかは?』

「でもそれだと、専門的な機材を納品する企業に旨味《うまみ》がないでしょ?」

『そうだな。たいてい、まとめて多種多様な商品を引き受ける方が、値引きはし易《やす》いわな』

高い医療機器をリースするにしても、他のあれこれもまとめて全部任せた方が、リース会社も便宜を図りやすいはずだ。

「そうなると、うちで事務用品をリースする意味がないっていうか……。ちょっと調べただけですけど、最近は電子カルテとかもあって、パソコンなんかでもただ納品すればいいってわけじゃないですし……」

『ソフトも含めて専門的な知識がいるってわけか。ますます普段扱っている以外の商品は手が出しづらいなぁ』

「ですね……。でも僕、子供の頃病弱で、伊地知先生には夜だろうが休みだろうが面倒見てもらったりして、お世話になったんですよね」

『断りにくいパターンだ』

利世の言葉に、航は大きく項垂《うなだ》れる。

『世話になった先生か……。それはやっぱ、喜ばせたいよな。でもさ、それならやっぱり少しでも勉強して、何とかするしかねぇんじゃねぇの？』

「勉強、ですか……」

『だってさ、世話になった過去は変えられないし、航を頼りにして声をかけてくれた相手の気持ちも変えられないだろ？　だったら、今から変えられるのはお前の営業の腕前だけじゃん？』

『そうだ！　がんばれ航ちゃん！　きっと航ちゃんが応えてくれたら、相手のお爺《じい》ちゃん先生も嬉しいはずだよ！』

「そうですね。うん、それは……そうです」

できないことにばかり気を取られていた。

しかし伊地知は、航を頼ってくれたのだ。

大切にしてきただろう病院を孫に受け渡すために、できるだけのことをしたいと願って、そのために航に声をかけてくれたのだ。

割高になったり、質の悪い商材を紹介したりして、相手を失望させるような結果にしてはいけない。

しかし、だからといって安易に断ったりしたら、やはり失望させてしまうだろう。

「僕、やってみます！」

『おう、がんばれよ！』

黎人は素直に応援してくれるが、利世は笑っていた。

『しっかし、普通なら、わーい、ラッキー、大きな仕事が入ってきたぜ！　全部は無理だけど美味《おい》しいとこだけつまみ食いしてあとは知～らない！　っていう反応しそうだけどね。そういうところはやっぱり航ちゃんだわ。癒《い》やされる！』

「癒やされるって、僕は珍獣かなにか？」

『深山ちゃん、うまいな。確かに今どき航みたいなタイプって珍しいよなぁ』

「鹿島さんまで……」

溜息《ためいき》をつきながらも、二人に背中を押してもらえたことで、航は前に進む決意を固めることができたのである。

◆◆◆

そこは屋外の、薄く水を張った水盤のような円形の広場だった。

円の外周にいくつもの椅子《いす》が並ぶ、奇妙な、しかしどこか神秘的な雰囲気が漂う空間である。

魔術に関する儀式でも行うのだろうかというこの場は、親衛騎士ローレッタとの決戦の場になっていた。

『やた〰〰っ！』

利世が女の子らしい勝《か》ち鬨《どき》を上げる。

目の前で、長大なグレイブを操る幻影の騎士の姿がゆっくりと崩れ落ちていった。

城館に入ってから、巨大な手や、遺灰のような幻影の兵士など、神経を削られる敵が多かった分だけ達成感は大きかったのだろう。

航も一周目の自分と重ね合わせ、感慨深いものを感じた。まだ最初にクリアしてからそれほど経《た》っていないのだが、もう懐かしく感じる。

エリアボスを倒すという目的を達成したため、マッチングが解除されるまで、利世は興奮した様子で勝利を噛《か》みしめていた。

再び自分の世界に帰還すると、ほぼ間を置かずにスマホに黎人からのメッセージが入る。

『じゃあ次は俺の番な！』

それに対して航もすぐに打ち返し、

「了解ですよ、っと」

ゲームではキャラを操作して城館上層の祝福近くに召喚のサインを描く。

もう、かなりの時間、航達はマルチを中心にエルデンリングの攻略を進めていた。どんなゲームでもそうだが、合う人と合わない人がいて、ネットでも「投げ出した」とか「飽きた」とか言っている人は確実に存在する。

二人がどうなるか、確証を持ってはいなかったが、まるでやる気が衰える様子がない。航にとっては嬉しい状況だった。

（エルデンリングがなかったら、きっとこんなふうにマルチで遊ぶこともなかったかもなぁ……）

黎人の世界に召喚されながらそんなことを思う。

マルチだけではない。

仕事にも、最近の自分は明らかに以前よりも前向きに向き合っている気がする。こんなふうになれたのも黎人や利世から刺激を受けているからだ。

『さて、またあのボスとやりますか！』

『あたし、さっきのでコツを摑んだから、期待しててね』

『お、深山ちゃん心強い！』

『なんかね！　あたし、最近上手くなったって気がするんだよね！』

『えぇ～？　気のせいじゃねぇの？』

「いや、深山さん、確かに上達してると思いますよ」

確かに利世の技術は進歩している。

実感を伴って自覚しているのか、その声は弾んでいた。

『やた！　航ちゃんのお墨付きが出た！　最近ね、自分が使っている武器が本当はどういう強さを持っているのかわかるようになってきたんだよね』

『というと？』

『えっと、たとえば私が使っているレドゥビアは、短剣の中で唯一神秘補正がつくんだって』

『神秘、補正？』

黎人は聞き慣れない単語を口の中で転がすように反芻《はんすう》した。

『そう。武器ごとに基本的な攻撃力って決まってるでしょ？　でも攻撃したときに与えるダメージはそれだけで決まるんじゃなくて、プレイヤーのパラメータがどれだけあるかで上乗せされるんだって』

『つまり、対応している数値にレベルを振り分けていれば、たとえば同じ60レベルのキャラで同じ武器を使っていても弾き出されるダメージが変わってくるってこと？』

『そう！　その通り！　で、改めて調べて、レドゥビアが一番活躍する数字のバランスを調整したんだ』

「あ、振り直しはもう試してるんだ？」

『うん、そうなの！』

魔術学院レアルカリアの最奥部は、ボスバトルが終わるとレナラが腰を落ち着けるようになる。

彼女の力でこれまでレベルアップと共に振ってきたパラメータの数字を一から調整し直すことができる。

これによって、近接職の素性ではじめていたキャラを純粋な遠距離職に生まれ変わらせたりできるのだ。

つまり利世の場合は、自分が持っているレドゥビアにより最適化した数値になるように調整したということだ。

おそらく、最初は神秘というパラメータの意味がわからず放置して、たとえば筋力や技量などのわかりやすい部分を上げていたのだろう。

それが、神秘がどう作用するのかを理解して、振り直しで他から持ってきて神秘の数値を高くしたということだ。

利世は自分の発見がプレイの結果に反映されているのが嬉しいのか興奮気味に話し続ける。

『動かせるパラメータを全部神秘に振っちゃうと今度は体力が少なくなっちゃうし、あたしのキャラはそんなに必要としてないけど、重い武器や防具も装備できなくなる。だから、普通に動き回ったり、敵の攻撃を耐えたりするために必要なパラメータを見極めて、それ以外を神秘に振ってみたの』

「へぇ、研究したんだね」

『へへへ。教えてもらうだけじゃ悪いからね。でも、自分で調べると、ビルドとか、戦技とか、コンビネーションとか、色々あって前よりもっと面白くなってきたんだよ』

「そう！　本当に、そうだよね！　勉強大事！」

『うん、勉強大事！』

最初は右も左もわかっていなかった利世がどんどん深みにはまっていく様子を見て、航は我がことのように嬉しくなった。

試行錯誤と探索、エルデンリングはそれが本当に面白いのだ。

『息もピッタリなこって……。あぁ、勉強と言えば、この前の話ってどうなったの？』

「この前？　ああ、病院の件ですか？」

『そうそう』

『あ、あたしも気になる』

利世の自慢話がひとしきり終わったところで黎人が不意にそんなことを言い出した。

「いやぁ、それが、勉強中って感じです。幸い、先方もまだ具体的なリノベーションの計画は立てていならしくて……」

『そりゃそうか。こっちの見積もりとかも聞いておかないと、建物の方にいくらかかるか、あるいはかけられるか判断できねぇしな』

『それを言うなら、逆にリースはリースでどのぐらいの予算があるかで紹介できる商品変わってこない？』

「そうですね。卵が先か鶏が先か、みたいな感じはありますけど……。僕の方も知識が足りないです。あと、うちの会社が独自にどこまでできるのか、用意できない商材は他の会社に持っていかないといけないですし……」

『そうなると、マジで時間があることだけは幸いだな』

「はい。がんばっていい仕事します」

『おぉ、航ちゃんがエルデンリング以外で燃えている。おばちゃん嬉しいよぅ』

などと利世が冗談めかしながら言う。

『近所のおばさんか』

『惜しい、親戚の世話焼きおばさんを目指してみました！』

などと軽口を叩《たた》きながら、黎人の世界の、親衛騎士ローレッタ討伐へと進んでいった。

◆◆◆

黎人の世界に続き、航の世界でも危なげなく親衛騎士ローレッタを撃破した三人は、カーリアの城館の奥に広がるエリアに進み出た。

城の裏手に広がる広大な土地で、城館の中よりも更に巨大な結晶が林立している。

城館の中から引き続き、霧が一面に立ちこめ、それらの神秘に埋もれるようにして古い遺跡が点在していた。

現実離れした雰囲気で、人ではないものの世界に迷い込んだと言われれば信じてしまいそうな空気がある。

ここはスリーシスターズと呼ばれるエリアで、エルデンリングの世界で大きな目的を持って行動しているラニが、身を潜めながら準備を進めている場所だ。

魔術学院レアルカリアの一件のあと北上し、カーリアの城館を攻略する目的はラニに会うことにある。

ドラゴンが徘徊する危険なエリアだったが、三人は無駄な戦闘を避けてラニの魔術師塔に辿り着いた。

そこでは、人形に魂を移し替えながら生きている魔女が、プレイヤーを出迎えるのだ。

決して歓迎はしてくれない。

しかもプレイヤーを危険な道に誘《いざな》うかのような不穏な予言を残すのである。

ところが、

『この帽子カワイイ！　広いツバとか、とんがった先がちょ～っとくたびれたところとか。あと、全体的にふわふわしててカワイイ！』

利世は思いも寄らない反応を見せた。

ラニを「カワイイ」と表現するとは、さすがに航も予想していなかった。

『でも、なんか言ってることはかなり不穏だぜ？　死を盗んで、暗い道を行って、裏切って棄《す》てるんだって』

たしかに、言われてみれば部下をスカウトしようとする場面で黎人が言ったような言葉を口にしたらどん引きするだろう。

現実と重ねて想像して、航はこっそり笑ってしまっていた。

「でもラニは、このゲームの中ですっごい志を持って、自分の道を進んでいる人なんですよ。プレイヤーからの人気も高いと思います」

『へぇ、でも確かに何か一つのことを貫いて行動するって雰囲気あるね』

「うん、詳しくは言えないけど、ラニは今の状況が正しくないって思っていて、それを正すために生きてるんだと思う」

ゲーム内では、細かな動機や、それがいつ芽生えたかなど親切な説明は存在しないが、ネット考察などを見ていると、ラニは死を含めて命の循環というものが在る世界こそが正しいと考えている。

そしてその命の循環――ゲーム中では「星と月、冷たい夜の律」と言っていたが、それは遠く見えない場所に在って人の世界を見守っているべきだと考えている。

死という概念が存在しない、ある意味で完全無欠の黄金律ではなく、死と消滅が共にある世界を目指す。

それは神話などで語られている、神の時代から、人の時代への変遷を思わせた。

完全ではあるが、それ故《ゆえ》に停滞する神は舞台を去り、その先を背負うべき者達にあとを委《ゆだ》ねる。

それが、ラニの選んだ道なのだ。

（背負うべき者に、託す、か……）

航は、ラニイベントに対する、自らの想像を何度か反芻していた。

『仕事の話だけどさ……』

明日もあるので、そろそろ今日のマルチは切り上げ時か、そんな雰囲気が漂ったところで黎人が軽い感じで切り出す。

「は、はい、なんでしょう……？」

『まあ、気楽にっていうのも難しいかもしれないけど、自分なりにがんばれよ。もし手伝えることがあったら言ってくれ』

『グチをこぼしてくれてもいいからね！』

「ははは、何かあったらよろしくお願いします」

まだ難しい状況は続く。

それでも自分なりにできることはまだある以上、全力を尽くすだけだと思っていた。

◆◆◆

ゲーム開始地点であるリムグレイブの東――。

聖人橋から進み、呼び水の村を越えると、徐々になだらかな上り坂に転じる。

そこを道なりにさらに進むと、地面がいつの間にか赤茶けた鉄錆色《てつさびいろ》に変色し、それに呼応するかのように、空も血を思わせる赤黒い色に変わっていった。

やがて小さな集落らしきものが姿を見せるが、使われなくなってかなりの年月が経ったものだ。

廃屋という表現すら生ぬるく、もはや残骸と表現されるべき、かつて家だったものの抜け殻である。

そういった荒廃した風景は狭間の地の各所で見られるものだが、ここはなにかが違っていた。

単にうち捨てられ、風化した残骸ではなく、かつてここで起こった破滅的な現象の結果を保存しているような、そんな不吉な空気がひしひしと伝わってくる。

——航達は、改めてケイリッドの地に足を踏み入れていた。

以前、猟犬のステップを手に入れる際に訪れたときは、円卓にいるDのイベントに絡んで行ける獣《けもの》の神殿からアプローチしたため、実際にリムグレイブ側から地続きで乗り込むのは黎人も利世も初めてである。

獣の神殿周辺も基本的には同じ朱《あか》い荒野が広がっている。

それでもあちらはまだ命の気配が多少は感じられたが、ここは酷《ひど》く不気味な静寂に包まれている。

『うわぁ、こんな感じになってたのか』

『なんかちょっと気持ち悪い感じだね』

二人とも、これまでとは明らかに異質な空気を感じ取っているのか、言葉を選ぶようにそう表現した。

「そうだよね。リムグレイブもリエーニエも廃墟《はいきょ》ばかりだけど、基本的に自然豊かだもんねぇ」

二人に同意しながら、航はさらに進んだ。

街道の名残《なごり》らしき石畳《いしだたみ》を辿りながら歩いて行くと、前方から複数の人影が姿を見せる。

『なにあれ⁉』

まず利世が声を上げた。

『うわ、ゾンビかよ⁉』

黎人も続けて呻《うめ》く。

二人が表現した通り、街道を歩いてやってくるのは、十数体はいるだろう亡者の群れだ。

辛《かろ》うじて人の形は保っているものの、全身が腐り、臓物は溶け落ちた無残な姿を晒す者達。体の表面には白っぽい、カビかコケのようなものがまとわりついている。

「そいつら、抱きついてくるので気をつけて！」

航が警告すると、

『了解！』

『やだ！　絶対触られたくな〜い！』

とそれぞれ返事をしながら動き出す。

黎人が特大剣で正面から斬りつけると数体が吹き飛ばされる。

利世は中距離を保ったままレドゥビアの戦技を連発していた。

航もまた岩石弾を使って有象無象を蹴散らしていく。

見た目のおぞましさとは相反し、不用意に接近さえしなければ決して恐ろしい相手ではなかった。

そもそも、ソロで霊馬トレントが使える状態であれば無視して通りすぎてもいいぐらいである。

『あ〜、気持ち悪かった〜っ！』

亡者の群れを全滅させると、利世は心の底から清々したという感じでそう言った。

「ここは、朱い腐敗という現象が広がった地域という設定ですね。かつての戦争でマレニアとラダーンというデミゴッドが争った結果、土地自体が穢《けが》され朱い腐敗の病があちらこちらに広がったそうです」

『あ、これ、病気なんだ？』

『え⁉　じゃあ、あたし達も病気がうつったりするの⁉』

うへぇ、と心底嫌そうにしている利世。

「まあ、うつっても、祝福で休めば一瞬で治るので大丈夫」

『じゃあ平気！』

朱い腐敗は、継続してダメージを受けるバッドステータスの中でもっとも強烈なものだ。見る間に体力が削られていくため、自然治癒を待つことはかなり難しい。

航のメインキャラですら、使用回数最大、回復量最大にした聖杯瓶を全部使い果たしても耐えられない。

一度朱い腐敗状態になると、利世に説明した通り、祝福で休むか祈禱《きとう》、アイテムで意識的に回復しなければ緩やかに死んでいくということだ。

プレイ中、そこまでこまめに祝福が配置されているわけではないし、祈禱はビルドによっては使えない。

残るアイテムも、どれだけゲームを進めても無限に販売されることはないため、フィールドに落ちているか、個数限定で売りに出ているものを買うか、自分でアイテム製作しなければ手に入らない貴重品になっている。

そのアイテムを作るにしても、一周で入手できる素材の個数が限られているという徹底ぶりだ。

つまり、朱い腐敗状態になった際、あまり気楽にアイテムを使いまくっていると枯渇するのである。

『その朱い腐敗ってさ、病気なんだよね？』

「え？　うん、そうだね。現実の病気とはまたちょっと違うかもだけど」

『病院とかないの？』

現代人らしい感想に、航はこっそりと笑った。

「そうだね。普通の病気っていうより、ゲームの中の扱いだと呪いに近い感じかな」

『へぇ、そうなんだね』

「どうかしたの？」

『ううん、治せないのかなって、ちょっと思っただけだよ』

なるほど、と納得する。

確かに、ゲーマーとして慣れていると、そういうものと無意識に順応してしまっていた。

だが、アイテム製作で薬が作れる以上、それを治療する人がいないのかというのはフラットな視点でいえばごくまっとうな発想かもしれない。

「――あ、そうだ。病院と言えば、あの、二人にちょっとお願いというか、謝っておきたいことがあって……」

うまい具合に、利世のおかげで二人に伝えようと思っていた用件を思い出した。

『航ちゃんからお願いなんて、珍しい！』

『そうだな。普段は手伝ってもらってばっかだし、俺らにできることなら何でも言ってくれよ』

「ありがとうございます。できることって言うか、ちょっとこれから時間が取れなくなることが増えそうなんです。だから、しばらくマルチの時間が取れないかなって……」

きっかけは黎人がエルデンリングを教えて欲しいと言ってきたことだったが、一緒にプレイをするようになり、利世もそこに加わり航も率先して関わってきた。

　できるだけ二人がやりたいことを優先して、航は必要があるときだけ口を出すようにしていた。結果、二人の腕前も最初の頃とは比べものにならないほど上達した。

　それでもやはり、自分の力だけで遊ぶとなると、ゲームの難易度は上がってしまうだろう。

　そもそも、航がいてもいなくても変わらないなら、それはアドバイザーの役目を果たせていないことになる。

　だから、勝手に抜けるのは身勝手な気がしていた。

　あるいは、ここで二人が「もういいか」となって、エルデンリングそのものを止《や》めてしまう可能性もある。

　二人も決して下手ではないので、このまま航が抜けなければエンディングまで辿り着けるはずだ。

　それが、航が抜けるせいで断念してしまうようなことにでもなったら、とどうしても気になってしまう。

『それで、忙しくなるって、なにか用事でもできたの？』

『俺にはわかってるぜ、女、だろ？』

「えっと、まあ、用事かな。でも、彼女ができたとかじゃないですから！」

　利世には言葉を選びながら、黎人はいなしながら、航は返答する。

「ここのところ、伊地知総合病院のことであれこれ動いていたんですが……」

『うん、がんばってるみたいだよねぇ。忙しくなるのって、それ絡み？』

「そう。……独学で色々勉強してみたんだけど、勉強すればするほど足りないことばかりでね……」

『まあ、最初はなぁ。新しい分野に手を出そうとすると、どうしてもそうなるよなぁ』

特に医療分野など、事務用品が主戦場の樹《いつき》リースではまったく接点がなかった分野だ。社内に参考になるデータや、そうした知識がある人間が誰もいない。

いても、航ではなかなか話しかけられないかもしれないが、ともかく社内でどうにかするのは難しい。

「僕は、単に医療分野で使う商材を仕入れるルートがないことだけを気にしてたんですが、医療施設相手のリース会社さんがどんなことをしているか調べたら、ちょっと頭を抱えちゃって……」

『え？　そんなに安くリースしてんの？』

「安いかどうか、実際の取引額まではちょっとわからなかったんだけど、それ以外にサービスの内容が考えていたよりずっと多種多様だったんだよ」

『あ、なるほど。単に商材のリースだけじゃないのか』

相変わらず勘が鋭い黎人は、なにかに気付いたようだった。

「はい。……もちろん会社にもよると思うんですが、今は単なるリースじゃなくて総合的なコンサルタントサービスなんかも充実してるんですよね」

『コンサル？』

「うん、今の病院経営ってすごく複雑化してるらしくって、総合病院だと、たとえば院内の清掃とか、クリーニング、ちょっと変わったところだとコンビニ経営なんかも絡んでくるんだって」

『ああ！　コンビニ！　今は普通に売店じゃなくってコンビニが入ってるもんね』

「そう。そういう、医療以外の職務を全部自分で雇って運営してたら大変だから、可能な業務はアウトソーシングしているところも多くて」

『そういう、外に回す仕事をまとめて管理してる感じ？』

「それだけじゃなくて、病院の経営自体にも希望すればアドバイスもらえたり……」

『すごーい』

「あと、普通、病院ってどこそこ会系列、とかそういうグループに入っている所も多いんだけど、その利点って医師とか看護師とかを紹介してもらえたりするんだって」

『大学とつながってて、卒業後の進路を確保するのと人材確保がセットになってる感じ？』

「たぶんそうですね。でも、人材確保もお手伝いできますってうたってたところもあって、いやもう、比べるまでもないサービスが山ほどあるんですよね」

『うわぁ、うちじゃあ逆立ちしても勝てないよね。でも、全部の病院がそのコンサルタントサービスを使ってるわけじゃないだろうから、できるところだけやってみる、とか？』

「そうなんだよね。ともかく、これ以上はネットで調べるのも限界だし、動いてみようかと思ってるんだ」

『それがしばらく忙しくなる理由？』

「そうですね。たとえば今度、幕張メッセで医療関係の見本市をやるそうなんです。えっと、なんだったかな……」

スマホのメモに控えておいた催し物の名前を読み上げる。

「『病院設備・医療機器 見本市』ですね」

『そのままじゃん！』

即座に利世が突っ込んできた。

堅いし、そのままだし、遊び心もないと、航自身も思っていたので笑ってしまった。

『実際お堅い仕事だしなぁ。「メディカル・カーニバル」とかついてたらどうよ？』

黎人が適当な名前をでっち上げると、利世は『ん～』としばらく考え込み。

『なんか、手術中にお医者さんが踊り出して失敗しそう』

『だろ？』

「まあ、名前はいいんですけど、最新の医療機器やさっき言ったコンサルタントサービスみたいなのも出展してるので見学に行って来ようと思ってるんです」

『わざわざ千葉まで？』

「うん、千葉まで」

『すげぇ行動力。……航って、普通の営業ができるような滑らかなトークとかは苦手なのに、そういうとこはすごいよなぁ』

『うんうん。あたしもそう思う』

「ありがとうございます。まあ、そこだけじゃなくて、他にも色々調べたいので、その、ちょっと時間が取れなくなって……」

だからエルデンリングでマルチをする時間が取れなくなりそうなのだ。

『ああ、なるほど！　そうだ、最初はマルチする時間がないって話だったっけ！』

「そう。せっかく……えっと、僕の勘違いじゃなかったら、二人ともエルデンリングを楽しんでくれてたと思うんだけど……」

航は言葉を選びながら、詫《わ》びていくのだが、

『うん、いいよいいよ！　気にしないで！』

利世は軽い調子でそう言った。

「あ、うん。ごめんね」

そういう反応が返ってくるのはある程度予想していた。

一緒にプレイしているからといって、モチベーションまで同じとは限らない。

二人にとってエルデンリングは、元々単なる遊びなのだ。

責められるよりは気が楽だが、それでもあまりにあっさりと承知されると、二人にとってこのエルデンリングをプレイしている時間がそれほど重要なものではないと言外に言われているようで、少しだけ、寂しい。

ところが……。

『そうだな。正直、航に引っ張ってもらっていたから、けっこう他が放ったらかしになってるのも気になってたんだよな』

『あ、黎人っちもやっぱりそう？』

二人から、想像したのとは違った反応が返ってくる。

「へ……？」

航は、自分でも思ってみなかったほど、間の抜けた声を出していた。

「他、っていうと……？」

『もちろん、アイテム回収とか、寄り道って言うか、まだまだ探索し終えてないところもいっぱいあって気になってたし』

『そうそう。俺なんて、直剣から特大剣に持ち替えたけど、正直使いこなせてないっていうか、他の戦技も試してみたいしな』

『あ、わかる！　使ってない戦技、山ほどあるモンねぇ。あとあたしはこの前言ってたみたいに魔術も使ってみたいし。三人でマルチをしてたらそんな練習みたいなことできないじゃん？』

「え？　えっと、まあ、そう……かな？」

『半年も一年もかかり切りってわけじゃねぇだろうし、ちょっとぐらいならむしろあちこちうろついてる時間ができるだけわりと好都合なんじゃね？』

『へっへっへ、今度マルチするときには、あたしの成長した姿を見せてあげるから、驚きすぎないでよね』

「あ、え、その、うん！　楽しみにしてる！　すっごい、楽しみにしてるっ！」

二人は、単なる惰性やお付き合いだけでエルデンリングを続けているわけではなかった。

そのことが、航にはびっくりするぐらい嬉しかったのである。

そして三人は、いずれ再び、エルデンリングでの再会を誓ってその日のマルチを終えるのだった。

◆◆◆

そして、その日はやって来た。

航は重要な商談に着ていくために買ってあった、お値段高めのスーツに、クリーニングから戻ってきたばかりのシャツ、昨日しっかりと磨いた靴など、身だしなみに可能な限り力を入れ、そこに辿り着いていた。

その病院は決して新しくはないが、清潔で、掲示物や観葉植物なども必要以上に雑然としておらず、訪れる患者が落ち着ける空間を作り出していた。

総合受付に来意を伝えた航は、通常の患者や見舞客では足を向けない、奥まった一角にある院長室に通される。

目の前には柔和《にゅうわ》な笑みを浮かべる老齢に差しかかった男性が一人、立ち上がって航達を出迎えてくれた。

院長の伊地知完司《かんじ》だ。

「本日は、お時間を作っていただきありがとうございます。よろしくお願いいたします」

航が頭を下げると伊地知は「いやいや」と慌てて手を振って航を制した。

「こちらこそ、無理な相談に応じていただき助かりますよ。それにしても、あの小さい男の子が、立派になったねぇ」

社交辞令もそこそこに、伊地知は近所のおじさんそのままの話し方になる。

せっかく社会人としてがんばって一人前の営業マンらしく振る舞おうとしているのに、これでは台無しである。

航はとりあえずペースを取り戻すために、こほん、と一つ咳払《せきばら》いをした。

「伊地知のおじさ――いえ、伊地知先生。ほら、あの、社外の人も同席していただいているので……」

とそう言うと、伊地知はようやく航の隣に立っている人物に視線を移した。

年齢は、四〇代半ばといったところだろう。

航よりも頭一つ身長が高く、若い頃は何かスポーツをしていたのかガッチリした体格もあって非常に貫禄《かんろく》がある。

なにより、落ち着いた雰囲気に、いかにも仕事ができるという印象を受けた。

「おぉ、同僚の方かと思っていたが、他の会社の方でしたか。これはどうも、当院の医院長をしております、伊地知完司です」

「これはどうもご丁寧に。わたくし、総合メディカルサービス・檜山《ひやま》コンサルタントの鈴鳴《すずなり》と申します。本日は樹サービスの相田《あいだ》さんにお声がけいただき、厚かましくも同席させていただいております」

鈴鳴はお手本のように滑らかな所作で名刺を取り出すと伊地知に差し出した。伊地知も慣れた手つきでそれを受け取ると、自分の名刺を取り出し鈴鳴に手渡す。

「弊社は医療部門がありませんので、専門の檜山コンサルタントさんに協力いただいたんです」

名刺交換が終わったタイミングを見計らい、航は同席してもらっている理由を簡単に説明する。

「ほう、なるほど。これは余計な手間をかけてしまったかな。いや、まあ、ともかく二人ともおかけ下さい」

そう言って、院長室にある応接セットを指し示す。

「ではお言葉に甘えて」

航と鈴鳴は頷いてそれぞれソファに腰を下ろした。

こちらも病院と同じく年代物のようだが元はよい品らしく、腰を下ろすと大きく沈み込んで航の体重を受け止めてくれた。

「さっそくですが、今日は今後の基本的な方針についてご提案させていただこうと思って参りました」

「ほう。方針、かね？」

「はい」

そう言いながら航は、手にしたブリーフケースから数枚の資料を取り出し伊地知に手渡した。

「全面的なリノベーションを望まれているとのことでしたので、考えられるリノベーションの方向性や、新たなシステムの導入案などを集めてきたんです」

「ほうほう、それは楽しみだねぇ」

伊地知は笑みを浮かべながら、手にした資料に目を通していく。

しばらく黙読しながら内容を理解していく。

その間、航は物音を立てないように気遣いながら待ち続けた。

「……医療以外の仕事を、外注するわけだね」

やがて、伊地知は顔を上げ、まっすぐに航を見る。

そこには近所のおじさんではなく、病院の経営者としての伊地知完司がいた。

「はい、清掃や、売店の経営もそうですが、病院を運営する中で、日常的に繰り返す作業は他に任せた方が院長や他の先生方の負担が少なくなります。人を確保する苦労も要りませんし」

「確かに。一々、応募してきた人間の人となりを見極めたりするのも大変だしねぇ」

航が示した提案はどれも好感触だった。

特に、やはり人手不足はどこも大きな問題になっているのか、看護師を紹介してもらえるというサービスに興味を示していたようだった。

「いやぁ、ご近所だということで、軽い気持ちで相談したんだが、こんな立派な提案を持ってきてもらえるとは思わなかったよ」

厳しい経営者の表情を見せたのも一瞬、伊地知はすぐに人のいい近所のおじさんに戻ってしまった。

「そう言っていただけると報われます。それで……」

航はタイミングを見計らって、隣にいる鈴鳴に目配せをする。すると、彼も小さく頷き、おもむろに口を開いた。

「もちろん院長先生のご要望をお聞きしながらではありますが、今後は弊社――檜山コンサルタントの方で、お力になれたらと考えております」

鈴鳴の申し出に、伊地知は最初なにを言われているのかわからないようだったが、

「航君の会社にお任せするわけではないということかね？」

困惑した様子の伊地知に、航は頷いた。

「はい、やはり弊社は医療分野に明るくないですし、檜山コンサルタントさんなら、他の病院を手伝ったデータも豊富です。だから、力になってもらえると」

望めば営業状態の診断も下してくれる。

人材を引っ張ってこられるというのも、事務用品を中心に扱っている樹リースでは真似《まね》がで

きない。

単なる物品だけであれば、どうにかルートを開拓することも可能だろうが、どう足掻《あが》いても同じ質のサービスを提供できないのだ。

なのでこの一件、航は変な中間マージンなど取らず、会社には秘密にしたまま処理しようと思っていた。

そうした方が安くあがると思ったからである。

ところが、

「もちろん、樹リースさんが得意とされている事務用品についてはお任せしようと思っていますよ」

と鈴鳴が言い出した。

「え？　あの、でも、そのへんの商材も扱っておられますよね？　全部まとめて引き受けられた方が、あの、変な話、伊地知病院さんが払われる料金も安く抑えられるはずでは……？」

薄利多売は商売の基本である。

伊地知の前だということはわかっていても、航は確認せずにはいられなかった。

「ははは、もちろん理屈の上ではその通りなのですが、さすがに相田さんの働きに対してなにもお返ししないわけにはいきませんよ」

鈴鳴はそう言って鷹揚《おうよう》に笑う。

「うちとしてはちゃんと儲《もう》けを確保した上でですが、今回のお話では樹リースさんが担当される部分もまとめてうちに発注いただいたのと同じ水準に設定させていただくつもりです」

つまり伊地知総合病院について、樹リースが事務用品を納品すれば、普通に考えればその分だけ檜山コンサルタントの取り分は減る。

そのはずが、医療機器からベッド、人材派遣、その他諸々を一括して引き受けるからこそ安くできるのと同じ水準の料金設定にしてもらえるということらしい。

「この件は既に上長からも許可をもらってますので、樹リースさんは安心して商談していただければと思います」

完全に意表を突かれ、航は呆然《ぼうぜん》としてしまったが、鈴鳴はイタズラを成功させた少年のように快活な笑みを浮かべた。

「だいたい相田さん、そんなにあっさり身を引いたりしたら、院長先生も後ろめたく思われてしまいますよ」

「そう、その通りだねぇ。航君が色々骨を折ってくれたのだろうに、それがただ働きで終わったりしたら、申し訳ないじゃないか。いきなりとんでもないことを言い出すものだから、びっくりしたよ、私は」

よかれと思ってやったことだったが、伊地知も鈴鳴に完全同意しているようだった。

「そ、それは、すみません」

相変わらず、世の中ままならない、と唸《うな》るしかなかった。

◆◆◆

その後、病院のリノベーションについての話し合いは順調に進んだ。

伊地知は、医師として最新の医療技術については学んでいても、やはり「経営」ということについては専門家ではなく、鈴鳴から病院経営の流行を聞いて盛んに感心しているようだった。

航が提示した人材提携や経営状態の診断など、当初考えていたリース以外も本格的に検討してくれることになった。

鈴鳴は態度も堂々としていて説明もわかりやすく、なにより人を安心させる話術で話を先導していく。

途中から航は、むしろ営業トークの勉強をするつもりで話を聞いていたぐらいだったのである。

伊地知病院を辞する頃には、すっかり日が傾く時間になってしまっていた。

あとは解散して、航は一応会社に戻ろうかと思っていたところ、

「相田さん、お時間ありますか？　よかったらそこの喫茶店でちょっとお話よろしいですか？」

「え？　僕とですか？　あ、はい、大丈夫ですよ」

鈴鳴から呼び止められてしまう。

特に用事もないので反射的に応じてしまったが、喫茶店の席に座ったところで「いったいなんの話があるのだろう」と緊張しはじめてしまった。

「ははは、そんなに難しい話があるわけではないですよ。緊張しないで下さい」

お互いに注文した飲み物が届いたところで、鈴鳴がそう言った。

表情から見抜かれていたのかそんなことを言われてしまい、航は苦笑するしかなかった。

「実は、ちょっと質問がありまして。相田さんは、私が言い出さなければ本当になんの利益も得ないままこの話を進めようとされていましたが、個人的にどうしても理由がわからなかったんですよ」

好奇心丸出しで申し訳ない、と謝られてしまい、航としては逆に恐縮するぐらいだった。

「うちとしては大変ありがたいお話ですし、樹リースさんが医療分野に明るくないのは本当だと思うんですが、会社に怒られてしまうのではないですか？」

確かにその通りである。

ここまで手厚いサービスがあることなど伊地知は知らなかった。

もっと賢く立ち回って、事務用品はもちろん最初から自社でキープした上で、自前で用意できない医療機器なども最新の医療事情がどうなっているか、より安く仕入れるにはどうしたらいいか、そういったことを無視して「とりあえず買い付ける」だけならもっといろんな商材を用意できたはずだ。

用意できない商材に関しても、紹介したことでキックバックの約束を取りつければ自社で扱わなくとも利益につなげられる。

もちろんそうした場合、「謝礼金」はリース代に上乗せされるだろうから、伊地知病院の負担増につながるのだが。

そうした、社会人として当たり前の発想を、初手でかなぐり捨てている航の発想が理解不能なのだろう。

普通はそう考えるのが当たり前だ。

叱《しか》られたわけではないが、もう恥ずかしくていたたまれなくなってくる。

「いやぁ、なんというか、鈴鳴さんみたいにちゃんとした営業の方からだと馬鹿みたいに見えると思うんですが、伊地知のおじさんには子供の頃色々とお世話になったんですよね」

「子供の頃ですか、なるほど……」

「僕は子供の頃病弱で……、命がどうこうというような重い症状ではなかったんですが、治りにくい病気で、それを伊地知のおじさんは根気強く治してくれたんです。それに……」

それ以上は余計な説明かと思いつつも、鈴鳴は航が話し出すのを根気強く待ってくれているようだったので、最後まで話してしまおうと決心する。

「この話を聞いて、自分なりに伊地知病院を拝見していたんですが、すごく患者さんに親身になってくれる病院だそうなんです」

病院のスタッフや、通っている患者にも話を聞いてみた。

決して無駄な検査をしようとせず、不要な薬も出さず、患者の疑問には根気強く答えてくれる。

　子供の頃に世話になった、伊地知がそのまま病院になったようだと思った。

「たぶん、僕と同じように、この病院を頼りにしている人が沢山いるんだろうなって思ったら、少しでも安く少しでもいいサービスを提供したいと思った次第で。……いや、なんか、改めて考えると社会人としてはダメダメですよね。お恥ずかしい」

「それで、うちを選んで下さったわけですね」

「はい、僕が医療機器の見本市で右往左往していたら鈴鳴さんが親切にして下さって、いろいろ医療関係のリースの奥深さも教えていただきましたし。まさか、鈴鳴さんご本人に対応してもらえるとは思いませんでしたが、御社なら大丈夫かなって思って……。あ、いや、大丈夫ってエラそうですね」

「ははは！　いやいや、ご評価いただき光栄ですよ。見本市も、相田さんが思い切って勉強されているようだったので、ちょっとお節介を焼いただけでしてね」

「あ、そうだったんですか。いやぁ、なんか、ほんとお恥ずかしい」

「まぁ、ご縁があった、ということでしょう」

　そこまで言うと、鈴鳴は自分の前に置いてあったコーヒーカップを脇にどけ、そしてテーブルに額がつくのではないかというほど深々と、その場で頭を下げた。

「す、鈴鳴さん⁉」

「相田さん、あなたのご判断に敬意を表します」

「け、敬意⁉」

声が裏返ってしまった。

というより、あまり目立たない席ではあったが、大の大人が深々と頭を下げているような場面、他人に見られてしまわないかどうかヒヤヒヤしてしまう。

「と、とにかく頭を上げてくださいっ！」

航が慌てふためきながらそう言うと、ようやく顔を上げた鈴鳴の顔には相変わらず人懐っこい笑みが浮かんでいた。

「これは申し訳ない。とかく、自分だけが儲かれば他人はどうでもいいという人間が多い中、感じ入ってしまいましてね」

「は、はぁ……」

「相田さん、良い病院にしますよ。もちろん、今でも充分良い病院ですが、今以上に、我が社が全力を挙げてサポートするとお約束いたします。……こう言ってはなんですが、あなた方が逆立ちをしても決して及ばないぐらい病院を守《も》り立《た》ててみせます。……それをあなたへのお礼とさせて下さい」

褒められたらしいことはわかったのだが、結局最後まで、どうして評価されたのかまるでわからないまま、航は鈴鳴と別れ帰社することになったのである。

◆◆◆

伊地知総合病院での商談から数日、久々に戻ってきたエルデンリングの世界に、航はまるで実家に戻ったような安心感を覚えていた。

「はぁ、やっぱり狭間の地は落ち着く……」

『めっちゃ殺しにかかってくるけどなっ！』

周囲には砂漠が広がり、遠く、姿が霞《かす》むほどの距離の先に一人の巨漢が立ち塞がっていた。

巨漢が動き、その指先に光が灯《とも》る。

紫色のそれを発しているのが弓矢だと判断すると同時に航は動いていた。

超長距離から、紫紺の光をまとった矢が航達を狙って飛来する。

『二人とも、早くっ！』

利世が声を張り上げた。

「遮蔽物の陰へ！」

航は警告を飛ばすと同時に近くにあった斧槍の陰に転がり込む。

地面には無数の武器が突き立ち、かつてこの場で繰り広げられた戦いの激しさを物語っているようだった。

ホストである利世は航の後ろに。

もう一人の鉤指《かぎゆび》として参加した黎人は、とっさに動き出した方向が悪く、別の遮蔽物を目指して走るが間に合わない。

『くそっ！』

最後のあがきとばかりに、ローリングで回避しようとするが、ほんのわずかにタイミングが早い。

起き上がり、無敵時間が切れた瞬間に重なるようにして襲いかかってきた矢に射貫《いぬ》かれ、一撃でこの世界から退去させられた。

『嘘《うそ》ぉっ⁉　黎人っちが一撃もたないの⁉』

軽装備の利世ならかすっただけでも終わりである。

遮蔽物は一撃で砕け散る。

退避場所が消えたため、航も利世も慌てて次の退避場所を目指すがそれを待ってくれるほどエルデンリングは甘くない。

即座に放たれる矢。

狙いは航である。

だが航は、完全にこの矢のリズムを見切っていた。

退避場所があるならそちらの方が簡単なので隠れるが、逃げ場がなければ見切って避けるだけだ。

矢が放たれたと思った瞬間、ごろんとローリングでやり過ごす。

『わぉ、華麗！』

利世が感心し、そして直後、射貫かれた。

『嘘〰〰〰〰っ⁉』

ホストが死亡し、マルチプレイは解散となったのである。

◆◆◆

自分の世界に帰還した航は、すぐに召喚のサインを地面に描き、再び黎人と共に利世の世界に集合する。

航が仕事で忙しくなる直前、三人はケイリッドの探索を本格的に開始したところだった。

そして今日、依然として三人の上には朱い空が広がっている。

だが、航がログインしない間、黎人と利世の二人はエルデンリングをサボっていたわけではなかった。

それどころかそれぞれがソロで探索を進め、ケイリッドの南東の端にある赤獅子城にまで辿り着いていたのだ。

赤獅子城は、かつてケイリッドを治めていたデミゴッド・ラダーンの居城であり、この地域における目的地の一つでもある。

この世界での神話の時代。

エルデンリングが砕けたことをきっかけに勃発した破砕戦争から激しい戦いの中に身を投じたラダーンは、ある強敵との戦いの中で朱い腐敗に侵され正気を失い、ただ戦い続けるだけの化け物と化し彷徨《さまよ》っている。

その主を不憫《ふびん》に思った従者達が、戦いを挑み、戦士として葬ることでラダーンを眠らそうという試みが行われている場所だった。

イベントの名は「ラダーンフェスティバル」。

通称、戦祭だ。

ストームヴィル城は、現在こそ痛々しい疵痕《きずあと》が刻まれているものの、精緻《せいち》な細工が施《ほどこ》された塔や凝《こ》った内装の部屋など、往時、美しく荘厳な姿を見せていたのだろうことを容易に想像できる。

それに対し、赤獅子城はラダーンの人柄を表すかのように、無駄な装飾などない無骨一辺倒の戦城だ。

『いやぁ、噂《うわさ》には聞いてたけど、とんでもないイベントだな』

口を開いた黎人から最初に出てきたのは、イベントに対する感想だった。

「色々コツはあるんですが、まあ最初はみんなこんな感じですよね」

『でもほら、あたし達もちょっとは上達したでしょ？』

相変わらず防具は盗賊へのこだわりを貫く利世がそう言った。

しかし、利世の言葉は単なる大言壮語ではない。

先日、うっすらと言っていた通り、利世は再びレアルカリア大書庫でステータスの振り直しを行い魔術が使えるようになっていたのだ。

もちろん、純魔術に振り切った航に比べれば、使える魔術も、その威力も弱いものだったが、近距離と中距離はレドゥビアの直接攻撃や戦技で行い、遠距離は魔術でカバーするという自分なりの戦法を確立していた。

黎人の方も、利世からやり方を聞いたのかステータスの振り直しを行ったのだという。

しかしこちらは利世のようにできることを増やすのではなく、より一点に集中する形での振り直しらしい。

武器は、ケイリッドの探索で手に入れたグレートソードに持ち替えていた。

航はソロでプレイする際のことも考えて炎と夜の剣を勧《すす》めていたのだが、それはあっさりと断念したらしい。

グレートソードを振るうために必要な筋力の比重を重くし、他は必要最低限の技量と、被弾しても耐えるための生命力、重い装備を使いこなすための持久力などにもある程度は振る。

その代わりにＦＰの総量が少なくなってしまうが、そこには聖杯瓶の回数調整で対応する。

つまり、これまで何となく振り分けていたパラメータを、本当に自分が必要とするポイントに集中させたのだ。

『深山ちゃんが言ってた、工夫が面白いって俺もわかってきたんだよな』

「ほんとですか⁉　それはよかった！」

エルデンリングは、クリアすることだけが楽しいゲームではないと思っている。

『すんげぇ複雑な数字になってるのに、適切なパラメータを伸ばすとちゃんと反応が変わるから、確かにこれは工夫のしがいがあるわ』

ちゃんと手応《てごた》えが返ってくる、しかもその力加減が絶妙なのだ。

あまり極端に変わっても、それは嘘くさく感じたかもしれない。

複雑なパラメータで、触っていると「あ、確かに違うかも」と肌で感じられる程度に調整されているのが、個人的には非常に心地よかった。

しかしそんな二人の前に立ちはだかったのが、ゲーム内で盛り上がる戦祭だったのだ。

航が伊地知総合病院での仕事で奔走している間、二人はコツコツと探索を進めここまで辿り着いていた。

戻ってきた航は、二人が祭に挑むと聞かされると慌てて他の探索は端折《はしょ》り、いつもとは逆に二人に引っ張っていってもらう形で赤獅子城まで駆けつけ、ラダーンの戦祭に参加することになった。

『しかし、航はエルデンリングでも、リアルでも、今週はお祭り騒ぎだったな』

『ほんとほんと。でも残念だったよね。うちのルートさえちゃんとしてたら、全部こっちで引き受けられたかもしれないのに』

『だよな。もしあれを全部うちで引き受けられていたら、深山ちゃんが言っていたみたいに社長賞も夢じゃなかったんだけどな』

伊地知総合病院の案件は、本当は会社側にも知られないように処理をするつもりだったのだが、鈴鳴の取り計らいで、樹リース側にも事務用品類の契約が回された。

おまけに航の立場も考えてくれたのか、最初は詳しいことを知らない伊地知がリノベーションの全体を航に相談してきたという発端については秘密にしてくれていたのである。

つまり会社側には、伊地知総合病院に大がかりなリノベーション計画があり、主として伊地知と檜山コンサルタントが話を進めているところに、航が食い込んだという形にしてくれたのだ。

現在の樹リースは、役所や学校など、H市の公共施設との安定した継続契約が大部分を占めており、こうした新規開拓が熱心には行われていないものの、久々の成果に評価してもらえた。

特に課長の灰崎《はいざき》は、先日の一件で息子と再び話せるようになったことも手伝って、今まで見たことがないほどの上機嫌だった。

「でも実際、できない案件を無理に抱えても破綻《はたん》するだけですし、それに自画自賛ですけど『良い仕事』ができた実感はあって、僕としてはそれで充分です」

航が正直な感想を打ち明けると、黎人も利世も「航らしい」と笑いながら納得してくれたようだった。

「それに、本当は、僕にあんなに粘り強く仕事をすることなんてできなかったかもしれなくて……」

『というと……？』

自分でも妙な言い回しになった言葉に、黎人も不思議そうに問い返す。

「えっと、なんていうか、二人が、がんばれって言ってくれたので……。自分が、適材かどうかで悩んでましたけど、いい仕事をすればみんな喜ぶって言ってもらえたので、がんばれたのかな――と」

最後は照れくさくなって曖昧な言い回しになった。

こうしてマルチプレイを通して二人と仲良くなる前の航であれば、最初の段階でとっくに逃げ出していただろう。

要は、こうして二人がかけてくれた言葉のおかげで、伊地知総合病院の一件は理想的な形に持っていくことができたのだ。

そのことに感謝したかったのである。

ただ、相変わらず航は口べたで、気持ちが伝わらなかったかもしれないと不安になったのだが、

『へへへ、ま、エルデンリングでは色々教えてもらってるし、仲間だし、水くさいこと言いっこなしだって』

『そうそう！　航ちゃん、遠慮しすぎ！　まあ、そこが航ちゃんの良さでもあるんだけどね』

どうやら二人にはきちんと通じてくれたらしい。

「よし、じゃあ仕事も一段落ついたことですし、今日は全員、戦祭のクリアを目指しましょう！」

『お、やる気だな』

『おっけー！　どんとこいって感じよ！』

その日の祭は、三人ともそれぞれ用意したアルコールを飲み、つまみを頬張り、何度も死んではその死に様に爆笑し、夜遅くまで大いに盛り上がったのであった。

我ら樹の名の下に

第五章

ごうん、ごうん、と轟音《ごうおん》を立てて地面が迫《せ》り上《あ》がっていく。

そう思えてしまうほど広範囲の床が持ち上がり、はるか頭上にある大地へと導かれる。

デクタスの大昇降機と呼ばれる遺跡だ。

巨大な石造りの遺跡がそのまま上下に稼働するという、途方もなく大がかりな仕掛けを用いてようやく立ち入ることを許されるのがアルター高原だった。

エルデンリングのプレイ開始直後から言われている、エルデの王になるための場所に、航《わたる》達はようやく一歩を踏み入れたのである。

まず気付くのはその色彩だろう。

これまでは若々しい緑に溢《あふ》れる場所が多かった。

ケイリッドは朱《あか》く、異様な植物が蔓延《はびこ》る荒野が広がっていたが、あれはあくまで朱い腐敗によって侵食されていたからである。

アルター高原は全体的に、ちょうど現実世界でいう日本の秋のように木々や道端の草が枯れ葉色に変じていた。

視線を少し上げると、これまでにないほど間近に、そして空を覆わんばかりに大きく枝を広げる黄金樹《おうごんじゅ》が聳《そび》えている。

その偉容は頭上から航達にのしかからんばかりだ。

あまりに巨大すぎて距離感が狂う。

ちょっと手を伸ばせば届くのではないか、そんな錯覚を抱かせるほどだった。

あの根元に、エルデの王を主人にいただく王都ローデイルがあるのだ。

二つ以上の大ルーンを手に入れたものは、黄金樹に見《まみ》え、そして新たなエルデの王となる。

褪《あ》せ人《びと》は、ここここを目指して狭間の地へと辿《たど》り着《つ》いた。

その最終的な目的地が近づいてくると、それが二度目であっても「いよいよ来たか」という思いが込み上げてくる。

もちろん、この後にまだまだ紆《う》余曲折《よきょくせつ》あるのだが……。

『おぉ、すげぇ』

『きっれー！』

そして正真正銘、初めてアルター高原を見た二人はこれ以上ないほど率直な感想を口にする。

ストームヴィル城のゴドリック、魔術学院レアルカリアのレナラ、赤獅子城のラダーンと三人のデミゴッドから大ルーンを手に入れた航達は、デクタスの割符を用いてここまでやってきた。

実はこの割符というアイテムは、あまりヒントもなく、ハイト砦《とりで》とファロス砦に隠されている。

正規のルートから外れて、あちらこちらと探索をしているといつの間にか集まっている類《たぐい》のアイテムなのだが、それぞれ探索で近くを通りかかったタイミングで、航はうまく二人を誘導して手に入れておいた。

あまり事前に、「ここに、こういうタイミングで使う重要アイテムがあるから取っておきましょう！」などと無粋な誘い方はしたくなかったのでそれなりに苦心したのだが、二人の様子を見ればうまくいったようだ。

『いよいよきたね』

『そうだな！　この緊張感、ゲーム後半に差し掛かったと見た！』

『だよね！』

利世《りせ》と黎人《れいと》が楽しそうに盛り上がっている。

しかし航はその脇でこっそり、

（実は、まだ中盤なんだよね、ここ……）

と、先の長さを思い出して、二人が驚くだろう未来を想像していた。

「ともかく、先に行きましょうか」

ソロプレイとは違い、マルチの場合はトレントが使えないので徒歩で進まなければならない。要領のいいプレイヤーだと、知り合い同士で組んでプレイしていても、こういう平地はそれぞれがソロで進み、洞窟や地下墓地、拠点など、込み入った地形と強敵が待ち構えている場所だけ一緒に遊んだりしているのかもしれない。

ただ航達にとっては、こうして三人で無駄話に興じながら歩き回るだけでも楽しめているので、基本的に常にマルチ状態で進めている。

『この街道沿いに進めばいい感じなの？』

「そうだね。しばらくは道沿いでいいよ。あ、もちろんここから脇道に逸《そ》れて探索してもいいんだけど」

『ん～、そうだねぇ』

『せっかく新しい場所に来たんだから、俺はとりあえず行けるところまで行って、詰まったら探索する感じにしたいけどな』

『あ、そうだね。あたしも、とりあえず王都？　だったっけ？　目的地に向かっていって何があるか見たいな』

「そうですね。王都に行くというのがさしあたっての目的ですから、あえてそこから顔を背けて別のところに行く必要もないですもんね」

二人とも、クリアを目指してまっすぐ進んでもどこかで詰まって、どうせ探索することになる、というパターンが完全に染みついているようだった。

すっかりエルデンリングに馴染《なじ》んでるな、などと妙《みょう》な感慨に耽《ふけ》りながらも意見をまとめる。

「じゃあ、道なりに進めば大丈夫です」

『さすが航ちゃん、頼りになる～』

「褒めても何も出ないよ」

利世と航のやりとりを聞きながら、黎人は笑う。

『しかし、エルデンリングだけじゃなくて、最近は仕事の方でも頼りがいが出てきたんじゃないの？』

「そ、そうですかね？」

『聞いたぜ？　この前の一件以外にも別口の契約を射止めたんだろ？』

『おぉ、航ちゃんやるぅ～』

「いや、まあ、どうにか一つですけど」

たった一つ、されど一つ。

相変わらずノルマを達成するのに四苦八苦している状況に変わりはないが、純粋に契約できたこと、つまり相手の信頼を得られたことが嬉《うれ》しかった。

『航ちゃんてば、この調子で一気に他の課の人達を追い越しちゃう予定だったり？』

利世の無茶振りを、航は慌てて否定する。

「いやいやいやいや、無理だって！　僕がちょっとがんばったぐらいでどうにかなるほど甘くないよ」

社内情報で見たのだが、他の課はH市の市役所から、学校、消防署、市立の病院など、公共機関がかかわっている施設にがっつりと食い込んでいる。

そうしたことに興味が出てきたこと自体、航が少しは成長できた証拠なのかもしれないが、実際の成績の差を目の当《ま》た《あ》りにすると途方に暮れてしまう。

『いや、そうとも限らないんじゃねぇの？』

ところが、黎人は含みがある声でそんなことを言った。

「え？　いや、でも、課全体はもちろんですけど、一人あたりの成績にしたところで、僕は一課の人の足下にも及んでないですよ」

もちろん、営業第一課は大口の継続契約を担当していて、既にルートが確立している相手と契約を管理したり、時間が経《た》ってリースしている商材がニーズに合わなくなってきたりすればそれを別の契約にかけかえたりしている。

いわば維持が主な仕事だ。

対して航達は小口の飛び込み営業が中心なので、相手は主にこれまで取り引きがない新規の客になる。

そうした仕事内容の違いがあるため直接比べられはしないのだが、やはり会社への貢献度に大きな差があるのは確かなのだ。

『まぁ、それはそうだと思うんだけどさ、この前も一課の奴《やつ》が、継続が一件途切れたって愚痴ってたぜ』

「一階のカフェで、ですか？」

『そうそう。いくら俺でも、わざわざ別の階に行って聞き耳立てたりしないって』

『えぇ〜。なんか黎人っちならやってそう』

『やらねぇって』

利世が茶化すと黎人は笑って応じていた。

時には黎人と利世で茶化す方とされる方が入れ替わったり、航が巻き込まれたりする。

さすがにまだ航が茶化す側に回ることはなかったが、それでもこの空気感にすっかりと馴染んでいる自分に気付いた。

「鹿島《かしま》さんがわざわざ盗み聞きしにいったとは思ってませんでしたけど、一般のお客さんも入ってるようなところでそんなこと喋《しゃべ》ってるんだって思って」

『まぁ、あいつら基本的に脇が甘いからなぁ』

もちろん、個人情報とか機密に関わるような話はしていないのかもしれない。ただ、社内規則などではカフェの利用時について、仕事に関わる話はしないと定められている。

こうした規則をガチガチに守らなければならないと思うほど、航も杓子定規《しゃくしじょうぎ》ではないが、さすがに黎人が状況を把握できるほどの内容を話しているとなるとだらしないと言わざるを得ない。

『第一課ってすぐ嫌味を言ってくる印象だからあんまし褒めたくないんだけど……』

利世の前置きに、黎人がボイスチャットの向こうで『うん、うん』と頷《うなず》いている。

『それでも、色々接待攻勢かけたりして、がっちりシェアを確保してる印象あったから、意外だね』

「接待……?」

航が繰り返すと、

『あれ？　航ちゃん、そのあたりのことってあんまり詳しくなかったっけ?』

「あ、まあ、多少はわかってるけど……」

『あたしも聞いた話だけど、第一課の人達って、そういう大口の継続リース契約がメインだから、間口を広げるよりも今ある契約をキープするのに特化してるんだって』

『で、飲んだり食べたり、問題にならない範囲でだけど、だいぶん交際費を落としてるんだってさ』

「あれ？　でも、公務員相手は無理なんじゃ……」

贈収賄にあたるため、公務員やみなし公務員を相手にした接待はかなり制限されているはず、というのが航の認識だった。

『普通はそうなんだけど、例外はあるからな。……たとえば、H市をテーマにした会合を開いて、そこで飲食を提供するとか』

「会合ですか？」

『なんでもいいんだけどさ、たとえばH市の未来を語る会、とか適当な会合をでっちあげるわけよ。で、役所だけじゃなくて色んな組織の人間に参加してもらって、適当な会議をするんだな』

『適当が多いってば』

『実際適当なんだから仕方ないじゃん。参加してるおっさん達居眠りしてたりするからな。で、それが終わると懇親会という名目でパーティしたりするんだよ』

「パーティですか……？」

『不特定多数が参加する会合やパーティに飲食を提供するのは大丈夫なんだってさ』

黎人の言葉の意味を吟味して、

「つまり、いろんなところから人が参加していたら、利益を得る相手に絞って接待できないからいいってことですか？」

『そうそう。一対一だったら、接待がそのまま贈賄に直結するけど、大人数がいれば単なる社会貢献になるだろって名目で、Ｈ市の関係者を集める』

『でも、その関係者全員が、うちの会社の取引相手ってことなんだよねぇ』

『ビンゴ大会とかも開いたりね。まあ、もちろんあんまり高額なものは出してないけど、定期的にやってゴマすりしてんのよ』

『あたしもちょっとは聞いてたけど、黎人っち詳しい。ひょっとして行ったことあるの？』

『まあ、だいぶん前に別の部署にいたことがあったからな』

「なんというか、そういうの、僕はあんまり得意じゃないですね……」

もてなしたから契約を取りたいという根性も、もてなされたから契約を継続してやろうという文化も、どうにもずるさを感じて好きにはなれなかった。

そういう自分の感性は子供じみていて、一般的ではないと理解してはいるのだが。

『航ちゃんならそう言うよねぇ。まあ、あたしも好きじゃないけどね』

とはいえ、それで会社が支えられている事実と、その会社から貰《もら》っている給料で生活している現実に目をつむれるほど身勝手でもないのだ。

『ま、俺らは四課なんだから、自分らしくやってりゃいいんじゃねーの？』

一見、器用に何でもこなす黎人が四課にいるのも、あるいは航ほどではなくてもそういう仕事の現実が好きになれないためなのかもしれない。

そう思うと、少しだけ心強いような、そんな気持ちになるのである。

◆◆◆

朝が来て、いつも通りに出社した航は、会社の玄関で自動ドアが開くのを見ながら、もう帰りたくなっていた。

（あぁ、帰ってゲームしたい）

朝イチというより、まだ始業すらしていないのはわかっていたが、自分で自分に「ダメじゃん」とツッコミを入れて奮い立たせながら中に入ろうとする。

しかし、アルター高原は広大で、結局昨日は盛り上がる場所まで辿り着くことができなかった。

微妙に消化不良感を残したままで切り上げたので、早く帰って続きがやりたい感がつきまとっているのである。

「よう、航！」

と、そこで呼びかけられた。

「あ、鹿島さん。おはようございます」

確かに同じ部署に勤めてはいるが、ビルに入るところで一緒になるというのも珍しい。詳しく聞いたことはないが、少なくとも同じ路線のバスは使っていなかったはずだ。

「偶然ですね」

「同じゲームしてるせいで生活サイクルまでシンクロしてきたのかね」

「そんなまさか」

黎人の軽口に笑いながら、ようやく頭が仕事モードに切り替わったのか、仕事の話を思い出した。

「そう言えば鹿島さん、今月のノルマってもうクリアしました？」

「ん？　俺？　いや、もうちょいだな」

航が積極的に仕事の話を振るのが珍しかったのか、黎人は不思議そうにしていた。

「ちょっと僕の方の仕事を手伝ってもらえたら嬉しいなって、思いまして」

「お、絶好調の航くんは、とうとうフラフラしてる先輩に仕事をわけてくれちゃう感じか？」

「と、とんでもない！」

冗談めかした言葉ではあったが、航は冗談でもとんでもないと、身振り手振りを交えて全力で否定する。

「むしろ一人だと不安で……」

正直に打ち明けると、黎人は派手に笑い出す。

「お前って、いつまで経っても謙虚っつーか、自己評価低すぎっつーか、そういうところは変わんねぇのな」

並んでエントランスに入ってエレベーターを待つ。

「いやぁ、自分でももうちょっと何とかならないかと思うんですけど、こればっかりは思うようにいかないですよね」

これればかりはというより、ゲームの外だと思い通りにいくことの方が少ないぐらいだ。

「そんなもんかねぇ。とりあえずどんな仕事なんだ？」

「あ、はい。この前の、伊地知《いじち》さんの一件でいくつか取引先を紹介してもらったんですよ」

「そりゃいいな。他を紹介してもらえるなんて、仕事ぶりが評価された証拠じゃん」

「だといいんですけど……」

そう言いながら、もちろん航自身も評価してもらってなかったらこうはならなかったことは充分わかっている。

「だったとしても、紹介されたらされたで、緊張するんですよ！」

「へ？」

「だって、どんな触れ込みになっているかはわからないですけど、伊地知さんはいいリース会社だって言ってくれているわけじゃないですか」

「ん～、まあそりゃそうだろうな。役に立たないリース会社ですが、なんて紹介しないだろうし」

「で、実際に訪問して、そこまでいい提案ができなかったらと思うともう、気が重くて気が重くて……」

「うまくいかない前提なのかよ……」

呆《あき》れられている気配は感じながらも、これはかりは感じてしまうのだから仕方がない。

「単なる飛び込みだったら、もちろんうまくいかなかったり門前払いされたりしたらヘコみますけど、まあいつものことじゃないですか。それが、紹介されておきながら失敗したら、伊地知さんの顔まで潰《つぶ》しちゃいますし……」

「お前なぁ……」

黎人がやれやれと溜息《ためいき》をつく。

「いや、まぁ、そこはお前のイイトコでもあるんだけどさ、もうちょい肩から力を抜けって」

「それはわかってるんですけどねぇ」

本当に、わかってはいる。

わかってはいるのだが、なかなか思うようにいかないのだ。

「しかし、ということは、俺はなにをすりゃいいんだ？　さすがに代わりに全部なんてのはごめんだぜ？」

「い、いや、もちろんですよ！　ただ、鹿島さんに手伝ってもらえたら、ちょっとは落ち着いてプレゼンできるかな〜、とか」

自分で苦笑して誤魔化すが、黎人も航の本音が筒抜けになっているのか笑っていた。

「よし、んじゃまあ、いつもゲームでは教えてもらってるから、リアルでは俺が少しは役に立ちますか。詳しい資料とか見せてくれよ」

「あ、はい！　ありがとうございます！　じゃあ小会議室を押さえますね」

「そうだな。その方がいいか」

話し込んでいると、いつの間にか二人は自分達のオフィスまで到着していた。

オフィスに入ったところの壁には、ホワイトボードがいくつか掛けられている。

営業第四課に配属されている人間の一日の予定——たとえば社内にいるのか外回りに出かけているのか。

外回りをしている場合、終業までに会社に帰ってくるのか、直帰するのかなど、ひと目でわかるようになっている。

あるいは、これは航にとっては常に重圧をかけてくる悩みの種だが、その月に誰が何件契約を取ってきたかの成績が貼り出されたりしている。

とにかく、職務上共有するアナログ情報がここに集まっているのだが、営業第四課が管理している会議室の使用状況もここでわかる仕組みになっていた。

仕組みというほど仰々しいものではなく、ホワイトボードの左端の縦軸に会議室の名前が並び、横軸に一日の時間を示す項目が並ぶ。

職員は使いたい会議室の使いたい時間帯にマグネットを置いて予約する仕組みなのだ。

極めてアナログ。

（まあ、四課だし、こんなもんか……。で、空いてる会議室はっと——）

ホワイトボードの脇に置いてあるカゴからマグネットを一つ取って、黎人と相談するための会議室を確保しようとした航だったが、そのまま固まってしまう。

「え？　全部埋まってる……？」

小会議室と中会議室を合わせて十室ある会議室が、全部予約済みになっている。

しかも、夕方まで全室びっしりだ。

「埋まってるって、んな馬鹿な。やる気ないで有名な四課だぞ——って、マジだ！　なんだなんだ、どうなってんだ⁉」

黎人もホワイトボードを見て驚いたように声を上げる。

やる気があって驚くというのもどうかと思うが、黎人が言うように、樹リースにおいて第四課は窓際部署である。

それぞれ性格は違うし、考えもわからない。

しかし共通しているのは職務に熱心ではないということだ。

当然、日頃から会議室が埋まることなどない。

むしろ、奥の方にある会議室など、使われたのは何ヶ月ぶりかになるだろう。

その会議室が、今日はほぼ丸一日全室埋まっているのだ——これは驚くしかない異常事態だ。

「あ、ちょっと待てよ、これうちの人間じゃねぇぞ」

「え……？」

「ほれ、社員コード見ろよ。四課の人間、誰もいないぞ」

予約の項目には誰が使うかを書き込む場所がある。

社員コードは数字とアルファベットの組み合わせなので、暗記でもしていない限り見ただけで誰なのか特定するのは無理だ。

しかし、頭の三桁《けた》は部署を示しているので、その社員コードがどこの部署に所属しているのかぐらいはわかる。

（わかる、って言っても、僕は自分の部署じゃないことぐらいしかわからないけど……）

見れば、第四課のオフィスも始業と同時に騒がしくなった。

だが、

「おい、会議室借りるぞ」

横柄な声と共に、見慣れない人間がオフィスを通り抜けて奥へと向かう。

いつぞやの荒木《あらき》のように、第四課に所属していないが重役として誰でも顔は知っているというような相手ではなく、本当に顔も知らない人間だ。

堂々としている様子からしてそんなことはないだろうが、社外の人間だったとしても航にはわからなかっただろう。

「話は聞いてますよ」

課長の灰崎《はいざき》も何か言いたげにしながらも、それだけ返して見送った。

会議室を予約した他の部署の人間だろう。

部署としても、あまり別部署の人間がウロウロするような場所でもないので余計に目立つのだが、その後も立て続けに他部署の人間が現れ、次々と四課に宛てがわれた会議室を占拠していった。

灰崎はいつにも増して不機嫌そうになっている。

あるいは、いまだに置いてある私物のPS5に何かあるのではないかと心配しているのだろうか。

そうこうしている間に、第四課のフロアにある会議室は小会議室も中会議室も、ホワイトボードで予約された通り、全部が他部署の人間によって占拠されていたのである。

小会議室は、会議室と言いながら、パーティションで区切っただけなので声は漏れ聞こえてくる。

内容まではわからないが、それでもどうやら深刻な内容らしいことだけは伝わってきた。

第四課は周りからお荷物部署とか、窓際部署とか好き勝手に言われているので、普段から「どうせお前らは使わないだろ？」とばかりに他部署の人間が会議室を借りに来ることもあったのだが、全室埋まるというのはさすがに異例の事態だ。

「これ、なにがあったんでしょう？」

航は近くの席にいる黎人に声を潜めながら話しかけるが、

「いや、俺もわかんね。なんかトラブった……？　にしては、人数多いよな」

「そうですね」

「あと、一課の人間だけじゃなくて二課も三課もいるから、うち以外の営業部署全部がこんな感じなのか？」

さすがにそれはないだろうと思いはしたが、そのぐらいでなければ起こらないような異常事態に航達だけではなく他の同僚も手を止め呆然《ぼうぜん》としていたのである。

◆◆◆

その夜、エルデンリングにログインすると、さすがに今日は攻略もそこそこに会社の話題が飛び出してきた。

『黎人っち！　どうせ情報仕入れてきてるんでしょ⁉　今日のはなんだったのか、解説ヨロシク！』

利世がそう切り出すと、

『いや、俺の扱い……』

若干不服そうにしていたのだが、実際にやはり事情を聞き込んでいたらしく黎人は今朝の状況について色々教えてくれたのである。

『なんか、大手のリース会社がH市に参入してきたんだってさ』

『大手？』

『そう。トライデントってとこだけど』

「あ、名前だけは聞いたことありますよ。テレビにもたまにコマーシャル流しているような会社ですよね」

『そうそう。んで、うちが契約しているところに結構食い込まれそうになってるらしくって』

『あ、それでみんな慌ててたのね！』

利世はようやく納得したという様子だった。

「……そんな、色んな部署が慌てるぐらいの状況って、うちの会社が危なくなったりとかしないんですか？」

『いやぁ、さすがにそれはないんじゃないの。多少はシェアが落ちても、上がどうにかして被害を食い止めるでしょ』

『航ちゃん、心配しすぎだよ』

「あ、まあ、そうですよね」

『というわけで、続きやろうぜ！　今日はローデイルに辿り着きたい』

『そうだね。ゲームしながら仕事の話なんて、無粋な真似《まね》はナシナシ！』

黎人は相変わらず楽観主義で、利世に至っては誰がその話題を持ち出したと突っ込みたくなるが本人はケロッとしている。

こういうところ、見習った方がいいんだろうなと思いながら、航はゲームに戻っていく。

昨日は、外廓《がいかく》の幻影樹という祝福を開放したところで中断していた。

三人が順番にホストを代わりながらのプレイになるため、同じ行程を三回繰り返す必要がありソロよりも時間が取られたということもあるのだが、それ以上に、この祝福の直前が厄介だったのだ。

『いやぁ、しかし、まさかツリーガードが二体も同時にいるとかとんでもねぇな』

黎人が自分のキャラを、やってきた方向に向けながらそんなことを言った。

その視線の先にあるものは、高さ数メートルはあるだろう巨大な扉だ。今はそこが薄く、人が一人ギリギリ通れる程度の隙間が開いていた。

アルター高原を進むとしばらく平地が続くが、やがてなだらかな上り坂になり、巨大な王都の城壁が迫ってくる。

その入り口は急な階段になっていて、多くの兵達が配置されているのだ。

ただの兵士や騎士だけなら問題はない。

バリスタなども設置されているが、それもあるとわかっていれば突っ切るのは簡単だ。

ところがここには、エルデンリングを開始して最初に出くわす強敵――利世の頼みを聞いて三人がかりで粘りに粘ってやっと倒したツリーガードが二体も待ち構えている。

航達の装備やレベル、そしてそもそもの操作技量も成長しているが、それでも二体同時はまともに戦える相手ではなかった。

ひと目見るや否《いな》や黎人が逃げの判断を下したので、航達は一気に走り抜けて扉の中に転がり込んだという状態だった。

それを三回繰り返したところで力尽きたのである。

「しかしここは、やっぱりやばいなぁ」

これまでの流れでは、外のフィールドは広く、祝福と祝福の間隔も遠い。

ただそれとは引き換えに、極端に手強《てごわ》い敵は少なく、またいたとしても突っ切るのは簡単だった。

ところがアルター高原、それも特にローデイル近くに来ると手強い上にしつこく追いかけてくる敵が増えてくる。

ここまで手こずる状況は、今まででであれば洞窟や地下墓地など、いわゆるダンジョンに類する場所であることが多かった。

ダンジョンの場合は、中身の構造自体は入り組んでいても祝福との距離は近く、つまり死んでもやり直すのがそこまで苦ではない。

ところがここは、ダンジョン並みに気が抜けない状況が続く上に、フィールドらしく祝福と祝福の距離が遠い。

自然、厄介な敵がいつ出てくるかと緊張しながら、復活ポイントである祝福がどこにあるのかと探しながら歩くことになる。

下手に死んで一つ前の祝福からやり直すことになるとダンジョンとは比べものにならないほど移動距離が増える上に、死んだということは持っていたルーンを落とした状態だということになる。

ここで最初に死んだ場所まで辿り着けずに更に死ぬと、自分のルーンが消えてしまうことになるのだ。

エルデンリングにおいて、避けたい事故の一つである。

武器を鍛えたりレベルを上げたりしてうまく消費できていればいいが、武器もキャラのレベルも高くなれば高くなるほど消費するルーンも増えるので、アルター高原あたりまでくると常にある程度のルーンを持ち歩いている状態であることが多い。

最初ほど気楽に死ねなくなっていることも相まって、なかなかの緊張感になってくる。

思った通り、黎人と利世はかなり緊張しながら進んでいるらしく、なかなか距離が稼げないのだ。

『じゃあそろそろ行きますか！』

黎人に水を向けられ、航は、やってきた方角から見て左手にある長い階段状の道に向かう。

規則正しく植えられた街路樹。

道を挟むようにして豪奢《ごうしゃ》な建物が立ち並ぶ。

ここから徐々に登りながら、城の裏手に回り込む感じで進む。

おそらく実際にローデイル入りするのは裏門にあたる場所なのだろう。

そんなことを考えながら二人を先導して行くと、記憶にあった通り、行く手を阻むようにして巨大な敵が姿を見せるのだった。

『な、なんだありゃ⁉』

黎人が声を上げる。

前方、長い階段状の坂道の先、空の彼方《かなた》からなにかの影が飛来し地響きと共に降り立つのである。

細い体躯《たいく》に巨大な翼。

そして顔は猛禽《もうきん》という動く石像――ガーゴイルだ。

エルデンリングの世界では要所要所に配置されているが、両刃剣を装備しているタイプのようだ。

『うわ、いきなり⁉』

明らかに危険な相手に慌てる二人だが、ガーゴイルは構わず襲いかかってきた。

その巨体が嘘《うそ》のように高々と跳躍すると、落下の勢いを乗せて斬りかかる。

狙いは航である。

しかしどう来ても対処できるように待ち構えていたので、難なくこれを回避する。

「こいつは手に持った剣を風車のように振り回してくるので巻き込まれないで下さい！」

手短に警告しつつ、しつこく狙ってくるガーゴイルの攻撃をかわす。

しかし普通の人型の敵とは違い、ガーゴイルは全身で両刃剣を振る。

ぐるん、ぐるん、と体ごと回転し、その遠心力を乗せた攻撃が放たれる。

面倒なのは、体ごと動くせいで狙いづらいことだ。

特に使っている武器が短剣であるためリーチが短い利世など、航が狙われている隙に攻撃を試みているが、直前までガーゴイルの体があった場所を狙った攻撃がことごとく空振りしていた。

黎人もやはり苦戦している。

基本的に防御を固めてガードカウンターを取ることが多い黎人だが、あまりに手数が多いためにガードしようとしてもすぐにスタミナ切れでガードが崩れてしまうようだ。

航は逃げ回りながら、あえて輝石のつぶてを選び、ガーゴイルの猛攻が途切れるほんの一瞬に備える。

一撃一撃、欲張らずに、小さなダメージを与えていく。

堅いガーゴイルを相手にするには心許《こころもと》ない戦法だが、今はそれで充分だった。

攻撃は、ダメージも大切だが注意を引きつける目的もある。

航が時間を稼いでいると、最初は浮き足立っていた黎人と利世も徐々に落ち着いていく。やたらとしかけず、ガーゴイルの動きをよく見て間合いを測る。

航を狙う動きを見て、二人はガーゴイルの背後に回り込むように動きはじめた。

『もうちょっと待っててね！』

「大丈夫。タゲが移ったら無理しないでね！」

『オッケー！』

ガーゴイルの両刃剣が颶風《ぐふう》をまき起こす。

右に左に繰り出される斬撃。

かと思えば、背中の翼のおかげなのか不意にふわりと舞い上がって大きく移動する。

そんな動きの中で利世はパターンを見切り、着地と同時にレドゥビアの戦技を飛ばして攻撃する。

黎人も距離を詰めていた。

普段はガードから入るスタイルを棄《す》て、一気に間合いを詰めると跳躍しながら斬りかかる。

二人の攻撃をまともに浴びたガーゴイルはさすがに狙いを航から黎人に移すが、背後を見せた瞬間に航は岩石弾の魔術を放ちガーゴイルの敵視を再び引き寄せた。

あとはこの繰り返しである。

油断はできないが、それぞれの役目を理解し、慎重にそれを遂行する。

それさえできればあとは、最後まで根気強く続けるだけだった。

『よっし！　倒した！』

黎人がはしゃいだ声を上げる。

『最近、連携がスムーズになってきたよねぇ』

『だよな！』

「二人とも、基本的に器用なんですよね」

考えてみれば黎人などゲーム自体、あまりやってなかったというのだから驚きである。

『ふっふっふ！　さすが俺、できないことなんてないねぇ』

『じゃあ、あたしと、航ちゃんの分、あと二回がんばっていこうか』

と、利世が現実を突きつける。

『しまった、あと二回もあったんだ！』

悲しいかな社会人である三人は、結局今日はガーゴイル戦を三回クリアしたところで力尽き、開始したところと同じ祝福の近くで中断するのだった。

いつものように一日の仕事を終え帰宅すると、食事もそこそこにＰＳ５でエルデンリングを起動する。

待ち合わせの、「外廓の幻影樹」で合流した航は、黎人と利世がやって来るや否や盛大に恨み節をこぼした。

「か～し～ま～さ～ん～～～～～～～～～っ！」

『ど、どうしたの、航ちゃん⁉』

利世は驚いた様子だったが、名指しされた黎人は思い当たることがあるらしく、「なはは」と誤魔化すように笑っていた。

「鹿島さんのおかげで、大変なことになってますよ～～～～～！」

『悪い、悪い。いやぁ、まさかあそこまで劇的な反応が起こるとは思わなかったんだよな』

「それは、まあ、僕も意外でしたけど！」

『――もう！　あたしだけ仲間はずれ禁止っ！　何があったか説明しなさいよ！』

自分の頭の上で意味不明な言葉が飛び交ったせいだろう。とうとう利世が怒りはじめた。

言いたいことがありすぎて、周辺事情の説明がおざなりになってしまったのだが、利世に怒られてからようやく航は我に返った。

「あ、ご、ごめん。ほら、ブログの方、僕の手間が増えるから共同管理にしたでしょ？」

『ああ、そうだね。ネットから情報拾って来て補強するぐらいならあたし達でもできるからって、管理用のパスワード教えてもらった、あれのこと？』

以前、課長を懲《こ》らしめるためにでっちあげたブログだが、偶然訪れた誰かが広めたのか、いつの間にか定期的に見に来る人が出てきてしまった。

航達も自分達の備忘録代わりに情報を蓄積していったり、ブログで見ず知らずの人と交流したりするのが楽しくていまだに緩やかながら更新を続けていた。

そうなると、航一人で全部を管理するのは大変だろうと黎人や利世が手伝ってくれることになったのだ。

「深山《みやま》さん、最近って掲示板は見た？」

『掲示板？　ああ、そういえばしばらく見にいってなかったかな。掲示板、何か問題でも起こったの？　荒らしとか』

「荒らしじゃないけど、課長がさ、エルデンリング以外のことも匿名の気楽さで相談してきたりしたでしょ？」

『あ、うん。そだね。息子と仲良くできない〜って、たまにグチってたよね』

そもそもの発端は、この課長が年頃の息子と仲良くできなくなった問題から発生したのだ。

さしあたって一緒にゲームで遊んでもらえないという問題は解決できたのだが、その後もある意味で懐かれてしまったらしく、課長は航達のブログの常連客となっていた。

ただ、まったく知らない他のプレイヤーが出入りしはじめるとなると、事情は変わっていく。

「僕らはわかってるからいいけど、まったく知らない人からしたらマナー違反になってくるよね」

『あ、確かに。揉《も》めちゃったの？』

「そこまではいかないけど、ちょっと『違うんじゃない？』って注意する人が出はじめて、鹿島さんが管理人としてコメントしてくれたんだけど……」

『おお、黎人っち、ファインプレイじゃない？　気付かずに無関係な書き込み続けてたらケンカになっちゃったかもしれないし。ケンカになって嫌な思いをしたら、課長も可哀想《かわいそう》だし。自業自得だけど』

「そうなんだけど、そのコメントが、身近な人に相談してみてはいかがですかって内容で……」

『ふんふん……』

「しかも、息子さんの年齢に近い、若い人で、性格が大人しくて人の話をよく聞く、ゲームとかに詳しい人がいいんじゃないかって……」

『それ、航ちゃんのことじゃん！』

ようやく航の意図に近いところまでやってきたので安堵《あんど》の息を漏らす。

「以来、課長がやたらと相談するようになってきた……」

『課長、素直《すなお》っ！』

利世が驚いたような声を出す。

航もまったく同じ気持ちなのだが、どうやら課長は侵入関連の悩みを解決してもらって以来、ブログの管理人（つまりは航）の信奉者になっていたらしく、より極端な反応になってしまったらしいのである。

『課長にとっては、右も左もわからない界隈《かいわい》で親切にしてくれたスーパーヒーローみたいなもんだったんじゃねぇの？』

黎人がそんな感想を漏らす。

「確かに、課長の中では実際に知り合っていない前提でしょうし、そこで親切にされたら親切にされた印象しかなくて信じちゃうのかもしれませんね」

『まぁ、航ちゃんのアドバイスもかなり親切だったモンねぇ』

『課長からしたら、見ず知らずの人間に、何て親切な方なんだ！　って感じだったんじゃねぇの』

「そう思ってもらえるのはありがたいですけど、でも昼休みもべったりだし、滅多《めった》に外回りになんて出ない課長がこの頃ついいてくるし！」

『あ、ボードに出てた、新人指導って、航ちゃん？』

「そう！　まあ、管理職の人間だから、そういう名目にしないと不自然になるんだと思うけど……」

黎人がボイスチャットの向こう側で必至に笑いを我慢しているようだった。

『そんなの適当にあしらっちゃえば？』

「いや、でも、こう課長も、ブログでアドバイスしてもらったから一生懸命僕とコミュニケーションを図ろうとしてる感が伝わってきて……」

『あー、冷たくできないんだ～。航ちゃん、相変わらずイイヤツだね～。人生損するよ？』

一番若い利世から人生を悟ったような提言を貰ってヘコみそうになる。

というか、そういう利世自身、窓際に追いやられたおじさん達にPCの使い方を教えてやっているので、充分イイヤツではないだろうか。

『まあ、課長も、ブログで言われただけじゃなくて、航の性格にようやく気付いたから粘り強くやってんじゃない？』

「それは、そうかもしれませんけど……」

微妙に嬉しくない評価のされ方である。

『いいじゃん、一応管理職なんだから、仲良くなっておけば査定に有利だろ？』

「そういうのは不純ですよ……。あと、やっぱり課長苦手」

正直に打ち明けると、黎人と利世に爆笑されてしまった。

『まぁ、気楽に気楽に。無理しなくていいから相手してやりなよ。それで課長も納得するだろうからさ。逆に航は、課長の営業ルートとか教えてもらえばいいんだよ。滅多に外回りに行かないなら、そこを引き継ぐ人間探してるかもしんないしさ』

『あ～、いいな～、営業先貰えるのいいな～』

「じゃあ、深山さん相談役代わってよ」

『え～、あたしも課長のグチを聞くのはちょっとな～。こうやって航ちゃんのグチを聞いてあげるから、ルートを何本か回してもらうっていうのはどう？』

利世がどこまで本気なのかわからない交渉を試みてくる。

苦笑しながら航はそろそろこの話題を切り上げることにした。

「じゃあ、そろそろ探索の続きをはじめましょうか」

『おっけー！　ローデイルのお城に入りたいもんね』

『だよな。こんだけでっかい城壁の内側……。マップだと色々あるみたいだし、何があるのか楽しみだ』

そうして三人は、先日ガーゴイルとの激戦を繰り広げた階段状の坂道を登り先へと進んでいく。

◆◆◆

坂を登ると、右手に王都の市街地へと通じていたのだろう内門が見えてきた。

しかしそこは今、完全に閉め切られている。

マップ的にもあの門の内側は完全に水没しているため、攻略ルートとしてはここを迂回《うかい》してさらに裏手に回り込まなければならない。

航はそのことを知っていたので、あえて無駄足を踏ませる必要はないと考えて二人に伝えていた。

ここで不思議なのは、ガーゴイルを倒した後は完全に敵がいなくなり、ルート上には雑兵《ぞうひょう》の姿すら見えなくなることだった。

「あ、ちょっと待ってもらえます？　ここ、黄金の種子が落ちてるんですよ」

円形の広場には淡く黄金色に光る細い木が生えていて、根元には種子が落ちている。激戦をくぐり抜けたあとのご褒美だ。

『そうなの？　じゃあ自分がホストの時には忘れないようにしないとね』

航がそれを拾っている間、黎人と利世の二人はひと息ついていた。

『なんか、不気味な静けさだなぁ』

アルター高原に来て以来、激しい敵の配置に悩まされていた黎人はむしろこの静けさに対して疑心暗鬼を生じさせているようだった。

「正式なルートは左手側なので、そろそろ行きましょうか」

『ああ、街道っぽくなっているところから外れるのね？』

『というか、結構、荒れ放題……？』

厳密には、街道から外れるわけではない。

マップ上も内門側とこれから目指す方向に分かれて道は続いている。

しかしそれ以上に、周囲の秋めいた銀杏色《いちょういろ》に色づく地面には焼け焦げた焦げ茶色が交ざり、散乱するバリケードの残骸が物々しさを醸し出す。

利世が街道ではないと誤解したのも、石畳《いしだたみ》がめくれ上がり無残な姿を晒《さら》しているからだろう。

何より、地面に不可解な人工物が突き立っている異様な光景が目を引いた。

ぱっと見ではなんなのか理解できないだろうが、これはおそらく巨大なゴーレム兵が使う弓から放たれた「矢」ではないだろうか。

その威力は凄《すさ》まじく、着弾地点に大穴を穿《うが》っている。

まるで流星雨が降り注いだクレーターだ。

そんな荒廃した景色が、これから航達が目指す方向に広がっているのである。

「ここは、王都ローデイルが経験した戦争の跡地だね」

『戦争?』

「ローデイルは黄金樹の根元にあるだけあって、この世界の騒乱の中心になることが多くて、確か、古竜《こりゅう》戦役《せんえき》、第一次ローデイル防衛戦、第二次ローデイル防衛戦と三回も大きな戦争を経験したんだって」

『はぁ、じゃあこれが戦争の爪痕ってヤツか……』

地面は焼け焦げ、いくつもの穴が穿たれ、かつて防衛のために陣が布《し》かれていたのだろう痕《こん》跡《せき》が散乱していた。

黎人と利世は不穏な空気を感じ取ったのか、さっきまでの軽口が嘘のように鳴りを潜め、慎重に歩を進める。

周囲は依然としてどこまでも静かで、時間の流れが静止しているのではないかと思いたくなるほどだった。

そして戦場跡の奥へと足を踏み込んでいったその直後、

「……見つけたぞ、褪せ人よ。野心の火に焼かれる者よ」

と重々しい声が響き渡るのである。

◆◆◆

「……見つけたぞ、褪せ人よ。野心の火に焼かれる者よ」

それに出会ったのはエルデンリングのプレイを開始してすぐ。

他にも手強い敵は山ほどいるが、普通に進めていれば決して避けられないという意味では、ほとんどのプレイヤーにとっては彼が最初の障壁だっただろう。

『え!?　こいつって……』

黎人が呻《うめ》く。

『ウソ！　おじいちゃんじゃん！』

利世が、妙に親近感のある表現をするので思わず気が緩みそうになる。

ただ声の調子を聞いていると決してふざけているわけではなく、目の前に現れた存在の危険性は感じているようだった。

利世が言った通り、年老いた男だった。

ただ、一般的な日本人が想像するような小柄で脆《もろ》そうな印象はなく、加齢によって枯れた印象こそあるもののその巨軀《きょく》は相変わらずの存在感を放つ。

なにより、頭部から生えた幾本もの角が異様な空気を醸し出していた。

忌み鬼、マルギットである。

ストームヴィル城の入り口で戦った彼は、ボス敵の中で唯一複数回戦うことになる、エルデンリングを象徴する敵の一人だ。

「来るよ！　動いて！」

航が警告すると同時にマルギットは魔術で編んだナイフを投擲《とうてき》する。

最小のモーションから繰り出されるそれは、相変わらず見て避けるのが不可能なほどの速度で飛来するのだ。

一本だけではなく、戻す腕でもう一本。

来る、と予期しつつマルギットの体の向きで狙いを見抜いて先に動くしかない。

幸《さいわ》い、黎人と利世も航の警告に対して即座に反応してくれたおかげで回避しきってくれた。

だがマルギットの動きは止まらない。

再び武器を形成するための魔力が放たれる。

ナイフとは比べものにならない量の光が放出され、その巨大な得物を老人らしからぬ豪快な動作で肩に担ぐ。

出現したのは光り輝くハンマーだ。

振りかぶるモーションと同時にマルギットは高々と跳躍し、頭上から落下の速度をプラスして襲いかかってくる。

狙いは航。

だがその動きは完全に見切っていた。

あれだけ印象に残る——苦戦させられた——攻撃の数々は忘れられるものではない。

インパクトの瞬間と完全に同期するタイミングで航はごろんとローリングして無傷で切り抜ける。

攻撃後の隙を突こうと黎人が距離を詰めていたが、ハンマーを消し去っていたマルギットは杖《つえ》を横なぎに振るって牽制《けんせい》しつつ距離を取るために大きく跳《と》び退《すさ》った。

『うわぁ、完全に本物じゃん！』

利世は苦戦した記憶を思い出して悲鳴を上げる。

しかし、

『俺はむしろ嬉しいぜ！』

黎人の口から意外な感想が飛び出した。

『えっ⁉　ウソ、黎人っち、マゾだったの⁉』

『マゾって言うなって！　俺の場合はこいつとまともに戦ってなかったんだよ！』

そう言えば、航が黎人と一緒にプレイすることになったのもマルギットがきっかけだった。

マルギットに苦戦した黎人は野良《のら》プレイヤーに救援してもらったのだが、その相手が手慣れたプレイヤーで一方的に瞬殺した――つまり、黎人はバトルを楽しめなかったのだ。

それで口を出しすぎない航と遊ぶことになったのだが、つまり黎人にとっては、一度逃がした敵との再戦なのである。

『なんだかよくわかんないけど、やる気になってるならあたしもがんばろっと！』

黎人のやる気に当てられて、利世も気持ちを立て直す。

それだけで充分だった。

確かに動きはそのままで、現時点でも厄介な敵である。

しかしそれ以上に、航達のキャラは成長していた。

同時に、黎人や利世のテクニックもまた当時とは比べものにならないほど磨かれている。

加えて、ストームヴィル城の戦いでは両端が崖になっている上、ボス部屋という限定された狭い空間だった。

対して現在、足下の地面には穴が穿たれ注意しないと引っかかってしまうが、落下する危険もなく広いフィールドを存分に使える環境にある。

油断さえしなければ、負ける相手ではなかった。

「いつも通りやれば大丈夫！」

航はそう言い放ち、自分が狙われていない隙を突いて岩石弾を放つ。

その意味するところを察した黎人と利世も基本を忠実に守り、自分が狙われているかいないかを見極めて的確に攻撃を加えていく。

右手に持った杖と、魔力で編んだナイフ、ロングソード、ハンマー。

それらを駆使して嵐のように繰り出される連続攻撃を前衛の二人はしのぎ続ける。特に利世など、自身のビルドの身軽さを最大限に活《い》かし、巧みにマルギットの背後を取って攻撃をするという大活躍だった。

そして唐突に現れたマルギットは、同じように唐突に消え去っていく。

体が塵《ちり》となり拡散した後、残っていたのは市民の服を着たただのモブキャラの遺体である。

ここのマルギットは幻影だったのだ。

『あ〜、びっくりした！』

元の市民に戻った遺体を見ながら利世が率直な感想を漏らす。

『あれ？　あいつって死んでたんじゃねぇの？』

ストームヴィル城では手伝ってくれた野良プレイヤーが瞬殺してしまったため、自分で倒した達成感が得られなかったという因縁があった黎人。

思いがけない再戦に喜んでいたが、ふと我に返ってそんなことを言う。

「そのあたりの謎も、もっと進めたら全部解けますよ」

『へぇ、まだなんかあんのか……』

「そうですね。とりあえず、先を急ぎましょうか」

『そうだねぇ。なんか、他にも出てきたら嫌だし……』

しばらく手強い敵は出てこない。

なのだが、確かに航も、初めてここを通りかかったときにはまさかこんな道端でボス敵とバトルするとは思っていなかったために警戒しまくっていた記憶がある。

利世がこうなるのも無理はない。

せっかくの緊張感に水を差すのも無粋なので、ここは黙ったまま三人で徐々に進んでいく。

道なりに進んでいくと、王都の西側に抜ける別の城門に誘導される。

その手前にある祝福――「外廓の戦場跡」を見つけたところで一旦立ち止まり、ホストを変えて全員がここまで進んだところでその日は終了となった。

◆◆◆

数日後。

再び集合した三人は、いきなり窮地に立たされた。

「外廓の戦場跡」の祝福からスタートした三人は、そのまま街道に沿って進むと王都から出てしまうため、あえて道から外れ、墓石のような石碑が立ち並ぶ、うらぶれた場所や道とは思えない林を突っ切って進んだ。

一見、正規のルートには見えないここだが、ゴーレム兵二体の横をすり抜けて進んだ先で、それと遭遇したのである。

『ツリーガード？』

『面倒な敵だけど、今ならどうにか……』

そう言いながら進み出る二人は、数分後、自らの考えが甘かったと思い知るのである。

ここに控えていたのはただのツリーガードではなく、特別な武器と魔術を装備する竜のツリーガード。

馬上からの攻撃も相変わらず強力だったが、それ以上に騎乗している馬が吐く火炎弾や装備した大竜爪を介《かい》して使用してくる雷の魔術が強力で、瞬《また》く間《ま》に蹴散らされたのだ。

それから数回挑むも、広範囲にまき散らされる、触れただけで消し炭になる強烈な攻撃に三人はすっかり足止めを喰《く》らってしまったのである。

ひとしきり苦戦して作戦を練り直していると、利世が思い出したように聞いてくる。

『そういえば航ちゃん、今日も課長のグチを聞いてたの？』

「え？　うん、見てたの？」

『見てたって言うか、外回りに行くときに一緒に出ていったところだけ見かけた』

『一緒にいるところを見ただけで愚痴ってたって深山ちゃん毒舌ぅ～』

黎人が茶化す。

しかし、先日二人から気楽にいけばいいと助言してもらったおかげで最初ほど気負わずにすんでいる。

ただ、課長と話すこと自体には慣れてきたが、まるで航が慣れるのを待っていたかのように、愚痴の内容がエスカレートしてきたのだった。

『で、どんな話してんの？』

「なんか、胃が痛くなる内容です」

『だから、そういうのは気楽に流しちゃえばいいって。案外、聞いてもらうだけで気が楽になったりすることってあるでしょ？』

「うん、それはそうなんだけど、なんかほら、この前のトライデントの件って覚えてる？」

『あれだろ？　東京の方の大手リース会社が参入してきたって話？』

「そうですそうです。社内全体にはまだ共有されてないですけど、思った以上にマズい状況らしくって……」

『え⁉　そうなの？』

「まあ、課長の話ではなんだけど……」

そう前置きして航は課長から聞いた話を二人に打ち明ける。

「簡単に言うと、単に商売敵が出てきただけなんですけど……」

『もう取られたシェアは仕方ないとして、今ある契約はキープできるようにがんばればいいだけの話じゃねぇの？　取られたところも、契約内容とかアフターケアとかで工夫して取り返す努力をするとか……』

そう、実際問題、黎人が言う通り単純な話なのだ。しかし……。

「それが、今の営業第一課って、大口の継続契約を管理運営することしかしてなくてですね……」

『もしかして……』

嫌な予感を覚えたのか、利世がおずおずと切り出す。

『ちゃんと営業活動できてない、とか？』

『え、マジで……⁉』

航は溜息をつきながら、利世の推測を肯定する。

「なんか、うちの市のお役所関係ってあんまり現在の契約が効率的かどうか、自分で見直したりしないそうなんですよね……」

昔からのお付き合い、というヤツである。

別に他の業者が入ってくるのを邪魔しているわけではないので違法にはならないだろうが、これまではトライデントほどの強力な競合相手が出てこなかっただけに、ただただ漫然と契約が続いていたらしい。

『まあ、俺達貸す側とは違って、借りてる方は自分の仕事もあるし、既にかわした契約なんて「そういうもんか」で一々見直したりせずに惰性で続けることもあるだろうしな……』

「そうですね。特に民間じゃないところは、どうしても自分のお金じゃないって感覚になるみたいですし……。それで、一課の人間も、ずっとそういう契約を維持する仕事にしか慣れてないらしくて……」

『ご機嫌伺いとゴマすり？』

「まぁ、そうかな……」

『実際、役所関係、学校関係、諸々を幅広く引き受けていたら、それだけで大きいもんねぇ』

「課長の話では、トライデントの提示金額はこっちより圧倒的に安くて、単純なコストパフォーマンスでは勝てないみたいで」

『大手だと、薄利多売で、他の支店とあわせて一気に大量の商品を買い付けることで安く抑えたりできるだろうしな。それならあとは、航が前にやったみたいに色々工夫するしかないか……』

「それが、課長が怒ってるところなんですが、一課の人達、そういう工夫が全然できないらしくて……」

『マジで⁉』

「ええ。簡単に値段勝負を挑んで、そこで勝てないとなるともう手も足も出ないらしく……」

『うわ、最悪……』

「で、日頃から威張り散らしてるくせに、いざとなったら営業マンのイロハも知らんのか、って……」

『航ちゃんにグチってもねぇ』

さすがに同情したとばかり、利世が深々と頷く気配がボイスチャット越しに伝わってくる。

『しかし、ああ見えて課長もやっぱりちゃんとした営業マンなんだなぁ』

微妙に、黎人が一番辛辣なことを言った。

「そういうわけで、僕一人だと荷が重いので、二人も一緒にどうですか？　飲みとかも連れてってもらえると思いますよ！」

実際に、航は何度か終業後に食事や飲みに連れていってもらった。ただ、課長を宥《なだ》めるのに精一杯でまるで味など覚えていなかったりするのだが……。

『あたし……。パスかな』

『いやぁ、聞き上手《じょうず》の航が適役だって』

それぞれ厄介事の気配を見抜いたのか、二人の協力は取りつけられなかったのである。

幸い竜のツリーガードについては、その後何度か挑んだ結果無事に倒すことができたのだが、誰か助けてくれないだろうかと航だけ消化不良感が残ったのだった。

◆◆◆

黄金樹――。

ゲーム開始からずっとプレイヤーの目の前に存在し続けていた、「エルデンリング」の象徴だ。

その根元で栄えた王都ローデイルの中に、ようやく航達は足を踏み入れることになった。

『ふわぁ、すげぇ！』

『おっきー！』

竜のツリーガードを倒して侵入した建物の中を抜け、開けた場所に出た、その第一声がそれである。

建物の出口がちょうど城壁の上にあり、街を一望できる場所に出たのだ。

これまで航達の行く手を阻んできた城壁に囲まれ、眼下には広大な街が広がる。

富裕層が住んでいる区画だったのか、それともこの街全体がそれだけ栄えてきたのか、屋根は金箔《きんぱく》を貼ったように金色に染まり、これまで訪れたどの街よりも高い技術で建設された建物の数々が所狭しと並んでいた。

左手には王城らしき、一際巨大な建物が見える。

何より特徴的なのはやはり黄金樹。

狭間の地のどこからでもその偉容を目にすることができる黄金樹は、ここまで近づくともはや樹木と言うよりも切り立った岩壁のように見える。

巨大過ぎて、足下が見えなくなるほど見上げなければ枝葉の姿が視界に入ってこないのだ。

『とうとう来たな……』

『ここがローデイルなんだねぇ……』

街を見下ろす絶景に、黎人と利世はまるで現実にその風景があり、それを目にしたかのような感動の声を上げる。

『でも、ここも結構荒れ果ててる感じだよなぁ……』

『そうだね、屋根が陥没しているところも多いし……』

『それに、あのドラゴンって、作り物かと思ったけどそれにしては建物に食い込みすぎているような……』

二人が見ているのは、城壁にもたれかかるような形で石化している竜だ。

「あれは、実際にこのローデイルに攻めて来たドラゴンで、グランサクスっていうんです」

『ぐらんさくす……？　あんなにおっきなドラゴンがいるの――って、そういえばファロス砦のところにもでっかいのいたもんねぇ』

利世が聞いたことがない名前だというように、ぎこちなく名前を繰り返す。

「歴史の設定なんですけど、黄金樹が成立するずっと昔はドラゴンが支配している時代があったそうなんです」

『あ、そうなんだ』

黎人が意外そうに反応する。

「詳しい話をしだすととんでもなく時間がかかるので……」

本当に、エルデンリングの設定を語り出すと、三日徹夜しても足りないぐらいだ。それが魅力でもあるのだが、今は残念ながらその時間がない。

「簡単にアウトラインだけ辿ると、ローデイルが建設された後、ドラゴン達の中で大古竜と呼ばれていたグランサクスが攻め込んできて、王都の守りを突破したそうなんです」

フレーバーテキストでは、グランサクスが強固なローデイルの城壁を唯一突破した敵、として語られていた。

『あ、前に言ってた戦争ってやつ？』

「そうです。古竜戦役って言って、このグランサクスが攻め込んできた事件をきっかけにして、王都側との全面対決になったそうです」

『しかし、あんなでかいのと戦ったのか……』

『どうやって倒したんだろうねぇ』

「ほんとですよね。そのあたりは詳しく説明されてないみたいですけど……」

『前に航ちゃん言ってたけど、他にも戦争してたのよね？』

「戦争の歴史、みたいな感じ。黄金律を中心にした文化が広がっていたわけだけど、そうした文化が栄える前から生きてきたドラゴンや、前に言ったカーリア王家とも戦争してたんだって」

過去の対立関係は、フレーバーを追っていなければ表に出てこない情報なので、二人ともボイスチャットの向こうで「へぇ」と唸《うな》っている。

そのドラマの見せ方は不親切という言い方もできるが、現実の歴史的事実も時間の流れの中に風化して埋もれていく。

航としては、そういう忘れ去られていく侘《わび》しさが表現されているようで、気に入っていた。

「あとは、このゲームでも大きな事件として表に出ている破砕戦争。女王マリカがエルデンリングを砕いたことで、彼女の子供であるデミゴッド達が野心を抱き相争うようになったんだよね」

『そのあたりならわりとゲームの中でも聞くよな』

『あ、でも、詳しい戦争の内容はやっぱりわかんなくない？』

『ああ、確かに！　というわけで、大先生よろしく！』

「大先生は止《や》めて下さいって」

意外に二人とも設定話に興味を示していた。

こういう裏設定を語るのは、航も嫌いではない。

ぺろりと唇をひと嘗《な》めして、それでもやはり一応は簡単に解説していく。

「ローデイルにおける最初の戦いは第一次ローデイル防衛戦って呼ばれてます。実はこれ、フレーバーを読み解いていくと、別の勢力との戦いじゃなかったみたいなんですよね」

『あれ？　そうなの？』

「はい。どうも、エルデンリングが砕けた混乱で、黄金樹に仕えていた貴族達が謀反《むほん》を企てたというのが真相みたいです」

ゲーム内で懇切丁寧に説明されているわけではなく、各地で集められるフレーバーから想像を膨らませたり、ある程度は自分で補足したりもする、そういう遊びだ。

「ちなみに、フレーバーを集めたり、ネットで他の人の推論を読んだりして組み立てたものなので、公式が明言してるとかではないんですけどね」

航が念を押しておくと、二人もそのあたりはわかっているらしく、

『あたしじゃそこまで情報集めとかできないだろうから、妄想でも何でも聞かせてもらえたら楽しいかな』

『そういうことだな。だから航も気にせず、気楽に教えてくれよ。そういう、考察ってヤツ？』

「あ、はい！　また機会があればぜひ！」

嬉しくなって少しばかり声のトーンが上がる。エルデンリングが絡むとついついはしゃいでしまう航とは対照的に、しばらく考え込んだあと利世がポツリと呟《つぶや》いた。

『なんか、今のうちの会社みたいだね……』

『ははは、確かに、めっちゃ攻め込まれてるしなぁ』

黎人は軽口で返したが、利世の感じ方自体は否定しなかった。

確かに樹リースは危機を迎えている。

だというのに、長い間、漫然と続いてきた体制にあぐらをかいていた結果、万全の準備を整えて乗り込んできた新興勢力に対して手の打ちようがなくなっている。

『自分の成績を棚に上げるようであれだけど、一課があれだもんねぇ。きっとこの街で起こった戦争は頼りになる兵隊さんがいっぱいいたんだろうな』

現実とゲームの出来事を重ねて見てしまうのは、それだけ利世がこの世界を楽しんでくれている証拠だろう。

そう考えると嬉しさがこみあげ、航はもう少し知っている知識を披露した。

「確か、第二次ローデイル防衛戦の方だったと思うんですが、僕らが苦しめられたマルギットが大活躍したらしいんだよ」

『え？　あのおっさんが？』

『黎人っちのライバルだ！』

再会を喜んだ黎人の言動から、利世は勝手にそんな設定を盛り込んでしまった。

ただ、厳密には更にもう一回戦うことになるので、そんな風に考えてみるのも案外楽しいかもしれない。

「そもそも、マルギットって、正式にマリカの血を継いだ子供なんです」

『てことは、つまり王子様⁉』

「ですね。ただ、王子っていう単語はこのゲームで見なかったような気がするのと、そもそも死なない世界なので、普通のファンタジーにある後継者という意味合いの立場はないのかもしれないけど……」

『しかし、こう、王族って雰囲気はねぇのな』

「あ、それは無理もないんです。実はマルギットは『忌み子』って言われる存在で、生まれながら角が生えた異形の子として忌み嫌われ、王都の地下に幽閉されていたそうなんです」

『ええっ⁉　ひどい！』

一般人の忌み子の場合は角を切られて殺されると書いてあったので、生き延びられただけまし と言えなくもないが、いずれにしても屈辱的な扱いだったことだけは確かだろう。

「それで、第二次ローデイル防衛戦ではよほど苦戦したのか、地下に幽閉していたマルギットを引っ張り出して戦ってもらったんだって。そうするぐらい強かったんだろうね」

『そんなの都合よすぎるじゃん！』

すっかり感情移入しているのか、利世は割と本気で怒っているようだった。

「でも、マルギットは戦ったんだよね。石碑に、英雄の屍《しかばね》を積み上げたって書いてあるぐらいだから、敵の名だたる戦士を次々と倒したんだと思う」

『なんか理由があったのかねぇ』

『もしかしてラヴ!?　あのおじいちゃんに、誰かラヴラヴな女性がいたとか！』

『すぐに恋愛に絡めるなって』

『え〜、だって、そうでもなかったら納得できないじゃん』

『ん〜、まあ、そうだよな。航、理由ってどっかに書かれてたりするのか？』

「そうですね。一応書かれてあって、ただ守りたいと思ったから守ったんだそうです」

『えっ!?　それだけ？』

「はい、それだけです。たぶん、自分の信念を貫いたということなんじゃないでしょうかね」

『渋いっ！　さすがは俺のライバル！』

さっきまで利世の勝手な言いがかり扱いしていたというのに、黎人の中でマルギットの株が急上昇したようだ。

「そうですね。渋いですよね。不遇な立場に置かれ、本来矢面に立つ必要がなくても、自分が守りたいもののために立ち上がる……」

　とっくに知っていた知識だが、あらためて自分の口でなぞるとそこには、自分にとってまた別の意味が生じるように感じた。

「たぶん、さっきの深山さんじゃないですけど、うちの会社も同じですよね」

『というと？』

「トライデントはこの前も言ったみたいに薄利多売で、全国から商品を集めてきます。逆に言うとそれは、地元の小売り店さんとの取引も一気に減るってことですよね」

『あ、そうか。地産地消というか、使える先を選ぶなら、できれば役所とか公共の施設で使う用品は地元で用立てて欲しいもんね』

　あまり極端になるとそれはそれで税金の無駄遣いとか、既得権益とか別の問題になりそうだが、地域の産業を支えるという意味では単なる値段だけの勝負で決まってしまうのはあまりに冷徹だと思えてしまう。

『航ちゃん、やる気になった感じ？』

「やる気っていうか、そもそもプランも立っていない、ただの思いつきだけど……。それでもやれるだけはやってみようかなって。せっかく働くのが少し楽しくなってきたから、この場所がなくなってしまうのはちょっと嫌なんだ」

　この問題が降りかかってからずっと、自分の部署とは関係がないところにある問題ということで静観していた。

しかし実は、課長から教えられた情報も含めて、もやもやしていたのだ。

会社を守りたい、などという立派な愛社精神を持っているわけではない。

自分はただのだらしない社員で、営業の適性も怪しい、お荷物社員だが、それでも「やりたい」と思ったら、その気持ちを貫いても構わないのではないだろうか。

自分で黎人と利世に説明しておきながら、航は改めてマルギットの逸話からそんな気持ちを奮い起こされたのだ。

◆◆◆

王都ローデイルは、これまでの道のりとは一段違う難しさでプレイヤーの前に立ちはだかる場所だった。

祝福の位置で言えば、「王都東城壁」から城壁の上に出て攻略がはじまる。

そこから、まずは城壁の上に設けられた建物に入り、昇降機を使って下へ降りるのが順路だ。

中には、壁の上からギリギリ死なずにすむ足場に着地して、無理矢理市街地に降りる方法もあるが、黎人と利世がいるのでここは大人しく順路を進む。

難しいというより、単に途中をすっ飛ばすのがもったいないからだ。

外に出てみれば、そこは所狭しとこの街の住人のものだろう家屋が立ち並ぶ市街地になっている。

上から見ていたときも感じたが、立派な建物が多い。また中も調度品や美術品など、余裕がある暮らしぶりが窺《うかが》えた。

おそらくここは、富裕層が住んでいた区画なのだろう。

複数階は当たり前という家々のせいで視界は遮《さえぎ》られ、入り組んだ道を歩き回ることになった。

航はあえて先導せず、黎人と利世に進路を任せた。

すると右に左にと翻弄《ほんろう》されて、なかなか前に進めない。同じところを通ってもそうと気付かないほどである。

辛《から》うじて、敵の死体があることで「ここは通ったのか？」となるぐらいなので、二人がどれだけこの街に翻弄されたかわかるだろう。

しかも、堅く、強く、戦技を使いこなすローデイル騎士がそこここに配置されているため敵にも注意を払わなければならず、迷いやすさに拍車をかけるのだ。

おまけに、ところどころ、袋小路《ふくろこうじ》のような場所にアイテムが置いてあり、それを拾いに近づくとこちらからは見えない位置に立っていた兵士が襲いかかってくることもあった。

利世などはこれに引っかかりまくって悲鳴を上げる。

その上、ここには祝福が少なく、入り組んだ市街地で死のうものなら、最初の「王都東城壁」の祝福まで戻されてしまう。

自分の居場所がしっかり把握できない場所で死ぬと、ルーンを落とした場所まで戻れなくなることも珍しくはなかった。

航は街の構造を熟知しているので迷わなかったが、実際に何度かこの入り組んだ街を歩き回る羽目になったのである。

王都ローデイルの手強さをたっぷりと実感した頃、三人はようやく開けた場所に出た。

狭間の地のあちらこちらでトロルが牽《ひ》いていた荷車が二つほど横倒しになっているところを見ると、ここが目抜き通りなのだろう。

これまでは目と鼻の先という距離で見ていた建物群も、ここからなら少し余裕を持って全体を眺めることができる。

精緻《せいち》な彫刻を施《ほどこ》された家々や、道の両側に立てられた石碑。

ローデイルの国旗らしき旗があちらこちらに掲げられているのが見えた。

そして中心地を見れば、まだ距離はあったが見上げるほどに巨大なドラゴン――グランサクスの姿がよく見える。

遠くに見える城壁や、様々な建物、そしてなによりこちらを見下ろしてくる黄金樹。

今は荒れ果て、住んでいるものもほとんどいない、死んだ街のようになっているが、ここで生活をしていたらどんな気分なのだろうかと想像せずにはいられなかった。

静まりかえった街。

風にはためく旗が、余計に寂しさをかき立てる。

黎人も利世も、何かを考えているのか無言のまま前に進む。

すると、空から巨大な影が降ってきたのだ。

『な、なんだ⁉』

静と動のギャップに、黎人は思わず声を上げた。

その姿はまるで巨大な木の根が命を持って動き出したかのようだ。

小黄金樹の根元にいつも出現する黄金樹の化身である。

『あ、そっか、ここも黄金樹の根元だから出るんだ！』

黎人よりも早く、利世がそのことに気付く。

『なるほど！　ってか、どうする⁉』

それはもちろん、このまま戦うかどうかだ。

これまでの黄金樹の化身なら障害物などを使いつつ、広さを活かして戦ってきた。しかしここは大通りとはいえ動きが極端に制限され苦戦するだろう。

「勝てない相手ではないですが、ここで死んだらまたさっきの祝福まで逆戻りします。それは避けたいです！」

『確かに！』

『あたしも、もうややこしい道はカンベンしてほしい！』

「だったら、あいつをすり抜けて奥に行きます。すぐ後ろの右手に入り口があるのでその中に飛び込んで下さい！」

そう言いつつ、航は率先して動き出し、既に動き出している黄金樹の化身の脇をすり抜ける。

◆◆◆

『はぁ、びっくりしたなぁ』

『ほんと。静かなところにきたと思わせておいてあれだもん』

三人は黄金樹の化身をやり過ごし、金細工の扉をくぐり抜けてその中の階段を駆け下りた。

そこは富裕層が住んでいたらしい街と、質素な家が立ち並ぶ下町の区画をつなぐ通路のようだった。

下町を一望する展望台のような場所に出た三人は「大通り脇の露台」という祝福を見つける。

とりあえず、ホストを切り換えながら全員の復活ポイントをここに移動するのが先決だろう。

『でも、思ったより寂しい感じの街だねぇ』

露台から、下町が見える場所にキャラを動かして利世がそう呟く。

「他の場所は、だいたい遺跡のようになっていましたけど、ここは今でも人が住めそうな雰囲気があるからそう思うのかな」

『確かになぁ。ゴーストタウン、って感じだもんなぁ……。俺としては、なんか会社を思い出しちまうけどな』

『そういえば最近、空気悪いもんね……』

さすがにゴーストタウンは言い過ぎだが、確かに樹リースの社内はますますおかしな空気が広がりつつあった。

「……あんまり他のセクションの情報って入ってこないのでハッキリとしたことってあまりわからないですけど」

航が感じるのは、課長の機嫌がますます悪くなっていることだ。

幸い、航に八つ当たりするようなことはないが、外回りに出ていてもどこかピリピリしている。

むしろ、以前は一課への愚痴や文句を航相手に漏らしていたのに、それが一切なくなったことが余計に状況の深刻さを物語っているように感じたのだ。

当然、航の性格からすれば自分から聞くことなどできない。

結果、三人の中で本来は一番他部署の情報を聞きやすい航が、まるで情報を持っていないのである。

一方の黎人は、どうやらこの様子だとまたなにか噂話《うわさばなし》か情報を仕入れてきたらしい。

『黎人っち、本気でよく情報拾ってこられるよね。あたし、さすがにちょっと尊敬しちゃうかも』

『わはは！　そうだろうそうだろう。頼れる先輩をもっと尊敬してくれたまえ！』

などと冗談めかしつつ、謎のルートから集めてきたらしい情報を教えてくれた。

『一課の連中が、ろくに抵抗もできてないって話はしてたけど、それでも単純に公共施設へのシェアが下がるぐらいかなって思ってたろ？』

Ｈ市では、長らく樹リースの独占状態が続いていた。

ほぼ慣習で続いていた関係だったが、近年市全体で再開発が活発になったことで、他のリース会社が乗り込んできた。

ある意味、ここで一課がきちんと抵抗できれば、それはそれで健全な切磋琢磨《せっさたくま》が行われることになるのではないかと思っていたのだ。

『ところが、たぶんウチにろくな営業力がないってわかったんだろうな。相手さん、ますますリース料を下げて、さらにこっちのシェアを奪いに来てるんだと』

『えぇっ⁉　それ、まずいんじゃ……』

『だよな。相手にしたら、「え、ここ、こんなに商売敵が弱いなら、もっとイケるじゃん」ぐらいに思ったのかもな』

「でも、さすがにこれまでウチがやってた仕事を全部取られたりは……」

『いや、どうもとことんやる気らしい』

『でも、そんなことされたらウチも大変だし、ウチと取り引きしている小売業者も大変じゃない？』

樹リースは、そう意図して名前をつけているわけではないだろうが、本物の樹木のように地元に根付いて存在している。

それが倒産でもした暁には、地面に深々と食い込んだ根を引っこ抜くように、大きな混乱が予想される。

連鎖倒産とか、ドミノ倒しだとか、そんな不吉な単語が浮かんできて、航は慌てて頭の中から追い出した。

「でも、トライデントは地元の小売り店とも取り引きして、結局は間に入っているリース会社を入れ替えるだけだったりとか……」

自分でも半分ぐらいしか信じていない予想を口にする。

『そりゃ、そうなればまだましだけど、まあそうはならんよなぁ』

思った通り、黎人は即答で否定した。

『そうなの？　もちろん、航ちゃんの言ったことは理想的すぎるとは思うけど、即答できるほどダメとは思わなかったかな』

利世も、黎人が言うほど悪い状況は想像していなかったらしい。

『俺だって悲観的なことばかり言いたくないけどさ……。トライデントって、東京に本社があって全国展開してるリース会社だろ？』

「そうですね。テレビやネットでも広告を見かけますよね」

『それで、具体的にあいつらはウチには真似ができないような価格を提示するわけだけど、そのカラクリを考えたらあんまり楽観もできないんだよな』

「カラクリ、ですか」

『もちろん俺も向こうの中の事情はわからないけどさ。全国展開して、いろんなところから契約取ってきて、で納品する商品はたぶん、まとめて購入してるんだろうな』

そこまで言うと、利世も気付いたように、

『あ、薄利多売！』

「そっか。リースなんて、そのケースごとに欲しい商品が別なんだから、大量購入なんてできないと思ってたけど……」

『まあ、これは単なる想像な。でもそうでもしなきゃ、価格なんて簡単に下げられないだろ？』

「となると、トライデントがどこにどんな商材を納めるかは決まってないけど……」

『どこから商材を仕入れるかはだいたい決まっている、と』

つまり、同じ商品を大量購入することはないにしても、たとえば一つの商社に仕入れを集めることで、安く仕入れている可能性があるということだ。

『俺はそうだと思ってる』

黎人はすぐに肯定した。

『なるほどねぇ……。だから、早々と早期退職なんて募りはじめてるのね』

「早期退職？」

『四五歳以上の人で、早めに退職するなら退職金増やすって連絡回ってたでしょ？』

「えっ⁉　そんな連絡来てたっけ……？」

『うん。社内報で回ってた……。あたし、どうしよっかな』

『うぇ⁉　まさか深山ちゃん辞める気……？　というか、若そうに見えてまさかアラフィフだったとは……」

『んなワケないしっ！　あたしは見た通り、二〇代前半だしっ！　明日、黎人っちのデスクに油性ペンで落書きしてやる！』

黎人の冗談に、利世も冗談で返す。

ただ、話していた内容が内容だけに、その冗談もすぐに勢いがなくなっていく。

『もちろん早期退職じゃないってわかってるよ。ただ、あたしはまだなんとでもできると思うけど……』

利世が濁した言葉の先で誰の顔を思い浮かべているか、航にはすぐにわかった。

「資料室のおじさん達？」

資料室だけではなく、他の部署でも古株の社員達が利世からパソコンの使い方を教えてもらっている。

『まあ、そうだね。おじさん達、今辞めたらマジで行くところなんてないもん』

利世一人が辞めたところで何人が、どれだけの期間人員整理を免れるのかはわからないが、それでも彼女の気持ちはわからないではなかった。

『航の方は、なにかいいアイデアみつかった？』

「いえ、なにかしてみようと思ったんですが、やっぱりそう簡単に安くはできないですし、取り引きの特典とか、そういう特約的なところでがんばれないか調べているんですが……」

単純に値段で勝負できなくても、アフターケアや商材の切り換えなどで便宜を図れたら、それで樹リースと取り引きをする意味が出るかもしれない。

そう思っていろいろ調べているのだが、相手の単純でわかりやすい「資金力」という数値にはとても敵《かな》わないのだ。

もちろん、これは一課の仕事なので、越権行為も甚《はなは》だしいわけだが、そこを乗り越えるハードルの高さを差し置いても、これが現実だった。

「それでも、なんとかしないと……」

重い空気だけを残して、その日のマルチは不完全燃焼のまま解散になったのだった。

◆◆◆

そこへ辿り着き、ムービーがはじまったとき、最初に声を上げたのは利世だった。

『え⁉　おじいちゃんじゃん⁉』

そこはエルデの玉座。

黄金樹の目の前にあり、エルデの王のために用意された玉座が鎮座している場所だ。

ここでプレイヤーは、これまで「マルギット」と偽の名を使って度々自分の前に立ち塞がってきた忌み鬼であり、ローデイル最後の王を名乗る男――モーゴットと対決することになるのだ。

王都ローデイル攻略も、最終盤であった。

「設定周りの話はまたあとで！　基本の動きは似てますが、攻撃はいろいろ追加されているので気をつけて！」

『とりあえずやるだけやってみる！』

『当たって砕けろが基本だもんな！』

黎人と利世も驚いたようだったが、航の声で我に返り動き出す。

モーゴットは、マルギットを名乗っていたときと同じく、魔術で編んだナイフを投擲する。

しかし今回は三本同時に、しかも扇状に広がる形に投げてくる。

元々モーションが小さく速度もあって避けにくい攻撃だが、その上逃げ道も減って避けにくいことこの上ない。

初対戦時は体力を半分以上削らなければ出さなかったハンマーも、早々に披露して豪快なモーションから殴りかかってくる。

かと思えば、右手に握った大曲剣――自分の呪いの力を集めて作ったと言われている曰く付きの剣を振るって周囲をなぎ払う。

まるで円を描くように、長い腕と剣とで大きな範囲を削り取るように攻撃してくるのだ。

これが彼の本気ということなのだろうか。

とても老人とは思えない躍動感に満ちた動きはさらに激しくなり、航達を翻弄していく。

石碑で語られていた活躍そのままの強さ――まさに生きる伝説と言うに相応《ふさわ》しい恐ろしさを見せつけた。

それでも、航達も伊達《だて》にここまで辿り着いたわけではない。

誰が敵視を取っているか冷静に見極めながら、マークされていない人間が背後から攻撃する。

パーティプレイの基本を守りつつ、一撃離脱で決して欲張らず、徐々にダメージを積み重ねていく。

そうして、どうにか食い下がってモーゴットの体力を半分まで削るところまではこぎ着けた。

だがそこから、ようやく彼は真の力を発揮するのだ。

宙に、魔力で生み出した無数の剣を出現させ、それを雨のように降り注がせる。

一発一発、馬鹿にならないダメージを被ってしまう。

三人は必死で避けるが、特にモーゴットに対して近い距離に立っていた黎人と利世はまともに剣雨の猛威に晒されていた。

しかも、その凶暴な雨を降らせ続けながらもモーゴットは自由に動き出し、呪剣とハンマーを駆使して襲いかかる。

『こんなの倒せるか〰〰〰っ！』

それが、全滅でマルチが途切れる最後に響いた、黎人の絶叫だった。

◆◆◆

『手強いわぁ』

モーゴットとの戦場から一つ戻った女王の間で再び集合すると、黎人が率直な感想を口にする。

『ほんと！　おじいちゃん、今までゼンゼン本気出してなかったよねぇ』

充分苦しんだマルギットが、あれで本気でなかったと知って利世もげんなりしているようだった。

会社の危機は相変わらず……。

だからこそ、なにかの予感を覚えているかのように三人はエルデンリングを続けていた。

もう、この場で会社のことを話すことはなくなっていた。

前向きな黎人でさえ、あるいはある種の諦めの境地に達していたのかもしれない。

『しっかし、黎人っちのライバルのおじいちゃん。マルギット――じゃなくてモーゴットだっけ？　執念深いよねぇ』

ストームヴィルからローデイルまで、執念深くプレイヤーのことを憶《おぼ》えていて行く手を阻んでくる。

モーゴットとして立ち塞がる際の、もはや執念さえ感じるような猛攻も含めての感想なのか、利世は深々と溜息をついた。

『マジでな……』

『褪せ人許さんって感じよねぇ』

基本の動きはマルギットと通じるものがある。

二人とも経験を詰んだので、もう何戦かすれば勝てるだろう。しかしそれ以上に、モーゴットの気迫のようなものに押されているのかもしれない。

「確かに、モーゴットからしたら、褪せ人という存在そのものが許せないかもしれないですからね」

『あ、設定でもなんかあんの？』

「あ、はい。褪せ人って、元々は狭間の地で生きるための祝福を失った人達なんですが……」

女王マリカによって、最初の王であるゴッドフレイは祝福を奪われた。

瞳の色が褪せたものは狭間の地を追放された。

褪せ人という呼び名も、瞳の色が褪せたことからきたと説明されている。

「女王マリカがエルデンリングを砕いたことで、この地は乱れ、大ルーンを手にしたデミゴッド達は次の王になるために戦争を起こしたって言われています」

『破砕戦争な！』

自分の知識にある事柄が出てきたのが嬉しかったのか、黎人がはしゃいだ声を出す。

「です。……ただ、大ルーンを手に入れたことでデミゴッド達は歪《ゆが》んだと言われていて、誰も狭間の地に安定をもたらすことができないとわかってきて、一度追放した褪せ人を呼び戻して王を目指すように促したんですよね」

『そういうお話だったんだ。あたし、初めて理解した』

利世が大袈裟《おおげさ》に言う。

ただ、確かにこのゲームはそうしたディティールを理解せずともクリアできるし、普通に世界を歩き回っているだけでも充分に楽しい。

逆に言えば、充分に楽しい上で、ちょっと掘ればこんなに趣深い設定が眠っているというのがファンにとってはたまらない魅力になっているのだ。

「それで、つまりこのあたりの流れを作ったのは、黄金律とか、黄金樹とか、大いなる意思とか色々言われていますけど、まあこの地で大きな力を振るう何者かは一度追放したもの——枠の外に追いやったものまで利用してこの地を安定させようとした。でもそれは、中にいて必死に戦っているモーゴットからしたら余計なお世話っていうか、不愉快極まりないんですよね」

『だからこんなに褪せ人を嫌ってんのか……』

黎人が深々と納得したような声を出す。

「まあ、そのあたりは僕の勝手な推論も入ってますけどね」

『でもそう考えると、あのおじいちゃんの執念もわかるよねぇ』

どうやら利世にも航の考察は受け入れてもらえたらしい。

「すごいですよね。狭間の世界という、今の枠の中にある力だけでは足りないとなったら、外から別の力を引き入れて循環させようってわけですもんね……」

『確かにすげぇ執念。……執念と執念のぶつかり合いだな』

二人が満足してくれたらしい気配を感じて安心する。

安心したからこそ、ポロリと本音がこぼれ落ちてしまう。

「本当は、考えがあるんですよね……」

『……お？　それって会社のことか？』

黎人は期待のこもった声を上げる。

自分でも不思議なのだが、黎人ぐらい自信たっぷりでなんでもできそうな人間だったら期待するのもわかるだろう。

だが航である。

自分に自信なんて持ったためしはなく、エルデンリングの中ならともかく、外では始終うつむき加減で人付き合いも苦手。

自分だったら、そんな人間に期待なんてできないんじゃないかと思っていた。

だというのに、

『もう、航ちゃんってば期待させるのが上手いんだから！』

利世まで航の言葉をまるで疑っていない。

「――あ、いや、でも、今のままじゃダメなんですよ」

二人の熱が高まりすぎないうちに釘《くぎ》を刺す。

本当に自信があるアイデアがあったら、もっと早く打ち明けている。

考えはある。

しかし、今のままでは実現などできそうにないのだ。

「そもそも、これって会社全体の方針に関わることだし、そんなの、僕なんかが口出しできるはずがないって言うか……」

『でも、やってみたいことはあるんだろ？』

　黎人の言葉に数秒考えてから、航は頷く。

「そう、ですね。どこかにこのアイデアをぶつけて、できるかどうか試したい気持ちは、本当はあるんですけど……」

『へっへっへ、そういうことなら誰かを忘れてやしませんかね？』

『お、人脈お化けの黎人っち！』

『誰がお化けだ！　――まあ、同期とは結構仲良くしてるしさ、本当にいい考えなら聞いてくれる奴も一人や二人いるはずだぜ？』

「……でも、それでも、人手がいるんですよね」

『人手かぁ』

「そう。みんな、自分の仕事があるし、それを押しのけて余計な仕事を増やすことになるから、そんなの引き受けてくれる相手もいないし……」

『それはさすがに俺も、難しいか……』

　せっかく盛り上がった空気が急速に冷えていく。

　何とかできないか、そんな気持ちだけが燻《くすぶ》り続《つづ》けていた。

◆◆◆

――時間は容赦なく流れていった。

樹リース内では、既に営業第一課以外の部署にも会社がまずい状況に置かれていることは伝わりはじめており、表立った変化は少ないものの、どこか浮き足だった空気が立ちこめている。

一つのルートに頼り切りになっていたこと、そしてそのルートに対して地盤の固め方があまりに甘かったことを思い知ったのだ。

そして今日、航はH市の市役所を訪れていた。

通されたのは、市長の執務室である。

木目調の壁紙に、床には象牙色《ぞうげいろ》のカーペット。

奥側に大きな木製の執務机が置かれている。その背後は大きな窓になっており、おそらく市役所の正面の大通りを見渡すことができるようになっているのだろう。

全体的に、普通のオフィスなどより柔らかい印象でまとめられているが、まだ市長は来ていないというのに重々しい緊張感に包まれていた。

あるいは、それはこの場に集まった顔ぶれのせいなのかもしれない。

来客用のソファには航と、そして樹リースの常務である荒木三太《あらきさんた》が座っている。

今日、航は単独行動ではなく、樹リース重役のお供をしているのだ。

それだけで息が詰まるほどのプレッシャーなのだが、おまけにもう一人、対面する席に別の人間が腰を下ろしている。

神経質そうな三〇代後半ぐらいに見える男だ。

髪は整髪料でキッチリと撫《な》でつけられ、フレームレスの眼鏡《めがね》が怜悧《れいり》な印象を強調しているように見えた。

彼は樹リースにとって商売敵であるトライデントの担当者である。

待っている間に名刺交換だけはすませていたが、名前は渋谷利季《しぶやとしき》。肩書きは営業主任となっていた。

お互い、用事がある人間は同じだが、商売敵でもあるのでにこやかに雑談をするような間柄ではない。

自然、型どおりのあいさつを終えたあとは沈黙の時間となったのである。

(空気が、重い……)

目の前に出されたお茶はとっくになくなっていた。

なにかしていないと間が持たないので、喉も渇いていないのについつい湯飲みを口に運んでしまった結果である。

「やあ、お待たせして申し訳ない」

そろそろ耐えられなくなってきたところで、ようやくその人物が親しげな声と共に現れた。

五〇代のはずだが、エネルギッシュで四〇代に見える。

柔道かなにかやっていたのか、上背があり全体的に骨太な印象がある。髪に白いものが混じっていたが、ある種メッシュを入れているようで上品に見えた。

直接会うのは初めてだが、選挙ポスターなどで見た顔である。

市長の木田修《きだおさむ》――航達が訪ねた相手だ。

航と荒木、そしてトライデント側の担当者である渋谷は揃《そろ》って立ち上がり、最後に現れた木田に頭を下げる。

「貴重なお時間を割いていただき感謝いたします、市長」

今日、樹リースとH市ならびにその関連公共施設で交わされているリース契約は、一括して解除されることになっていた。

契約期間が残っているものは、満了と同時にトライデントとの契約に移行していくことになる。

「いやなに、長年我が市に貢献していただいていた樹リースさんですからね。大きな契約の切り替えとなれば、その現場に立ち会いたいと思われるのも当然ですよ」

そう言いながら、木田は渋谷を見る。

「むしろトライデントさんこそ、単に契約を交わすだけでいいところ、こうして足を運んでいただき感謝いたしますよ」

市長の言葉に、渋谷は微苦笑を浮かべた。

樹リースにとっては一大事だが、世間にとっては一企業の命運などどうでもいい。契約の切り替えも書面一つですますのが普通だ。

それを、どうしてもその場に同席させて欲しいと樹リース側がねじ込んだのである。

「クライアントの意向は絶対ですからね。最後に納得して引いていただけるなら、まったくムダというわけでもありませんよ」

渋谷の承諾も得られたところで、木田はパン、と軽く手を打ち鳴らす。

「さて、では樹リースさんに異存がなければ、これで契約締結となりますが？」

それは、ある意味で、意図のわからない言葉だった。

実際に、渋谷は営業スマイルがわずかながら困惑したように固まっている。

なりますが？　と尋ねている以上、それはつまり樹リース側への問いかけとなる。

その問いかけこそ、航が今日、ここに同席している理由なのだ。

荒木から根回しをすると言われた。

だが本当にそんなことが実現できるのか半信半疑のままここまで来た。

なによりこの先、自分が果たす役回りを考えたらこのまま失神してしまいそうである。

だがそれでも航は、なけなしの気力を振り絞って、声を上げたのだ。

「さ、最後に、我が社に意見を述べる機会を与えてイタダキ――」

噛《か》んだ。

噛んだが、こうなったらヤケだとばかり、航は強引に先に進んだ。

「機会を与えていただき、感謝の言葉もありません」

「──ちょ、樹リースさん、これはいったい……」

渋谷がここへ来てようやく戸惑いを露《あら》わにする。

「まぁまぁ、長年の貢献を考えれば、最後にひと足掻《あが》きしたいという樹リースさんの意向を無下にできなかったわけですよ」

市長の言葉に、渋谷は辛うじて「は、はぁ……」と生返事をするのがやっとだった。

「最後に、我が社からの提案を行わせていただき、もし魅力を感じていただけるのでしたら、本日のトライデント様との契約は延期して、正式に両者の計画を比べていただきたく存じます」

そう、これが最後の抵抗だ。

足は震えるし、冷や汗が滲《にじ》み出《だ》してくるが、樹リースの屋台骨を揺るがしかねないこの状況に対して、最後の抵抗を試みるのである。

「まあ、みなさんおかけになって下さい。ゆっくりと話をうかがいましょう」

木田は淀《よど》みなく着席を促す。

ここまで来てようやく渋谷は予《あらかじ》めここまでの流れが根回しされていたことに気付き、ムッとした顔を見せる。

だがそれもほんの一瞬で、すぐに元の笑顔を取り繕う。

「なるほど、最後の瞬間までどちらが得になるか秤《はかり》にかけたいと……。さすがは市長ですね。よろしい。この期《ご》に及んで話が違うなどとごねたりはしますまい」

多少トゲがある言葉だったが、渋谷も了承してくれた。

「それに、樹リースさんがどんな提案を持ってきたのかも興味があります。君がプレゼンをするのかね？」

商売敵の渋谷だけではなく、荒木も、市長の木田も、いっせいに航を見る。

もう、今すぐ退職届を叩《たた》きつけてこの場から逃げ出したいぐらいの気持ちだったが、

「は、はい！　精一杯、努めさせていただきます！」

と若干震える声を絞り出した。

「こちらの資料をご覧下さい」

全員が席に座ったところで、航は持ってきたブリーフケースから資料を取り出して全員に手渡す。

木田と渋谷、また既に目を通しているはずだが改めて黙読している荒木の様子を見て、タイミングを計りながら航は口を開いた。

「まず、我々が行ったのは反省でした」

「反省？」

木田の確認するような問いに、航は頷き返す。

「H市の公共施設様に多くご利用いただいたことで、我が社の成績は安定しました。そのおかげで、これで安泰だという慢心が生まれたように思います」

かつては樹リースも今ほど公共施設に食い込んでおらず、地元の企業などに対しても熱心に

営業活動を行っていた。

少しでもいい条件を提案するために、仕入れ先になる小売り店との関係も大切にし、文字通り地域に密着していた。

しかし安定は、努力しなくてもやっていけるという慢心につながり、航達の営業第四課が窓際に追いやられているように、周囲からも飛び込み営業が軽んじられるようになっていった。

同時に地元の小売り店とも距離ができるようになったそうだ。

それを教えてくれたのは、元・樹リースの社員であった利世の祖父である。

だから最初に航が思ったのは、初心に立ち返るべきということだった。

「トライデント様の体力は弊社とは比べものにならず、単純な安値勝負では勝てません」

「ふふん、持ち上げていただき光栄ですが、であれば御社はどのような部分で勝負されるのですか?」

渋谷が、挑発というより、半ば本気で興味を抱いた様子でそう聞いてくる。

「はい。単に値段交渉しただけでは勝てないのですが、私が気になったのは、御社の仕入れ先はおそらくH市の地元企業ではないだろうことです」

「まぁ、確かにそうですね。我々はまだこの周辺に足がかりを持っていませんでしたので」

「公共施設への取り引きでは、地域の商店への貢献という意味もございます」

つまり、市役所をはじめ、公共施設の数々は税金で運営されている。

そこで使う機材をH市周辺で用立てるのは、地元経済を回すという意味合いも持っているはずだ。

トライデントに任せれば節約できる。

だがそれだけなのだ。

「そこで弊社でご提案したいのは、地元小売り店様と企業様や公共施設様の間を橋渡しすることです。具体的には資料にもございます通り、可能な限りの小売り店様と連絡を取り合い、どのような商材の在庫があるか。中にはダブついているものもあるでしょうから、そうした商材はお安く提供できるようになるはずです」

地域全体の在庫状況を把握し、余っている商材に対してニーズがある場所を探し当てる。

商材は無駄なく活用され、その分、売り手側は安く提供してくれる。

単に商材を納めるだけではなく、地域経済の潤滑油として活躍することこそ航達が提案しようとしている新事業案なのだ。

樹リースを立て直すため、一度は縁遠くなった――それまでは密接に関係していた小売り店を再び循環の枠の中に引き込むような試みである。

つまり、エルデンリングで一度は追放した褪せ人を、なりふり構わず呼び戻して未来を託そうとしたように、航もなりふり構わず、使えるつながりは全部活用しようと決心したのだ。

「既に、いくつかの小売り店様と、弊社と同じくH市で営業している他のリース会社様などもこのネットワークに賛同していただいております」

もちろんその恩恵として、トライデントほどではないが今までの契約よりも価格を抑えた契約を提供することが可能になってくる。

「なるほど、我が市やその周辺の経済に貢献できるということなのですね」

資料を見ながら航の説明にも耳を傾けてくれていたのか、市長は説明の要点を捕まえてくれているようだった。

「は、はい！　もちろん状況を見ながら、様々な商材に幅を広げていけるものと考えております。また、自画自賛で恐縮ですが、周辺の小売り店様と密接なネットワークを構築できるのは、長年H市を中心に活動してきた我が社のみという自負がございます！」

いくつもある小規模な小売り店とのルートは、利世の祖父が教えてくれた。

彼だけではなく、引退した営業仲間に声をかけ、今は樹リースと付き合いが絶えてしまった小売り店や卸業者も紹介してもらった。

もちろん、各店舗の在庫状況や、取引先のニーズの把握と管理には膨大な人手が必要となる。

自分の仕事がある上に、余計な仕事を引き受けてくれる人間などいないと思っていたが、そこに名乗りを上げてくれたのは利世がパソコンを教えていたおじさん達だった。

もう一度会社に貢献できるならと申し出てくれたのだ。

航一人の思いつきを、社内で承認してもらう必要もあった。

そこで力を貸してくれたのは黎人や、驚いたことに課長だった。

彼らは上に掛け合い、荒木三太まで巻き込んでくれたのである。

そうして色んな人の力で背中を押されてここまで来られたのだ。

「ちょ、ちょっと待て！　価格面ではまだ我が社のプランの方が勝っているではありませんか⁉」

慌てて口を差し挟む渋谷に対し、木田はニコニコと笑いながら「そうですね」と頷く。

「しかし、樹リースさんの提案でも、元の契約よりずいぶんお安くしていただけるようです。その上で、地元への貢献という事実が乗れば、充分ではないでしょうか？　おまけにこのネットワーク構想、公共施設だけではなく一般の企業さんも利用できるのであれば地元経済にとって大きな手助けをすることができるのではないですかね」

「いや、ですが市長！」

「価格ももちろん大切ですが、それで地元の小売りが立ちゆかなくなったら結局は我が市として大問題になります」

「では、我が社の提案にはご満足いただけた、ということでしょうか？」

ここまで航に任せて自分ではひと言も発しなかった荒木が初めて口を開く。

「もちろん、ネットワーク設立の暁には、立役者として市長のお名前も併記させていただければと考えております」

「ははは、私など何もしていないというのに。申し訳ないですな！」

豪快で、周りの空気など読みそうにない荒木が、これ以上ないほど絶妙なタイミングと比重で援護射撃を行ってくれた。

これ以上、木田を持ち上げれば、媚《こ》びへつらいとして逆に不快感を与えたかもしれない。そうはならない範囲で、市長としての利益を提示してくれたのだ。

こういう立ち回りはやはり、歳《とし》を重ねた荒木ならではの手管だと素直に感心していた。

「もちろん、私の一存では決められませんので、議会で議論させていただきます。ただ、みなさん選挙で選ばれていますからね。地元へ貢献できたとなれば確かにありがたい実績です」

「ははは、これで市長は経費を大きく削減しつつ、地元へ貢献した名市長として長期政権を狙われる予定ですな」

「狙うだなんて人聞きの悪い。私はただ、我が市にとってもっともいい選択をしたいと思っているだけですよ」

航は必死になってこのプランを捻《ひね》りだしてきたわけだが、こうも平然と受け入れられるところの市長はここまで予想していたのではないかと疑いたくなる。

あるいは、これまでのままでは問題があったことは事実なので、トライデントへの切り替えを考えたのは本気だったのだろうか。

（あわよくば樹リースが必死でいい解決策を出すと思っていたとか？　それともそこは、常務の粘りの結果？）

どこまでが予定通りの流れで、どこからが航達の頑張りの結果なのか、航の頭では想像すらできなかった。

「ま、まだ終わったわけではないですよ。議会に諮《はか》るとのことですから、私も社に持ち帰ってもう一度検討させていただきます！」

捨てゼリフを吐いて、渋谷は立ち上がる。

「……しかし、競合相手であることは事実ですが、あの困難を逆転させた粘りには敬意を表しますよ」

もう無言のまま見送ってもよかったが、航はどうしてもひと言だけ伝えたいことがあった。

「困難っていうか、この程度の状況なら、エルデンリングで予習済みですから！」

もちろん、相手はワケがわからずポカンとしただけだ。

おそらく優秀な営業マンなのだろう。

ここまで笑みを崩さなかったこの男が、初めて何の飾りもなく「きょとん」としたのである。

しかし航は、通じなくても構わなかった。

黎人が、利世が、これまで出会ってきた人達が協力してくれたからこそこぎ着けられたこの逆転劇。

人付き合いが苦手で、お世辞にもやり手営業マンとは言えない航がここまでやってこられたのはエルデンリングをプレイしたからだ。

もちろん、ゲーム自体にそんな意図が込められていたわけではない。

まるであのゲームの考察のように、航が自分で勝手に感じて、勝手に読み解いて、勝手に組み上げた感謝である。

それでもそのきっかけを与えてくれたのは間違いなく、「エルデンリング」なのだ。

◆◆◆

『よーし、それぞれ酒は手にしたな！』

ボイスチャットの向こうから黎人の声が聞こえる。

「あ、はい、大丈夫です」

『てか、せっかくなら飲み屋で乾杯すればいいじゃん！』

利世の鋭い指摘が飛ぶ。

仕事の打ち上げだというのに、航達はエルデンリングに集合して飲んでいるのである。

『でもほら、俺らが集まるっていったら、ここじゃね？』

黎人はまるで怯《ひる》まず平然とそう言ってのける。

ただ、外で飲むのが苦手な航としては、確かにこちらの方が落ち着くのだった。

『それで、見事に樹リースを守り抜いた英雄様はどうよ？』

「え、えーゆー……？　スマホのキャリアじゃなくて？」

黎人の言葉があまりにストレートすぎてどうにか誤魔化そうとすると、案の定爆笑されてしまった。

『お前、つまんないボケはいいっつーの！』

『航ちゃん、さすがに今のは弁護不能だわ』

利世にまで呆れられてしまう。

「でも実際、深山さんにお祖父《じい》さんを紹介してもらったり、鹿島さんが社内で話を聞いてもらえる下地を作ってくれたり、他にも茢谷建設《かりやけんせつ》さんや伊地知先生や檜山《ひやま》コンサルタントさんとか、他にも、他にも、と、とにかくいっぱい色んな人に助けてもらったから……」

『ザ・謙虚！』

利世が笑いながらそう評した。

『でもまあ、全部航ががんばったからだぜ？』

黎人が妙に真面目《まじめ》な声でそう言った。

「いや、でも、僕なんて不器用で、必死で食らいついてようやくどうにかなっただけですし……」

『だからだよ』

「え……？」

『だよねぇ。どんなことでも簡単にこなしちゃう器用な人がやってても普通だけど、明らかに「苦手」って感じの航ちゃんが苦手ながらそれでも必死でがんばってると、「あ～、がんばってんな～」って見えるもんね』

『そうそう。ギャップよギャップ！』

「そ、そんなもんでしょうか……」

いいのか悪いのかわからない。

『もちろん、それは不器用なお前が、不器用なりに必死にがんばったからさ』

『うんうん。そういう意味でも、航ちゃん、がんばったね』

正直に言えば、自分の仕事ぶりに満足などできてなくて、プレゼンも欠点だらけだと思っていた。

がんばっている感じが評価されるというのは、結局相手に理解してもらっているだけだという言い方もできるだろう。

もっとスマートに、もっと効率的にプレゼンできていた方がよかったのではないか、そんな気もする。

『んで、今後はどうなりそうなの？』

「えと、基本的に営業第四課、うちの新規事業として扱われることになります」

『お、じゃあ俺も航に顎で使われちゃうのかな？』

「や、止めて下さいよ！　僕はもう、ネットワークの立ち上げやその後の維持とか絶対無理ですから！」

もう、ここまで来ただけで自分でも信じられないぐらいなのだ。

脳みそが焼き切れるかと思うぐらいがんばった。

あとは利世が言っていたような、なんでもスマートにこなせて、自信たっぷりで、頼りがいがあるリーダーを立ててその人がやってくれたらいいのである。

「とにかく、いい経験になりました。この経験を糧に、これからはいい仕事をいっぱいしたいと思います！」

ひとまず樹リースは危機を脱したが、ネットワークに協力してくれる小売り店をもっと集めなければならないし、利用してくれる一般企業も探したい。

苦手だとか言っていられない。

手当たり次第にあちらこちらを回って営業をかけないといけない。

上手《うま》くできる自信は相変わらずまったくないのだが、自分が言い出したことなのだから、精一杯がんばらなければならないと思っていた。

黎人の言葉が本当なら、そのがんばりが他の人に伝わってくれるなら、これほど嬉しいことはない。

(まあ、がんばって、だから理解してもらえるかもなんて、そんな計算しながら働けるほど器用じゃないしな)

だからやはり、自分は自分らしくやるしかなかった。

「でも本当、鹿島さんや深山さんに背中を押してもらってて、それがなければきっと今回もオタオタするだけでなにもできなかったと思うんです」

本当に、びっくりするような偶然だった。

航がエルデンリングにのめり込んでいて、黎人や利世が偶然興味を持って、しかも決して人付き合いが得意ではない航と巡り会った。

『ばっか、マジトーンでンなこと言うんじゃねぇよ。ハズいだろ！』

『黎人っち、ガチ照れしております！』

『実況すんな！』

そして、トライデントにまつわる重い空気はきれいに消え去り、いつも通りの賑《にぎ》やかな時間が戻ってきた。

「じゃあ、今日こそは！」

『モーゴットをやっつける！』

『そしてエルデの王になる！』

実はそれはまだまだ先で、物語はようやく折り返し地点を迎えたばかりなのだが、それはかりは実際に体験するまで黙っておこうと決意して、モーゴット戦へと挑むのだった。

あとがき

初めましてのみなさんも、お久しぶりのみなさんも、ここまでおつきあいいただきありがとうございます、氷上慧一《ひかみけいいち》でございます。

唐突ですが、みなさんゲームはお好きですか？

氷上はゲームが大好きです。

初めて家庭用ゲームに触った頃、当時はクリアできないのが当たり前といった難解なアクションゲームが多かったですね。

そこからＲＰＧやＡＤＶが出現したり、中断機能が充実したりで、エンディングを見るというところまで含めた遊び方が完成された印象です。


ただ、どこまでいっても基本は一人の遊びだったんですよね。

人気ゲームを持っている子の家に友達が集まることもありましたが、さすがにそれが主流だったわけではなかったように思います。

そもそもゲームをたしなむ人間も限られていて、ゲーム機の類いを一切持ってないという子も珍しくなかったですね。

それが現在では、携帯ゲーム機どころかスマホですら凝ったゲームが楽しめるわけですからねぇ。すっかり一般化して普通の趣味になりました。

あとネット。

インターネットの普及に伴って掲示板やSNSで同じ趣味の人とのつながりもできるようになって、顔も知らない人同士がネットで質問したりアドバイスしたりなんて関係も当たり前のものになっています。

時にはオフ会があって、知らない人同士が知り合っていくきっかけになることも増えました。オンラインゲームの出会いが縁で結婚した、なんてニュースを見かけると「ここまできたのか～」でぽかんとなっちゃいますけど（笑）。


さて今回、『エルデンリング』を題材に小説を書かせていただくことになったのですが、企画スタート時の打ち合わせで出版社さん、氷上で話し合ったところ、ゲームそのものに入り込んだ視点で描くのではなく、『エルデンリング』を劇中劇の立ち位置に据える現代劇にしようという方向性になりました。

前述の通り『ゲーム』の変化に触れてきた氷上は、リアル側の描写として今のゲームと人との関わり方みたいなものを中心に組み立てていきたいなと考えたわけです。

そうすることで、題材にさせていただく『エルデンリング』も、劇中劇として扱いながらも作品内での意味合いや存在感が大きくなるのではという狙いがあったのですが、さてうまくいっていましたでしょうか？　少しでもお楽しみいただけたら幸いです。

しかし、今回のお話をいただいたときには驚きましたね。『エルデンリング』ですよ。高難度アクションRPGとして最高峰の作品の一つと言っていいでしょう。何回「YOU DIED」するんだろうか、その果てに目的を達成したとき、脳からどれほど変な汁が出るんだろうかと、発売前から興奮しすぎて目がチカチカしてしまいました（笑）。

最後に御礼のコーナーです。

すごい作品を世に送り出してくださったフロム・ソフトウェア様、色々貴重な意見をいただきありがとうございました。あとはＤＬＣが出るのを一プレイヤーとして待ってます！

イラストのｌａｃｋ様。イメージぴったりのキャラや素敵なカバーありがとうございます！利世が可愛くてよいです。

諸々調整にお骨折りくださった担当のＧ様、おかげで今回もどうにか脱稿できました！

そして何より、ここまでおつきあいいただきました読者の皆様！　発売から時間が経ちましたがＤＬＣに備えて練習してますか⁉　氷上は準備万端です。まだまだ続く狭間の地を一緒に楽しんでいきましょう！

二〇二四年一月某日　氷上慧一

仕事《しごと》が終《お》われば、あの祝福《しゅくふく》で

2024年3月29日　初版発行

著　者　氷上慧一《ひかみけいいち》
イラスト　lack
発行者　山下直久
発　行　株式会社KADOKAWA
〒102-8177 東京都千代田区富士見2-13-3
電話 0570-002-301（ナビダイヤル）
編集企画　ファミ通文庫編集部
デザイン　AFTERGLOW
写植・製版　株式会社オノ・エーワン
印　刷　TOPPAN株式会社
製　本　TOPPAN株式会社

●お問い合わせ
https://www.kadokawa.co.jp/（「お問い合わせ」へお進みください）
※内容によっては、お答えできない場合があります。
※サポートは日本国内のみとさせていただきます。
※Japanese text only

ISBN978-4-04-737277-1　C0093
定価はカバーに表示してあります。

『ELDEN RING』で
繋がる
プレイヤーたちの
もう一つの
物語!!!…

KADOKAWA enterbrain

ELDEN RING
黄金樹への道
【漫画】
飛田ニキイチ
【原作】
ELDEN RING
（株式会社フロム・ソフトウェア）
アクションRPG
「エルデンリング」を
ギャグ漫画化!!!
Hu COMICS KADOKAWA
第①～⑤巻大好評発売中！

ELDEN RING
TRPG
「狭間の地」に導かれし
褪せ人たちの冒険を再現する
テーブルトークRPGが誕生！
著：加藤ヒロノリ／グループSNE
原作：株式会社フロム・ソフトウェア
好評発売中！
企画・編集：ドラゴンブック編集部
発行：株式会社KADOKAWA
©Bandai Namco Entertainment Inc. / ©2024 FromSoftware, Inc

東北のとある街で愛された"最後の書店"に起こった、
かけがえのない出会いと小さな奇跡の物語――。
〝本の味方！〟榎木むすぶが繋ぐ、
もう一つの本と人のビブリオミステリー。
むすぶと本。
『さいごの本やさん』の
長い長いおわり
店主の急死により、閉店フェアをすることになった幸本書店。そこに現れたのは、故人の遺言により幸本書店のすべての本を任されたという都会から来た高校生・榎木むすぶ。彼は本の声が聞こえるという。その力で、店を訪れる人々を思い出の本たちと再会させてゆく。いくつもの懐かしい出会いは、やがて亡くなった店主・幸本笑門の死の真相へも繋がってゆく――。
KADOKAWA
B6判単行本で
発売!!

どこよりも早く、どこよりも熱く。
求ム、物語発生の
目撃者——
カクヨム
ネクスト
Illustration:渦